Sten Johansson

Marina

SERIO ORIGINALA LITERATURO

STEN JOHANSSON

Marina

Romano

MONDIAL

Mondial
Nov-Jorko

Sten Johansson:
Marina

Originala romano en Esperanto

Kovrilo: Mondial

ISBN 9781595692719
Library of Congress Control Number: 2013954485

www.librejo.com

Ĉapitro I

Tomas 1993

La novaĵo unue ne multe tuŝas lin. Estas ĵaŭda mateno komence de marto. Apenaŭ tagiĝas, kaj la lampo super la kuireja tablo speguliĝas en la malluma fenestro. Tomas matenmanĝas. Li trinkas teon kaj duone aŭskultas la radion, jam pensante pri sia laboro. La radionovaĵoj raportas pri la pramo Scandinavian Enterprise, kies motoroj paneis en severa ŝtormo. Akvo penetris sur la aŭtoferdekon kaj tie fluis libere de flanko al flanko, kaŭzante averion. Nun la pramo drivas laŭ la nederlanda bordo kun tridekgrada kliniĝo. Oni jam savis la plej multajn pasaĝerojn, sed kelkaj estis kaptitaj de ondegoj kaj dronis enmare.

Survoje al la universitato li meditas pri tiu pramo. Ĉu ne ĉiuj ŝipoj devas havi hermetajn vandojn interne? Ŝajne tio ne validas pri pramoj.

Dum la tago li estas okupita de fasko da listoj pri kotonimportado en la frua deknaŭa jarcento. Estas ia malreguleco de la kvantoj, kiu incitas lin kaj spitas lian komprenon. Eble li devus kompari kun eksportaj kvantoj, ĉar la ŝipoj normale iris kun plena kargo en ambaŭ direktoj. Feron, lignon, gudron, kanonojn, li ne certas kion ankoraŭ oni eksportis. Li tamen hezitas fosi en tiu afero. Laŭ lia sperto, se oni serĉas klarigojn sur nova kampo, kutime aperas nur novaj demandoj.

Vespere tiu kotono daŭre okupas lian menson dum li spektas la televidajn novaĵojn kune kun Cecilia. La Nordmara averio plenigas trionon de la elsendo. La pramo survojis de Harwich al Esbjerg, sed ĝi drivis suden kaj nun grundis ĉe Frislando. Oni intervjuas palajn savitojn volvitajn en plejdoj. Iliaj voĉoj rompiĝas kiam ili parolas, supozeble pro la spertita angoro. Dudeko da dronintoj estas trovitaj, sed laŭ la pasaĝera listo daŭre mankas kelkaj dekoj.

Ekster la fenestro la vintre nudaj tilioj de la avenuo balanciĝas en forta vento. Tra iliaj frondaroj lumas stratlampoj, kaj la branĉoj ĵetas ombrojn en la ĉambron kvazaŭ vigle gestantaj brakoj. Pluvgutoj en malregula ritmo tamburas sur la subfenestra lado. La Nordmara ŝtormo nun atingis ĉi tien, al la bordo de la Balta maro.

Lunde li jam forgesis pri la tuta afero. Revenante hejmen vespere, li enportas aĉetaĵojn en la kuirejon. Cecilia sidas ĉe la tablo legante fakan revuon. Jam de ŝia rigida dorso videblas, ke io misas.

"Vi ricevis poŝtkarton", ŝi diras. "Ĝi kuŝas sur la komodo."

"De kiu?"

"Mi ne rigardis."

Ŝia tono kaj streĉita voĉo malkonfirmas tion, tamen li ne volas disputi. La bildkarto montras vidaĵon de Stonehenge, kaj kiel suspekteble, ĝi venas de Marina.

Londono jam staras al mi en la gorĝo. Pramos al Danio merkrede, poste trajnos norden.

Jen ĉio, kion ŝi skribis, kvankam restis spaco por pli, se ŝi volus.

Li tuj revidas antaŭ si la savitojn en plejdoj. Ĉu ŝi vojaĝis per tiu pramo, en tiu tago? Se jes, sendube ŝi devas esti inter tiuj savitoj.

Tamen, kial ŝi ankoraŭ ne telefonis al li? Jam pasis kvar tagoj. Ĉu estas aliaj pramoj inter Anglio kaj Danio? Eble ŝi tutsimple prokrastis la vojaĝon. Sed kial ŝi diable ne telefonas, spektinte la novaĵojn?

Ĉu ŝi skribus pli, se ŝi scius, ke tio estos ŝia lasta poŝtkarto?

Pasas tagoj. La gazetaro plenas je teruraj novaĵoj el la milito en Bosnio. Tomas ne komprenas, ke io tia povas okazi en Eŭropo. La averio de Scandinavian Enterprise jam plenigas nur noticojn. Pluraj el la savitoj tamen meritas atenton, ĉar ili estas svedoj. La samo validas pri kelkaj dronintoj kaj mankantoj. Entute trideko da pasaĝeroj ne estas retrovitaj, kaj Marina estas inter ili. Ŝi estis en la pasaĝera listo de tiu pramo. Tion Tomas ekscias telefone de ŝia patrino.

Oni ankaŭ ne trovis ŝiajn posedaĵojn. Tio ne estas stranga. Ŝi ne rezervis kajuton sed kredeble sidis en fotelo aŭ kuŝis en amasdormejo inter junaj dorsosakuloj. La malmultaj aferoj, kiujn ŝi kunportis el Britio, sendube estis forlavitaj de ondego same kiel ŝi mem.

Ŝia patrino ne volas rakonti ion plian. Ĉu Marina planis resti en Svedio? Kial ŝi volis reveni? Ĉu ŝi iris ĉi tien aŭ al Gotenburgo, kie ŝi vivis antaŭ ol forlasi Svedion? Ĉu io malbona okazis al ŝi en Londono? Nenion el tio diras la patrino. Eble ŝi ne scias. Eble ankaŭ ŝi ricevis nuran bildkarton pri Stonehenge.

Ekzistas neniu alia, kiun li povus demandi pri Marina. Antaŭ monato, kiam li parolis kun ŝi telefone, ŝi ne menciis planojn reveni. Li cerbumas, ĉu li devus ion subkompreni el ŝiaj tiamaj vortoj, sed ŝi impresis al li proksimume kiel kutime. Iom laca, sed tio estis normala. Subite trafas lin la penso, ke li eble iel kulpas. Se li vizitus ŝin en la lasta somero, eble li eksciis, kion ŝi planas. Sed kiel li povus antaŭvidi ŝian decidon forlasi Londonon? Kaj ĉu li povus malhelpi la ŝtormon sur la Norda maro?

Tomas pinglas la banalan bildkarton surmure en la vestiblo, inter la fotoj de Cecilia kaj li, kaj de ŝiaj gefratoj kaj parencoj. Li ekzamenas ilin por trovi familiajn trajtojn de Cecilia. Sed li vidas nenion komunan, krom aplomba mieno kaj firma rigardo rekte en la fotilon.

Li mem ne havas fotojn de familianoj por surmurigi. Nur tiun bildon de angla ŝtonaro, kiu memorigas al li Marinan.

Ĉapitro 2

Marina 1970

Survoje hejmen de Avo kaj Avino Bizaleta falas de la ŝipo kaj dronas. Jen kion pensas Panjo kaj Paĉjo. Marina ploras kaj fingromontras al eta punkto sur la akvo. Tiu punkto eble estas Bizaleta, eble nenio ajn. Baldaŭ malaperas la punkto inter rebriloj sur la ondoj. "Kial vi ne tenis ĝin?" skoldas Paĉjo. "Vi devus teni ĝin firme!" "Ne riproĉu ŝin, André!" diras Panjo. "Ĉu vi ne vidas ke ŝi jam ploras? Ne necesas pli plorigi ŝin!" Marina plu ploras, dum ŝiaj gepatroj disputas pri kiel eduki ŝin. Ĉiuokaze Bizaleta estas for. Malaperis ŝiaj lanaj harplektaĵoj, ŝia ĉiama ruĝa rideto, la verda jupo kudrita el iu eluzita bluzo de la avino, kaj la longaj molaj kruroj, kiujn eblis faldi, fleksi kaj volvi ĉiel ajn. Ekzemple ĉirkaŭ la kolon de Marina. Bizaleta estis la sola, kiu povis brakumi per la kruroj. Avino kudris ŝin el diversaj ŝtofpecoj restantaj, remburis ŝin per io mola, vivigis ŝin kaj baptis ŝin Lizabeta. En la buŝo de Marina la nomo iĝis Bizaleta, ĉar tio okazis je Kristnasko antaŭ jaro kaj duono, kiam Marina ankoraŭ estis malgranda. Tamen, tiu iĝis ŝia vera kaj dumviva nomo. Sed kiu do povus imagi, ke la vivo de Bizaleta daŭros tiel mallonge? Kiel ŝi povus scii, ke la maro estas tiel malvarma kaj profunda?

Panjo promesas novan pupon, dum Paĉjo ripetas, ke necesas fiksteni tion, kion ŝi ricevas. Neniu el ili scias, ke Bizaleta ne falis akcidente. Ŝi mem saltis en la maron, ĉar ŝi tediĝis de la veturado. Ŝi volis anstataŭe naĝi en la postondo de la ŝipo. Nur Marina tion scias, kaj ŝi ploras, ĉar Bizaleta naĝis for de ŝi. Neniu nova pupo povus helpi tion.

Veninte hejmen Marina tamen ne longe plu pensas pri Bizaleta. Ŝia amikino Susanna ricevis fratineton. Nun ankaŭ ŝi volas tion. "Nu, kial ne?" diras Paĉjo. "Aŭ eble fraton. Oni ne povas scii antaŭe." "Ne babilu!" diras Panjo. "Ŝi eble kredos, ke tio okazos." "Ĉu gravas? Eble tio ja okazos."

"Vi scias, ke ne. Ni jam sufiĉe traktis tion."

La fratino de Susanna tamen ankoraŭ ne multe valoras. Plej ofte ŝi dormas, kaj se ne, ŝi suĉas la mamon de sia panjo. Kaj se ŝi ne tuj ricevas la mamon, ŝi ploras tiel ke doloras al la oreloj de Marina. Kiam Susanna tenas ŝin, la patrino zorge gardas, ke ŝi ne perdu la bebon. Ne eblas ludi per ŝi same kiel per pupo. Ne eblas fleksi ŝiajn krurojn ĉirkaŭ la kolon.

Susanna estas samaĝa kiel Marina kaj la plej proksima amikino. Ŝi estas diketa kaj havas blondajn buklojn, ne rektajn helbrunajn harojn, kiel Marina. Susanna loĝas en la sama vicdomaro kiel Marina. Sed ŝi havas grandan fraton, la novan fratineton kaj ankaŭ aliajn amikinojn. Do ŝi ne povas ĉiam ludi kun Marina. Al la domo de Susanna Marina povas paŝi sola, necesas nur preterpasi unu vicdomon, kie loĝas du maljunaj gesinjoroj. Sed pli foren ŝi ne rajtas iri sola. Kaj Panjo kutime ne havas tempon iri kun ŝi. Tial Marina ofte ludas sola hejme per la pupoj, kiuj ankoraŭ restas al ŝi.

Knabo en la domo apud tiu de Susanna havas katidojn, kaj Marina povus ricevi unu el ili.

"Demandu Paĉjon, sed vi certe estas tro malgranda por zorgi pri kato", diras Panjo.

Kutime Paĉjo decidas plej multe. Panjo ofte respondas "Demandu Paĉjon!" kiam Marina petas ion. Efektive tio estas pli aĉa ol se ŝi tuj rifuzus. Marina malamas demandi Paĉjon.

Ĉi-foje ŝi tamen petas lin, ĉar ŝi povus fari ĉion ajn pro tia beleta katido, kiu estus ŝia propra. Sed tio tute ne helpas.

"Sciu, Manjo, dombestoj kunportas nur problemojn", li diras. "Necesas ĉiutage prizorgi ilin, kaj neniam eblas forvojaĝi. Nun vi eble pensas ke tio estus amuza, sed post kelkaj semajnoj vi tediĝus. Mi scias tion, Manjo! Vi efektive ne deziras tiun katidon, vi nur pensas tiel. Sed vi pensas nur ĝis la pinto de via bela nazeto. Ĉi tio estas pro via bono, kaj vi poste ĝojos, ke Paĉjo pensas iomete pli foren. Komprenu, princineto, ke dombesto ne estas ludilo."

Ŝiaj brakoj formikas kiam ŝi devas aŭskultadi tion. Ĉi-foje ŝi difektas pupon nur pro tio ke Paĉjo tiom babilas. Tio estas, ne veran pupon per kiu ŝi povas ludi, sed neuzeblan porcelanan figuron en popolkostumo. Ĝi staris sur breto en la vestiblo, kaj Panjo iam ricevis ĝin de esperantisto el Nederlando. Iel ĝi tre valoras, kaj tion Marina ekscias, kiam la kapo malfiksiĝas. Sed ŝi simple devas fingrumi ion dum Paĉjo tiel babiladas, alie ŝi devus forkuri. Ĉu ne estas pli bone, ke tiu stulta ornama pupo difektiĝas? Laŭ la opinio de Paĉjo ne estas pli bone. Tamen la pupo estas de Panjo, sed ŝi ne zorgas same multe. Li proponas kunglui ĝin, sed ŝi prenas ĝin de li kaj forĵetas ĝin en la rubujon.

Sed pri bebo ŝajne decidas la panjo. Kredeble ĉar ŝi portas ĝin en la ventro antaŭ ol ĝi naskiĝas. Kiel ĝi venas en la ventron ne tute klaras. Susanna diras, ke ĝi kreskas de semo, same kiel floroj kaj karotoj. Sed tion Marina ne kredas. Bebo ja ne estas kreskaĵo.

La gepatroj plu diskutas, tamen ne plu pri fratino. Panjo volas rekomenci pri sia laboro en la biblioteko. De temp' al tempo ŝi iras tien kun Marina por prunti librojn, sed iam ŝi ankaŭ laboris tie. Tiam Marina ankoraŭ ne vivis.

"Komprenu, Bibi, ke tio apenaŭ indas", diras Paĉjo. "Ni devus pagi vartistinon, ĉu ne? Sed mi ne volas fremdan stultulinon en mia hejmo. Ŝi povus fari kion ajn al Marina. Ŝi donus al ŝi hamburgeron por manĝi kaj trenus bubaĉojn ĉi tien."

Hamburgero estas la plej fia manĝaĵo el ĉiuj. Ne nur muelita besto, sed krome ĝi iel rilatas al Usono, laŭ Paĉjo. Marina neniam kuraĝus gustumi tion.

"Ne troigu, André", diras Panjo. "Ne temas nur pri la mono. Mi volas reveni en mian profesion."

"Bone, bone. Tamen atendu ĝis la knabino komencos en la lernejo, ĉu ne?"

Ĉapitro 3

Tomas 1973

Li desegnis per sia nova globkrajono sur la vakstola tuko de la kuireja tablo. Avino diras, ke li viŝu tion kaj poste eniru al Avo kun la nigra bovokonduka rimeno, kiu pendas en la vestiblo. Li frotas per puriga tuko kaj lavpulvoro. La bluaj strekoj paliĝas sed ne malaperas, kaj krome nun vidiĝas malreliefoj en la vakstolo.

"Avino! Ĝi ne malaperas!"

"Se vi povis fari tian bubaĵon, vi devas ankaŭ nepre malfari ĝin", aŭdiĝas ŝia aspra voĉo el la manĝoprovizejo.

Tomas scias, ke ŝi ordigas bokalojn da konfitaĵo. Ŝi metas tiujn el la plej malnovaj jaroj antaŭen kaj la ĵus preparitajn plej foren, por ke oni ne manĝu novan konfitaĵon dum ankoraŭ restas malnova.

Li rigardas la vakstolon. Ju pli li frotas, des pli klare videblas la desegnita figuro kun sia falĉilo levita por bati, kaj io kio iĝus lupo, se Avino ne interrompus lian desegnadon. Li provas skrapi per malakra manĝotranĉilo, sed tio tute ne helpas.

Eble se li varmigus la tranĉilon? Kiam Avino lavas, ŝi ja boligas la littukojn en granda lavpoto. Li malfermas la fornoklapon sen tinta bruo kaj tenas la klingon kontraŭ la ardoj ĝis la tenilo ekvarmiĝas. Nun aŭ neniam!

Diodamne! Jen granda nigra strio sur la vakstolo. Kaj li sentas amason da tuberetoj, kiam li rapide glitigas la dikfingron laŭ la surfaco.

La pordo de la manĝoprovizejo estas malfermita je fendo. La murmurado de Avino miksiĝas kun mallaŭta tintado de konservobokaloj.

Dum momento Tomas staras senmova. Li vidas antaŭ si la kondukrimenon kaj la okulblankon de Avo kun etaj ruĝaj strioj kaj la nigre brulmarkitan vakstolon kaj la aŭton, la nigran taksion, en kiu ili veturis al la entombigo de Panjo. Li aŭdas en si la grumblan voĉon de Avo, vidas lin teni sian brunmakulan manon kave malantaŭ la orelo por diveni, kion oni diras. Poste li ĵetas rigardon al la provizeja pordo, faligas la viŝtukon en la rubakvan sitelon, ŝiras la vakstolon for de la tablo, ĉifas ĝin kaj enŝovas ĝin tra la fornoklapo.

Aŭdiĝas akra kraketado, kaj jen naŭza odoro elfluas kontraŭ li samtempe kun nigra fumo. Li frapfermas la fornoklapon kaj kuras al la pordo. La voko de Avino akompanas lin eksteren: "Je kukolo, kion vi faraĉas, knabo?" Tomas ne respondas. Li kaptas la kondukrimenon de ĝia najlo surmure kaj jam estas eksterdome, galopas laŭ la staldeklivo tiel ke la kokinoj flugsaltas dise ĉiudirekten. Trans la ŝtipejo li rampas inter du stangoj de la barilo kaj tuj venas en la arbaron.

Li rekonas la padon tra densa picearo. Preter la senarbigita tereno, poste li ekvilibras sur du duonputraj tabuloj trans fosaĵon, kaj plu supren inter ŝtonbariloj. Li jam paŝas pli kviete kun la rimeno enmane. Baldaŭ estos vespero, tamen li sentas sin sekura en la silenta arbaro. Neniu homa sono aŭdiĝas. Nek birdoj pepas ĉi-sezone, nur la vento susurigas la pintojn de kelkaj flavaj tremoloj, dum la malhelverdaj piceoj mutas. Odoras je rezino, musko kaj duonputraj fungoj.

Jen ĝi situas, la farmbieneto kiun Panjo iam montris al li kolektante mirtelojn. Kiel infano ŝi havis amikon, kies avino loĝis tie. Nun restas nur ŝtonamaso el la iama dometo, sed al la eta fojnejo ankoraŭ restas tri muroj el grizaj trunkoj kaj duona tegmento el ŝindoj. Surkorte kreskas vepra ĉerizarbo.

Panjo nomis ĝin la dezerta farmejo, kaj nun ĝi vere impresas dezerte. Ĉio silentas kaj ŝajnas atendi ion. Li memoras ĝin kiel lokon, kie li bonfartis. Tiam ĝi estis loko suna kaj varma, plena je odoroj. Ili babiletis kaj trinkis kafon kaj siropon sidante sur herboj ĉe la fojneja muro. Ĉirkaŭ ili vespoj zumis kaj papilioj silente flirtis. Li frandis mirtelojn kaj tial revenis hejmen kun purpuraj fingroj kaj lipoj. Tiam estis somero, kaj Panjo ankoraŭ vivis. Nun ĉi tie aŭtune blovas kaj malvarmas, kaj li estas sola.

Post pluraj provoj li sukcesas ĵeti la rimenon super branĉo de la ĉerizarbo. Aranĝi maŝon estas eĉ pli malfacile. Li ne scias kiel fari, sed finfine rezultas io, kio devas taŭgi. Venas ventpuŝo kaj lia maŝo iom pendolas tien-reen. Tio aspektas bone.

Estus bone se la homoj, kiuj iam loĝis ĉi tie, lasus iom da fojno en la fojnejo, sed ĝi malplenas, krom kelkaj malnovaj ĵurnaloj. Li iras ĝis la arbara rando por tranĉi kelkajn picebranĉojn per sia poŝtranĉilo. Poste li alportas tiom da sekaj herboj kiom li povas de ekster la muro, sternas ĵurnalojn surplanke kaj surmetas picebranĉojn kaj herbojn. Post tio li serĉas la fonton, kie Panjo kaj li trinkis. Jam estas preskaŭ mallume sub la piceoj, sed fine li trovas ĝin. La malvarmega akvo gustas je fero. Trinkante ĝin el la mano li eksentas, kiom li malsatas. En la fojnejo jam estas mallume. Daŭras longe ĝis li povas dormi. La herboj kaj la branĉoj ne multe moligas la planktabulojn, kaj senĉese io sonas kvazaŭ ŝtelpaŝado tie ekstere. Domaĝe, ke li ne kunportis sian poŝlampon. Kaj ion por manĝi.

Regas plena mallumo, kiam Tomas vekiĝas. La herboj sub li estas kunpremitaj, la picebranĉoj disglitis flanken kaj la ĵurnaloj glacie malvarmas. Kioma horo estas? Neniu venis serĉi lin. Li eksidas kaj komencas frostotremi. Lia tuta korpo skuiĝas tiel ke li ne povas sidi. Ekster la fojnejo apenaŭ eblas distingi la konturojn de arbopintoj en la ĉirkaŭa arbarorando, sed la grundo jen kaj jen havas pli helan nuancon. Permane li tuŝas la velkintan herbon sub la ĉerizarbo. Ĝi mallaŭte susuras kaj la mano malsekiĝas. Super lia kapo vespertoj sagas tien-reen dum ĉaso. Ili tiel rapidas, ke ne eblas okulfiksi ilin.

Kion fari? Li ne povos rekuŝiĝi en la malluma kaj frosta fojnejo. Hejmen al Avino kaj Avo li ne volas. Sed troviĝas neniu alia loko, kien li povus iri. Li ne havas alian.

Io malforte tuŝas lian nukon kaj li timtremas. Li vidas nenion, sed permane li sentas la rigidan ledon de la bovokonduka rimeno. Strange, ĝi ne malvarmas, kiel ĉio cetera ĉi tie. Li tenas ĝin, glitigas la manon laŭ la rimeno. Refoje li vidas la okulojn de Avo. Liajn ruĝe striajn, pikajn okulojn, kiam li prenas la rimenon enmane. "Jen staru, knabo, kaj klinu vin antaŭen!" La spiregoj post kvar aŭ kvin batoj. Kaj jen li vidas la samajn okulojn, sed maltrankvilajn kaj solecajn, kaj la pastron kiu ŝutis sablon sur la ĉerkon de Panjo. Kaj la vizaĝon de Avino dum la entombigo, eĉ pli sulkan ol kutime, la larmojn kiujn ŝi viŝis per la mandorso, la manon kiu serĉis apogon ĉe la ŝultro de onklo Arne.

La maŝo ja povos plu pendi ĉi tie, por la okazo ke Avo venos serĉi lin. Verŝajne ne eblas timigi Avon, tamen li eble iomete cerbumos, kion signifas la rimeno pendanta de arbo. Sed kion fari nun? La piedoj estas malsekaj kaj frostaj, ĉar roso penetris tra liaj ŝuoj. Li saltadas iom surloke, sed la kruroj rigidas kaj li estas tiel laca, ke li povus dormi starante, se ne estus tro malvarme. Nun krome revenas la malsato. Li pripensas ĉu refoje serĉi la fonton, sed timigas lin la penso trempi manon en la glacia nigra akvo. Ne vere sciante kial, li komencas paŝi reen laŭ la deklivo. Li ne vidas la padon, sed la ŝtonbariloj ambaŭflanke gvidas liajn paŝojn tra la arbaro. Ĉe la fosaĵo li glitas de tabulo kaj tretas en akvon, tamen li ne haltas sed pluiras antaŭen kun glacie malvarma akvo gluglante inter la piedfingroj.

En la senarbigejo estas iomete pli da lumo, sed li senĉese stumblas sur amaso da branĉoj kuŝantaj tie, kaj la pado tute ne videblas. La maldekstra piedo fiksiĝas, li falas senprotekte kaj io ekbruligas lian vangon. Kiam li palpas ĝin, sango gluiĝas al la fingroj. Kun tordita piedo li lamas plu kaj devas serĉadi sufiĉe longe antaŭ ol trovi ion, kio eble estas la pado malsupren al la domo.

Maldekstre la ĉielo jam iom purpure heliĝis, kaj la domo aperas kiel nigra silueto, sed nenio lumas. Sur la ŝtuparo Saga venas frotiĝi al lia malseka kruro. Li enlasas ĝin, kiam li mem enŝteliĝas. En la kuirejo odoras akre je fulgo. Li esperas atingi la ĉambreton sen veki Avinon.

Enlite li pensas pri kiam li revenis de la entombigo. Tiam li sidiĝis malantaŭ la terpomkelo kun Saga en la sino. Malofte ĝi permesas ke oni prenu ĝin tiel. Ĝi estas kato kiu kutime sin retenas. Sed tiufoje li povis longe teni ĝin, karesi al ĝi la grize strian dorson kaj enŝovi la nazon en la molan felon. Tamen li ne ploris. Neniu rajtas vidi lin plori.

En la sekva tago la tagmanĝo konsistas el fritita lardo kun terpomoj kaj cepa saŭco. Jen malgaja manĝo. Neniu parolas, nur la radio laŭte akompanas la tintetadon de manĝiloj. La kuirejo odoras je fritita porkaĵo. Tomas klopodas forigi la plej grandan parton de la graso, fortranĉante la tenacan porkohaŭton. La restaĵon li trempas en saŭco, por ke la stomako ne resendu ĝin. La tagmanĝoj ĉe Avino kaj Avo neniam estas gajaj, sed hodiaŭ ĉiuj eĉ pli silentas ol kutime. Avo eĉ ne komentas la fortranĉitajn lardostriojn. Avino nur murmure bedaŭras la maljunan reĝon, kiu ĵus mortis, laŭ informo en la radionovaĵoj. Avo ne respondas. Verŝajne li nenion aŭdis. Neniu diras ion ajn pri la skrapvundo sur la vango de Tomas.

"Sabate Avo iros en la urbon", deklaras Avino. "Tiam li aĉetos novan vakstolon en la ĉiovendejo. Kaj la monon ni prenos de via konto. Tion vi certe komprenas. Se vi detruas ion intence, vi devas pagi ĝin."

Jes, tion li komprenas. Pri la bankokonto kun mono de Panjo li neniam kalkulis. Li scias, ke laŭdire troviĝas preskaŭ dek mil kronoj, kiuj estos lia mono kiam li plenkreskos. Sed tio ne ŝajnas al li reala. Ankoraŭ neniu menciis ion pri la malaperinta kondukrimeno. Avo mutas kiel kutime, kaj Avino kun sia kurba dorso staras ĉe la forno, tintigante ties ferajn ringojn. Ja ne eblas ke ili ankoraŭ ne vidis, ke la rimeno mankas. Ĝis nun li ne ricevis draŝadon. Sed tio sendube sekvos. Eble Avo aĉetos ion novan per kio vergi lin, kvankam Avino ne menciis tion. Tomas timtremas klopodante diveni, kio ĝi povos esti. Poste li memoras la maŝon, kiu pendas supre ĉe la dezerta farmejo, kaj tiam li fartas pli bone.

Estas nekutime, ke teleroj kaj glasoj staras senpere sur la malnova trivita lignotabulo, sen vakstolo. Maldekstre de lia telero la fingropintoj trovas ion malglatan en la tabulo. Estas angulaj literoj. RNE – kion signifas tio? Ne, jen io pli fore maldekstre. Devas esti ARNE. Onklo Arne!

Tomas palpas la tranĉitajn literojn perfingre.

"Glutu vian manĝon, knabo!" diras Avino, sed tio sonas nur kiel malnova kutimo, kvazaŭ ia formulo eliĝanta per si mem inter la maldikaj lipoj.

Li kaĉigas iom da terpomo kun saŭco kaj enbuŝigas ĝin.

Neniam antaŭe li pensis pri tio, ke onklo Arne loĝis ĉi tie kiel infano. Komprenelbe li scias, ke Panjo tion faris, kaj ke Arne estas ŝia frato. Sed imagu, ke ili ambaŭ loĝis ĉi tie, estis infanoj de Avo kaj Avino, matenmanĝis kaj tagmanĝis ĉe ĉi tiu tablo! Ke ili estis gefratoj, kiuj eble interbatalis kaj klaĉis unu pri la alia. Li eĉ ne scias, ĉu onklo Arne estis frateto aŭ fratego de Panjo. Ĉiuokaze li iam sidis ĉi tie kun tranĉilo enmane, ĉizante sian nomon sur la kuireja tablo. Kio okazis, kiam oni malkovris ĝin? Ĉu li ricevis vergadon de Avo? Ĉu ankaŭ li devis porti la bovokondukan rimenon al Avo, al sia propra patro?

Tomas ne scias, kiel estas havi patron. Nek fraton. Kiam Panjo vivis, ili estis nur duope, Panjo kaj li. Nun restas nur li.

Li enbuŝigas la lastan terpompecon, metas la manĝilojn iomete super la larĝajn lardorandojn, atendante permeson forlasi la tablon. Sabate Avino sternos novan vakstolon sur la tablon. Tamen sub ĝi restos saluto de la frato de Panjo. Kaj apud tiu troviĝas loko por ĉizi kvin novajn literojn. Arne havis bonŝancon, lia nomo enhavas plejparte rektajn liniojn. O kaj S estos pli malfacilaj. Tamen tio ja eblos. Li havas sian akran poŝtranĉilon. Kaj dank' al la nova vakstolo, Avo kaj Avino nenion rimarkos. Cetere li fajfas pri tio, ĉu oni malkovros lin. Kiam Avo batos lin, li pensados pri la maŝo kiu balanciĝas tien-reen sub la ĉerizarbo. Kaj pri la sablo kiun la pastro ŝutis sur la ĉerkon. Kaj krome pri la ĉizita mesaĝo de onklo Arne al li.

Ĉapitro 4

Marina 1974

La hejmo de Avo kaj Avino estas plena pelmelo el odoroj. Unue, la kuirejo de Avino. Ĝi havas amason da malsamaj odoroj. Iufoje nokte Marina nudpiedas tra la mallumo por atingi la eksteran necesejon. Tiam la kuireja obskuro odoras iel acide, mucide. Matene oni flaras kafon jam de fore. Tagmeze, kompreneble, frititaj kolbasoj aŭ viandbuloj plenigas tiun parton de la domo per grasa nubo, kiu paŭtigas Paĉjon. Krom en tiuj tagoj, kutime marde aŭ vendrede, kiam frititaj haringoj eĉ pli tiklas la nazon. Oni flaras preskaŭ ĝis la najbaroj, ke hodiaŭ insula fiŝisto liveris haringojn al Avino.

Marina trovas tiujn tagmanĝajn odorojn ekscitaj, kaj de temp' al tempo ŝi ŝteliras tien antaŭ la manĝo por ricevi de Avino sekretan viandbulon. Dum la manĝo ŝi kompreneble manĝas nur vegetare, kiel Panjo kaj Paĉjo.

Sed en aliaj lokoj regas aliaj odoroj. La dormoĉambro de Avo kaj Avino odoras je sapo. La granda ĉambro je pipa fumo. En la suprejo, kie dormas Marina, ŝvebas ia nedifinebla miksaĵo de ŝtofo kaj farbo kaj io, kion ŝi ne scias nomi. Seko, eble? Io kies plej klara bildo estas mortintaj vespoj inter la du vitroj de la fenestro. Kaj eksterdome oni flaras la veteron de la tago. Pluvon. Polvan sunvarmon. Akran, nazincitan fulmotondron. Aŭ – je Kristnasko – falontan neĝon.

Plue estas la pisodoro de urtikoj, la parfumodoro de jasmeno, la fermentodoro de la kompoŝto. La ekstera neceseja dometo havas sekan, hejmecan odoron, kiu tute ne similas tiun de ĵus uzita endoma necesejo. Pro manko de akvo oni neniam rajtas uzi la modernan akvonecesejon ĉe la geavoj. Almenaŭ somere ne. Do, necesas ĉiam transiri la korton kaj la altaĵeton kun ĝia roka grundo el ruĝa granito ĝis la soleca malhelruĝa dometo kun nigra pordo, kaj ene elekti unu el la du truoj. Marina ĉiam sopiras je fratino aŭ amikino, kun kiu ŝi povus duope viziti tiun oportunan dupersonan necesejon. Troviĝas tiom da aferoj, kiujn knabina duopo devas priparoli en necesejo.

La terpoma kelo odoras je tero kaj malvarmo. La kokinejo – fi! – je kokina fekaĵo. La iama fojnejo je seka ligno kaj ne plu restanta fojno, kaj ankoraŭ io. Eble rusto de restantaj iloj el ia antikva epoko, kiam nekonata viro plugis, erpis kaj dio-scias-kion-is post bruna ĉevalo nomita Brunulo, almenaŭ se kredi je fabelaroj. Efektive oni ne scias, ĉar la familio ĉi tie estas novuloj sen historio.

La insula domo havas du ejojn, kiuj normale estas fermitaj. Ne ŝlositaj, do oni ja povas eniri, sed oni ne faras tion. Kutime ne. Unu estas la enireja vestiblo. Ĉi-dome, ĉi-insule, oni neniam eniras tra la enirejo, sed tra la kuirejo. Ekster ĉi tiu estas eta vestiblo, kie staras la botoj de Avo, se li estas endome, kaj liaj pantofloj, se li estas ekstere. La enirejo estas multe pli bela antaŭĉambro, kun impona blanka duobla pordo kaj bele cementita ekstera ŝtupareto. Neniam uzata.

Jes – unufoje ja. Ĉar hodiaŭ estas la sepdeka naskiĝtago de Avo, kaj tio signifas ke oni ja uzas ĝin. Unufoje en la tuta vivo de Marina. Kaj nun oni malfermas ankaŭ la duan fermitan ejon. La salonon. Ĝi estas ĉambro plene kaj bele meblita, sed neniam uzata, krom hodiaŭ. Ĝi plenas je viroj dividitaj en du flankojn kvazaŭ per nevidebla kurteno. Unuflanke estas la parencoj de Avo, en somere buntaj ĉemizoj. Aliflanke la insulanoj, kiuj malhejmas en siaj kompletoj, kaj kies koloj ŝajnas sufokiĝi pro la nekutima kravato. Iliaj edzinoj apenaŭ eniras en la salonon. La urbaninoj kafumas en la ĝardeno, kaj la insulaj virinoj instalas sin kuireje por "esti utilaj". Cetere ili ne estas pli ol tri aŭ kvar, ĉar pluraj el la insulanoj estas maljunaj fraŭloj. Avo diras, ke ili restis, kiam la eblaj fianĉinoj migris urben antaŭ jardekoj.

Tagojn poste la salono ankoraŭ odoras je fumo kaj io agaca. Ĝian devenon Marina neniam malkovras, sed ŝi rekonas ĝin de la vestoŝranko de Avino. Ŝi eniras kaŝe, kvankam neniu vere malpermesis eniri. Tamen oni simple ne vizitas la salonon senkaŭze, kaj kaŭzo neniam troviĝas, krom se iu festas sepdek jarojn.

Ĉi-jare ŝi renkontas siajn gekuzojn, Fredrikon kaj Sofian, ĉe la geavoj. Fredrik havas unu jaron pli ol ŝi. Dum ŝi kaŝe gvatas lin, li ŝajne ne havas tempon vidi ŝin. Unuafoje Panjo kaj onklino Marianne kun siaj familioj estas ĉi tie samtempe. Antaŭe ne estis spaco por tiom da homoj. Sed nun Avo konstruigis du dometojn por luigi al turistoj. Ili ankoraŭ ne pretas. Tamen la filinoj kaj ties familioj povas dormi tie. La du familioj do loĝas en la turistaj dometoj, dum la suprejo ne estas uzata. Tamen jes, ĉar jam en la unua tago Marina kaj Fredrik renkontiĝas tie. Ŝi volas montri al li sian ejon. Kiom ŝi surpriziĝas, komprenante ke li konas ĝin same bone kiel ŝi! Ŝi pensis, ke tiu subtegmenta ĉambro restas senhoma, neuzata, dum la tuta jaro, krom kiam ŝi loĝas tie. Nun montriĝas, ke la kuzo kutimas dormi tie kun sia fratino. Kia ŝoko! En ŝia lito! Ŝi ruĝiĝas pensante pri tio.

Sed Fredrik ŝajne tute ne pensas pri tiaj aferoj. El la vestejo li elfosas stakon da bildstriaj magazinoj. Verŝajne ili kuŝas tie de ĉiam, kvankam ŝi neniam rimarkis ilin. Poste li etendas sin surlite por legaĉi ilin. Ŝi stariĝas ĉe la fenestro, kie kuŝas amaso da mortintaj muŝoj, vespoj kaj forfikuloj, kiel kutime, kaj rigardas eksteren al la pomarboj de la avo. Jes, la arboj estas de Avo, la kokinoj de Avino, la neceseja dometo de ĉiuj, sed ĉi tiu ĉambro ja estas de ŝi! Ŝi volis montri ĝin al Fredrik, sed li evidente jam hejmas tie. Kvazaŭ... kvazaŭ ŝiaj someroj ĉi tie okazis en alia mondo. Strange!

Fredrik estas entute stranga estaĵo. Lia vizaĝo plenas je lentugoj kaj la korpo maldikas kiel pajlero. Tamen li manĝas pli multe ol ĉiu ajn alia ĉirkaŭ la granda kuireja tablo. Eĉ pli multe ol Paĉjo, kiu estas manĝeganto, kvankam nur de vegetaĵoj. Kaj li movas sin iel malregule, kvazaŭ en etaj saltoj aŭ tikoj. Li havas longajn blondajn fruntharojn, kiujn li senĉese reĵetadas per skuo de la kapo, ŝajne aŭtomate. Post kelkaj tagoj da observado, Marina sekrete elprovas kiel movi sin tiel. Sed tio ne prosperas al ŝi. Ŝajne ŝia korpo ne estas kreita por tiaspecaj skuiĝoj. Ŝi eĉ ne sukcesas kraĉi kiel li. Eksterdome li preskaŭ senĉese kraĉadas, per ia, stranga, blova eksplodo. Ankaŭ tiun ŝi ne sukcesas imiti. La sola rezulto estas, ke ŝia buŝo tute sekiĝas kiel Saharo. Sed li ŝajne havas senfundan fonton da salivo. Strange. Ĉu ĉiuj knaboj havas tiom da sputaĵo? Kial ili ĉiel diferencas?

Bedaŭrinde lia fratino Sofia estas tro juna kaj infaneca. Kvankam beleta, ŝi estas ege timema. Ŝi eĉ ne kuraĝas iri duope kun Marina en la necesejan dometon. Nur post kelkaj tagoj ŝi kaj Marina vere amikiĝas. Tiam ili pasigas preskaŭ tutan tagon gvatante kaj kaŝsekvante Fredrikon. Sed Sofia plurfoje ĉion detruas per sia laŭta ridado kaj kriado de stultaj mokoj. Marina preferus nur silente kaj nerimarkate observi lin.

Finfine li tediĝas pro la moketoj de Sofia kaj faras surprizan atakon kontraŭ ŝi. Tio okazas en la arbareto trans la kokinejo. Li kaptas Sofian, faligas ŝin teren. Tie li premas ŝian vizaĝon suben en la humidajn muskojn. Ŝiaj du blondaj harvostetoj implikiĝas en la mirtela arbustaro, kiu kovras la grundon. Kompreneble Marina devas helpi la knabineton. Kaŭre ŝi atakas la dorson de Fredrik kaj forŝiras lin de Sofia. Poste ŝi ne scias kion fari. Ŝi neniam kutimas batali. Do, ŝi lasas lian longan, malmolan korpon, kiu sentiĝas ege fremda sub ŝiaj manoj. Li facile ŝovas ŝin flanken kaj turnas ŝin tiel ke ŝi kuŝas surdorse sub li. Li tenas ŝiajn brakojn tiel forte, ke ili ekdoloras. Poste li ruĝiĝas, ĵetas la harojn malantaŭen de la frunto, rapide stariĝas kaj foriras, kraĉante surteren sen eĉ unu vorto. Sofia kuras post li je sekura distanco. Sed Marina restas surtere, sentante la doloron sur la brakoj. Iel ŝi volus konservi tiun doloron ĝis la sekva jaro, ĉar ĝi estas memoraĵo, pruvo pri tiu somera semajno. Sed tio ne eblas. Jam vespere la doloro vaporiĝis.

La naskiĝtago de Avo estas fine de junio, do ĉi-jare ili restas surinsule ankaŭ dum Somermezo. Tiu ne estas tute trankvila, ĉar onklo Stig drinkas kaj kunpuŝiĝas kun Paĉjo. Paĉjo ne drinkas. Nek Panjo.

"Je Somermezo vi tamen ja prenos etan gorĝumon, André", plurfoje diras onklo Stig.

Paĉjo eĉ ne zorgas respondi. Des pli ĉar Stig post kelkaj drinkoj imitas lian akĉenton, kvankam li mem stumbletas je la vortoj. Marina ne scias precize kio estas gorĝumo, sed evidente ĝi konsistas el brando, per kiu la plenkreskuloj ebriiĝas sin.

Paĉjo kaj Panjo neniam estas ebriaj. Ili estas nature gajaj. Je ĉi tiu Somermezo Paĉjo tamen ne estas tre gaja. Li sufiĉe koleras al onklo Stig. Paĉjo estas nature kolera kaj onklo Stig nenature gaja.

Ankaŭ Marina estas gaja, ĉar ŝi povas ludi kun Sofia, kiu lasas al Marina decidi kion fari. Fredrik ne plu volas ludi kun la knabinoj. Li jam finis la kvaran klason de la lernejo.

"La lernejo estas pesto", li diras. "Kaj en la ferioj estas nenio por fari."

Marina tamen ĝuas la somerajn feriojn, kvankam ŝi ŝatas ankaŭ la lernejon, almenaŭ la lecionojn. En la paŭzoj timigas ŝin la grandaj knaboj, ĉar ne eblas antaŭvidi kion ili faros. Ankaŭ la knabinoj povas esti turmento, ĉefe pro tio ke ili ege mokemas.

Paĉjo tamen ne ŝatas ŝian lernejon. Li diras, ke ĝi estas eksmoda. Li deklaris, ke ne necesas lerni kristanajn fabelojn. Ili estas mucida anakronismo, laŭ Paĉjo. Ili ne apartenas al moderna publika lernejo.

Sed la instruistino de Marina diras, ke ne eblas fari escepton por iu ajn el ŝiaj lernantoj, ĉar kio sekvus, se ĉiuj petus liberiĝi de la bibliaj rakontoj? Sekvafoje eble temus pri la multiplika tabelo.

Malgraŭ ĉio Marina estas inter la plej talentaj pri Jesuaj aferoj. Do ŝi tamen lernas la fabelojn, kvankam sekrete. Ankaŭ la himnoj plaĉas al ŝi. Ŝi ŝatas strangajn vortojn pri kiuj eblas mem imagi la signifon. Kaj strangajn frazojn. Kiel *kanto de l' river' pri la Dia ver'*. A*ŭ okulon levas mi al ĉiel'*. Plaĉus al ŝi pentri bildon de bela virino kiu permane eligas unu okulon kaj tenas ĝin alte en la aero, por ke ŝi vidu stratojn kaj domojn, arbojn kaj aŭtojn kaj homojn. Sed ŝi ne same talentas desegni, kiel parkerigi himnojn. Eble bonŝance, ĉar la instruistino ne ŝatas fantazion.

Ambaŭ geavoj estas emeritaj instruistoj. Ili loĝas en la insula domo de dudek jaroj. Nun ili malofte forlasas la insulon. La domo estas iama bieneto. Jam longe antaŭ ol ili aĉetis ĝin, oni tie ĉesis vivi per la tero. Eble la terkultivado ĉiam estis nur kromokupo de fiŝistoj. Troviĝas eta fojnejo neuzata kaj kaduka bovinejo, kie jam de jardekoj neniu besto blekas. Eĉ la kokinoj estas novaĵo elpensita de Avino, kiam ŝi emeritiĝis. Ŝi devigis Avon ripari la malnovan kokinejon kaj starigi retbarilon ĉirkaŭ parto de la korto. Li grumblas, ke tiu reto igas la ovojn pli multekostaj ol tiuj el la butiko.

"Mi ja devas havi ion, kio memorigas al mi la lernejon, kie mi laboris", diras Avino.

Krom la problemo pri akvo, la domo estas tute moderna. Malnova ligna domo, sed modernigita. Pumpilo ĉe la puto, akvohejtilo, telefono, televido, elektraj forno, fridujo, frostujo, lavmaŝino – entute ĉio. La sola manko estas, ke tiu puto donas tro malmulte da akvo, precipe malfrusomere. Tial la endoma necesejo estas neuzenda. Kaj por lavi la vazaron kaj sin mem oni portadas akvon per siteloj el la maro. Se oni ne respektas tion, ĉerpante tro multe el la puto, mara akvo penetras en ĝin kaj igas ĝin saleta.

Avo estas viro alta, preskaŭ kalva, ĉiam kun haŭto sunbruna pro estado eksterdome. Kiam li parolas, ĉio ŝajnas definitiva. Li havas apartan tonon parolante kun Marina, kvazaŭ ŝi estus respektinda gasto, kiun necesas iomete komplezi. Irante per la motorboato li ĉiam permesas al ŝi stiri ĝin, tuj trapasinte la malvastan kolon norde de la insulo. Al Panjo li neniam lasas la stirilon. Kaj promenante sur la insulo li diskutas kun Marina pri poluado de la arbaro, aero kaj maro. Al la aliaj – Panjo, Avino kaj precipe Paĉjo – li nur konstatas, ke "jen, ĉi tiel estas", sed al ŝi li demandas "kion fari pri tio?" Kompreneble ŝi ne scias respondi.

Ofte dum diskuto pri iu problemo, li okulumas al ŝi kaj diras: "Nu, tion ni devos lasi al la posta generacio."

Eble li nur petolas. Tamen estas klare, ke li traktas ŝin alie ol la ceterajn familianojn. Kvazaŭ li jam de komence taskis al ŝi ion, donis al ŝi iun rolon. La rolon de kuraĝulo, sendependulo. Tamen ŝi tute ne sentas sin sendependa, nek kuraĝa. Ŝi sentas ĉefe pezon de atendoj. La gepatroj atendas, ke ŝi kondutu bone kaj estu gaja kaj feliĉa. La avo atendas, ke ŝi solvu la mondajn problemojn. Ŝi sentas, ke ŝi devus plenumi ion gravan. Sed ŝi ne scias, kiel ŝi iam kapablos, kaj tio maltrankviligas ŝin.

Ĉapitro 5

Tomas 1975

Estas vendredo meze de januaro. Blovas akre, kaj la aera temperaturo estas iomete sub nulo. Tamen ne kuŝas neĝo surtere. Tomas staras atendante apud benzinvendejo ĉe la ĉefstrato suden. Li piediris sola al la bushaltejo, preskaŭ kilometron for de la domo de Avo, poste li iris urben per la buso. De ĉi tie onklo Arne venos kunporti lin per sia aŭto. Ili pasigos la semajnfinon en Kopenhago.

Arne ne plu loĝas ĉi tie en la urbo Kalmar, kiel antaŭe. Post jaroj da kverelado li disiĝis de sia edzino Asta. Onklino Asta kaj la gekuzoj ja restas enurbe, sed Tomas ne plu renkontas ilin. Ŝi neniam tre amikis kun siaj bogepatroj. Nun Arne malamikiĝis kun ŝi, sed ankaŭ kun Avo kaj Avino. Ŝajne ĉiuj malamikas kun ĉiuj, krom Arne kun Tomas. Jen kial li staras ĉi tie en la humide frosta vetero, apud kelkaj benzin-pumpiloj. Kaj jen kial Arne ne venos kunporti lin de la domo de Avo. Cetere ili ne havas tempon iri kromvojon, se ili volas trafi la pramon. Arne venos je la sesa, proksimume. Nun jam estas kvarono post, sed tio ne gravas. Sendube la trafiko ie ŝtopiĝis kaj malrapidigas lian veturadon. Sed li baldaŭ alvenos. Tomas staras piedbatante per siaj botoj kontraŭ ia betona rando. Li estas bone vestita kaj preskaŭ ne malvarmas. Avino decidis, kion li surhavu. En la dorsosako li havas vestojn por ŝanĝi. Ili pasigos la tutan semajnfinon en Kopenhago. Vintre ne funkcias la amuzejo Tivoli, sed troviĝas multaj aliaj aferoj por rigardi. Venenaj serpentoj en la zoologia ĝardeno, kaj kosmaj aferoj en la observatorio. Arne sendube volos rigardi bierfaradon en la fabriko de Tuborg, kaj aliajn aferojn, kiujn Tomas ne konas.

"Estos vera vira semajnfino", li diris per la telefono. "Sed ne diru tion al Avino."

Dimanĉe vespere ili revenos. Tomas ne scias, ĉu Arne tiam iros la kromvojon, aŭ ĉu li devos reveni buse en la kamparon. Sed tio ne gravas.

Li rigardas foren laŭ la ŝoseo. Preteriras kamionoj, aŭtegoj, aŭtetoj. Ne facilas rekoni la aŭton de onklo Arne. Ĝi estas malhelblua Volvo

"Amazon" el la sesdekaj jaroj, sed en la vespera mallumo ne eblas distingi kolorojn, kaj eĉ la markoj rekoneblas nur de proksime.

Kelkaj personaŭtoj eniras inter la pumpilojn por plenigi la benzinujon, sed la plej multaj pretersagas. La trafikbruo de motoroj kaj radoj daŭras preskaŭ senĉese. Jen kaj jen venas puŝo de benzinodoro el la pumpiloj. Li pensas pri tio, kiom li devis petegi Avinon, por ke li rajtu iri kun Arne. La onklo ne estas fidinda, laŭ ŝi. Kaj kial li zorgu pri Tomas, se li ne sukcesas resti kun siaj propraj idoj? Kompreneble tiu Asta estas terura megero, sed kiu kaĉon kuiris, tiu ĝin manĝu.

Tamen certe ne estos problemo. Estas nature, ke la veturado povas iom malfruiĝi, sed baldaŭ li estos ĉi tie. Ili ankaŭ iros manĝi picon. Lastatempe jam malfermiĝis picejo ankaŭ ĉi-urbe, sed la kopenhagaj picoj sendube estas superaj.

Tomas malvarmas. La lumĵetiloj de la aŭtoj blindigas lin, ĉar ĉirkaŭe regas plena mallumo. Estas post la sepa, kaj li iom maltrankvilas pri la pramo. Sed espereble iros pli da pramoj. Li scivolas, kio postulas tiom da tempo. Devas esti ŝtopiĝo ie, kvankam ĉi tie la trafiko jam komencas maldensiĝi. Eble estas ĉe Oskarshamn. Arne iam diris, ke Oskarshamn estas diabla botelkolo por la trafiko.

"He, knabo, ĉu vi havas problemon?"

Aperis iu viro el la benzinvendejo. Li surhavas kaskedon kaj verdan ĉemizon kun flavaj literoj BP.

"Mi atendas mian onklon. Li kunportos min de ĉi tie. Li certe baldaŭ venos."

La buŝo iom rigidas, kiam Tomas respondas. Iomete li ja malsatas. Kaj malvarmas. Sed tio ne estas problemo, ĉar en la aŭto de Arne estos varme.

La viro reiras endomen. Tomas rigardas post li. Ene videblas televidilo. Ŝajnas esti bildo de Olof Palme parolanta. Kredeble komenciĝis la novaĵoj. Jes ja, nun videblas militaviadiloj. Sendube do temas pri Vjetnamio.

Se io intervenis, Arne eble telefonos al Avino. Tiuokaze ŝi koleros. Fakte, pli kredeblas ke li ne telefonos. Ili ja malamikiĝis. Tio estus preferinda, ĉar ne estus bone kolerigi Avon kaj Avinon. Ili prefere pensu, ke ĉio estas en ordo kaj ke Tomas jam sidas enaŭte kun Arne. Ne indas inciti ilin sen nepra neceso.

Li povus eniri en la vendejon por iomete varmiĝi, sed tiam Arne alvenante ne vidus lin. Ne estas certe, ke li pripensus eniri por serĉi lin. Do, estas plej bone resti ĉi-ekstere. Arne ja devos alveni tre baldaŭ. En la televidilo iu viro nun montras al mapo de Svedio. Ŝajnas esti suno en la nordo, sed en la suda parto nenio distingeblas. Espereble ne falos neĝokaĉo aŭ pluvo, kiam ili promenos en la zoo. Cetere la vetero ne tre gravos, ĉar ili plejparte estos endome.

Fine li tamen devas eniri en la butikon por iom varmigi sin. Li staras tie ĝis la korpo ĉesas tremi. La viro alpaŝas kaj donas al li tason da varmega akvo kaj saketon da ĉokolada pulvoro.

"Atendu, prenu ankaŭ kulereton."

"Dankon."

Tomas kirlas kaj moligas la fingrojn ĉirkaŭ la varma plasta taso.

"Ŝajne via onklo forgesis ke li renkontos vin."

"Ne. Li baldaŭ venos."

"Kie vi do loĝas?"

"En la kamparo, proksime de Smedby."

"Ĉu viaj gepatroj estas hejme? Vi povus telefoni de ĉi tie."

"Sed ni ne iros hejmen nun. Ni iros al Kopenhago."

"Ĉu vere? Nu, tio ja estas alia afero."

La viro nenion plu demandas. Eltrinkinte la ĉokoladon, Tomas eliras por ne maltrafi onklon Arne, kiam tiu alvenos. Ne plu povos daŭri longe, krom se ĉio plene haltis en Oskarshamn. Li ja povus telefoni al Avino por demandi, ĉu Arne telefonis al ŝi. Sed ne, li ne faros tion. Prefere atendi, ol kolerigi la geavojn.

Ne eblas telefoni al Arne, eĉ se tiu estus hejme. Li ĵus transloĝiĝis al Norrköping, kie li luas ĉambron. Li ne havas propran telefonon. Kaj cetere li nun ne estas hejme, sed survoje de tiu trafikŝtopiĝo en Oskarshamn. Li sendube veturegas plenrapide por regajni la perditan tempon. Eble eĉ tro rapide. Espereble neniu policisto vidos lin.

Tomas restos ekstere ĝis la naŭa. Ne, ĝis dek post. Tiam li eniros por telefoni. Sed kien?

Eble Arne devas kromlabori. Li estas nova en sia laborejo, granda fabriko. Oni faras aŭtopneŭojn tie. Kredeble oni laboras tagnokte, eble eĉ semajnfine. Povus okazi, ke la ĉefo venis al Arne malfrue posttagmeze kaj devigis lin kromlabori vespere. La aŭtotrafiko ja senĉese kreskas, kaj do oni bezonas ĉiam pli da pneŭoj. Jen kiel ĉefoj agas. Ili simple decidas. Ili ne zorgas pri knaboj kiuj frostas ĉe benzinvendejoj. Ĉi tie la trafiko ne kreskas. Nur jen kaj jen preterpasas unuopa aŭto. Se Arne kromlaboras, li devus telefoni por averti pri tio kaj prokrasti la viran semajnfinon. Aŭ eĉ nuligi ĝin. Tio sendube kontentigus Avinon. Ŝi kapjesus kelkfoje dirante, ke jes ja, ŝi jam sciis, ke li estas malfidinda. Eble tial li ne volis telefoni al ŝi.

Jam estas kvarono post la naŭa. Baldaŭ li devos eniri por peti, ke li povu telefoni. Li devos paroli kun Avino. Li ne ŝatas tion, sed troviĝas neniu alia. Sed kion ŝi faros? Kredeble ne plu iros buso ĉi-vespere. La geavoj ne havas aŭton. Taksio estas tro multekosta, tion Avo neniam permesus. Do, ĉu indas telefoni? Eble li povos resti en la vendejo ĝis matene. Se oni ne fermos ĝin. Espereble ĝi funkcias dumnokte. La aŭtoj ja bezonas benzinon ankaŭ nokte, kvankam ili ne plu estas tre multaj.

Kaj cetere, se li telefonus al Avino, eble Arne poste aperus, nur iom malfrue. Tio estus vera malbonŝanco. Sed kredeble li ne aperos. Sendube li ĉi-momente staras ĉe ia maŝino, farante pneŭojn. Tomas scivolas, kiel oni faras tion. Eble li iam povus viziti lin tie por vidi lian novan laborejon. Ankaŭ tio estus amuza, alifoje, post la vira semajnfino en Kopenhago.

Ĉu eble Arne jam preterpasis ĉi tie, sen kunporti Tomason? Li eble forgesis halti? Tion sendube pensos Avino. Ŝi ĉiam ripetas, ke li ne fidindas. Tomas ne aŭskultas tion, sed ne eblas ne aŭdi. La plendado de Avino donas al li stomakdoloron. Tiam li enfermas sin enĉambre legante bildstrian rakonton pri Vespertulo.

Li denove komencas tremegi pro la frosto. Li atendos ĝis la naŭa kaj duono, poste li eniros. Espereble la viro permesos al li resti tie ĝis matene.

Ĉapitro 6

Marina 1975

Ĉi-somere Marina ne iros naĝi. Entute neniam. Se ŝi nur pensus pri la afero antaŭ ol finiĝis la lernejo! Ŝi povus diri, ke la klaso faros baneks-kurson al strando. Tiuokaze Panjo devus aĉeti por ŝi novan banveston. Sed dum la semestro la vetero estis malbona. Pluvis, blovis kaj estis malvarme, do ŝi tute ne pensis pri naĝado. Logis ŝin aliaj aferoj. Nova robo por la lerneja fermo, ekzemple. Sed tio estis same malebla.

"Vi uzus ĝin nur unufoje, eta Manjo", diris Panjo kiam ŝi petis pri ĝi. "Vi povos porti jupon kaj bluzon, kaj krome vian ruĝan ŝtrumpo-kalsonon, se ne estos varma vetero. Tio estas pli prudenta."

Sed Marina ne volas esti prudenta. Ŝi volas esti bela. Ŝi volas esti eleganta. Dum la lerneja fermo ĉiuj aliaj aperos en helaj someraj roboj kaj blankaj ŝtrumpoj sub bluiĝe frostaj genuoj. Tiel ĉiam estas. Kiam pluvas, nur ŝi venas lernejen en kaŭĉukaj botoj.

"Ili tenos viajn piedojn sekaj, kolombeto."

Sed pri tio Panjo malpravas. En la klasĉambro la instruistino ne per-mesas surhavi botojn. Marina devas demeti ilin en la koridoro kaj paŝi ŝtrumpopiede sur la malseka planko, kie ĉiuj aliaj tretis per kotaj ŝuoj. Sekaj piedoj, ĉu? Ŝi estas la sola kiu paŝadas en malsekaj ŝtrumpoj.

Meze de junio la vetero ŝanĝiĝas kaj ebligas banon. Sur la bicikla vojeto preterpasas du samklasaninoj, Åsa kaj Ida, kun volvitaj ban-tukoj sur la biciklaj pakoportiloj. Neniu el ili petas ŝin kuniri, ĉar ili preferas iri duope. Tamen nun ŝi finfine ekpensas pri sia banvesto. Ŝi ricevis ĝin antaŭ du jaroj, kiam ŝi frekventis naĝinstruadon. Jen la sola banvesto kiun ŝi iam ajn posedis. Jam en la antaŭa jaro ĝi efektive estis tro malgranda, tamen ŝi portadis ĝin. Kutime neniu vidas ŝin, ĉar ŝi preskaŭ neniam estas sur publika strando, kie aliaj infanoj banas sin. Nur kun Panjo kaj Paĉjo ĉe ŝtonoplena golfo, kie ili kutime restadas. Aŭ sur la insulaj rokoj ĉe Avo kaj Avino, kie ili povas esti solaj.

"Senĝenaj", diras Paĉjo. Sed Marina neniam ajn estas senĝena. Nu bone, kompreneble kiam ŝi estis eta. Tamen de pluraj jaroj ne plu. Ŝi ĉiam terure embarasiĝas. Precipe nun, kiam ekaperas ŝvelaĵoj. Sendube io mankas al ili, ĉar ili tute ne aspektas kiel veraj mamoj. Ne kiel tiuj de Kristina, kaj absolute ne kiel tiuj de Panjo. Nu, Åsa havas preskaŭ similajn, kaj Ida neniujn entute, do ŝi povus bone naĝi en nura banŝorto. Sed tion ŝi certe ne faras. Ŝi ja estas ordinara, ne kiel Panjo kaj Paĉjo, kiuj naĝas nudaj.

"Tio estas tute natura, kaj ege pli sana kaj agrabla", asertas Paĉjo. "Menso sana en korpo sana. Kaj cetere vi havas nenion pri kio honti." Ŝi ja havas. Ĉion! Sed pleje ŝi hontas pri Paĉjo kaj Panjo. Imagu, se iu samklasano hazarde preterpasus la ŝtonan golfon kaj ekvidus la gepatrojn de Marina nudaj. Ŝi neniam plu povus iri al la lernejo. Tamen neniu ajn preterpasas ilian lokon. Krom unufoje, kiam iu viro aperis inter la arbustoj. Panjo ekkriis kaj kaptis sian banmantelon, sed la viro efektive eĉ pli ektimis. Li certe ne atendis stumbli sur senĝena familio, do li ege ĝeniĝis kaj replonĝis inter la arbustojn. Marina surhavis sian malnovan bluan banveston, do tio ne ĝenis ŝin. Ŝi trovis la viron komika, kiam li ekhaltis kaj komencis retroiri en juniperan vepron.

Sed ĉi-jare ŝi absolute ne povos uzi ĝin. Ŝi provis ĝin en la necesejo, kaj tio aspektis kiel sep jaroj da mizero. Ĝi striktis ĉe la postaĵo, kaj ne eblis kunnodi la ŝelkojn, ĉar unu estis ŝirita. Ĝi apenaŭ kovris la ĉefaĵon, kaj turnante sin ŝi ekvidis, ke ĝi havas truon ĉe unu kokso, kie la haŭto travideblas. Ŝi nepre bezonas novan por povi bani sin ĉi-jare.

Ŝi prove petas Panjon, ĉar ŝi tamen estas iomete pli bona. Sed tio ne prosperas.

"Demandu Paĉjon, sed laŭ mi vi ne bezonas tion", ŝi diras. "Ni ja neniam uzas banveston kiam ni iras bani nin."

Kompreneble Marina ne petas Paĉjon. Ŝi scias, ke tio ne indas.

Nun tamen estas Somermezo, kaj ili festos ĝin hejme. "Trankvilan Somermezon en la familia nesto", deziras Paĉjo, kaj tion li ja havos. En la Somermeza antaŭvespero ili iras ĝis la ornamita stango de la Popola Parko. Ili rondiras rigardante homojn, kaj Marina ricevas glaciaĵon, kvankam ĝi efektive estas malutila. Sed rozkoloran sukervaton ŝi neniam ricevos. Ŝi jam ĉesis petadi tion, ĉar ŝi scias ke ŝi ricevos ĝin nur kiam ŝi plenkreskos kaj havos propran monon. Se ŝi almenaŭ havus semajnan poŝmonon, kiel ĉiuj aliaj! Sed tio estas superflua, opinias Panjo kaj Paĉjo. Estas pli bone ke ŝi ricevu monon, kiam ŝi bezonas ion. Kaj ŝi ne bezonas rozan vaton el malutila sukero, tion ŝi nur pensas. Panjo klopodas dancigi ŝin ĉirkaŭ la stango, sed ŝi ne volas. Ŝi konas neniun tie, sed iam ajn povus aperi iu samklasano, aŭ eĉ pli terure, iu el la grandaj knaboj de la lernejo. Do ŝi nur rondiras rigardante. Kaj cetere Paĉjo baldaŭ tediĝas de tiom da brikabrako kaj malkara kiĉo, do ili reiras hejmen.

En la Somermeza tago estas tempo por la unua familia banekskurso de la jaro. Marina faras malkonvinkan provon pri dolora gorĝo, sed montriĝas, ke pura aero kaj freŝa akvo estas la plej efika medikamento kontraŭ gorĝinfekto.

"Kuŝi sub kovrilo signifas veran forcejon de baciloj", diras Paĉjo. "Kaj vi ja ne volas pli malsaniĝi, eta palulino. Simple venu kun ni!"

Paŭte ŝi sidas en la aŭto dum korboj kaj volvaĵoj saltetas sur la apuda sidloko, kaj same paŭte ŝi poste kuŝas en la ombro de pino legante *La Kvino sur sekreta spuro* la deksepan fojon. Ŝi volus havi ankaŭ *La Kvino iras almare* aŭ *La Kvino ege amuziĝas*, sed ŝi sendube neniam ricevos alian libron pri la Fama Kvino, ĉar tio estas ruba legaĵo. Ĉi tiun ŝi ricevis lastjare de onklino Marianne, kaj estas miraklo ke ĝi restas nesarkita.

Cetere ŝi konas ĝin preskaŭ parkere. Ŝi iam provis verki propran misteron de la Kvino en malnova kajero, kiu restis post la lastjara geografio, sed ŝi tute ne sukcesis igi ĝin tiel ekscita kiel la vera.

Ŝi kuŝas sur jukiga feltaĵo en kalsoneto kaj subĉemizo, post kiam Panjo devigis ŝin demeti la jupon kaj bluzon. La suno bruligas, sed jen sub la pino estas agrable. Kelkaj grandaj arbarformikoj almigras laŭ ŝia kruro. Antaŭ ol ili havas tempon pinĉi, ŝi prenas ilin singarde inter dikfingro kaj montrofingro kaj lasas ilin inter la pinpingloj surtere. Poste ŝi flaras la fingropintojn, kiuj odoras pike, ĉar la formikoj pisis sur ilin. Panjo kuŝas sunumante kaj Paĉjo rondiras tute nuda.

"Nun venu, Manjo, ni enakviĝu unuafoje ĉi-jare. Mi ne scias ĉu ni iam ajn premieris tiel malfrue. Venu salte!"

Li staras super ŝi etendante la vilajn brakojn. La tuta paĉjo estas vila, kiam nuda. Ŝi strebas ne rigardi lian aĵon, sed tio maleblas. Ĝi plenigas la tutan vidaĵon, balanciĝas jen tien jen ĉi tien. Malhela kaj stranga ĝi estas, longa kaj dika kaj kun io violkolora kio eligas ĉe la pinto. Ĝi tute ne similas la knabajn kacetojn, kiujn ŝi vidis. Tiun de Fredrik, kiam ŝi surprizis lin pisantan sub la siringoj. Kaj tiujn de kelkaj knabetoj surstrande, kiam ŝi frekventis la naĝinstruadon. Kaj tiun de Robert. La dikulo Robert, kiam du grandaj knaboj subentiris lian bluan ŝorton en la lernejo. Sed tiu de Paĉjo estas kvazaŭ tute alia korpa parto. Ne povas esti la intenco, ke ĝi aperu libere en la sunbrilo. Ŝi klopodas okupiĝi pri la Fama Kvino, sed ankaŭ la Kvino ŝajnas ĝenata de tiu aĵo. Restas kvazaŭ neniu spaco sur la sekreta spuro. Ĝi fariĝas la Kvino kaj la granda patra peniso. Kial ŝi ne povas havi ordinaran patron en banŝorto? Kial ŝi ne povas esti ordinara knabino kun ordinara familio?

"Mi ne banos min ĝis mi ricevos novan banveston!" ŝi subite aŭdas sin mem diri.

Aŭ ĉu tio estas Georgina el la Fama Kvino? Ŝi sentas preskaŭ tiel. Ŝi ne sciis ke ŝi diros tion, antaŭ ol ŝi diris ĝin.

"Ne dum la tuta somero!" ŝi aldonas.

"Kompreneble vi banos vin!" diras Paĉjo. "Ĉi tie ne necesas bankostumo. Tion vi ja scias. Jen venas neniu fremdulo, ni povas esti tute senĝenaj. Cetere, vi havas nenion…"

Marina mane kovras al si la orelojn kaj provas ekhavi kontakton kun la Kvino.

"Certe vi banu vin, karulino", provas Panjo. "Nun ni banos nin kaj poste ni piknikos!"

"Ĝuste", kompletigas Paĉjo. "Unue bano, poste bulko. Vi ne rajtas manĝi antaŭ ol baniĝi. Vi povas kramfi se vi manĝas antaŭ la bano, tion vi ja scias. Do venu, ek!"

Paĉjo faras kelkajn ŝancelajn paŝegojn malsupren en la akvon, haltas, perdas sian ekvilibron sed retrovas ĝin svingante la brakojn.

"Mi tamen ne banos min. Cetere mi ne malsatas, do ne gravas!" Marina mallaŭte diras al Panjo.

Ŝi esperas, ke nun kiam Paĉjo estas plene okupita enakviĝi, Panjo diros, ke ŝi certe ricevos siropon kaj bulkojn eĉ se ŝi ne banos sin. Sed Panjo estas preskaŭ same obstina kiel Paĉjo.

"Certe vi banos vin kaj piknikos kun Paĉjo kaj mi, Manjo! Kiel malema kaj kontraŭa vi iĝis! Nun estu gaja kaj ĉarma knabino kaj venu enakviĝi! Vi ne forgesis ja kiel naĝi, ĉu? Lastjare vi estis tiel brava naĝanto!"

Panjo staras kun akvo ĝis sia granda blanka postaĵo, atendante ke Paĉjo naĝu foren, tiel ke ŝi povos mergi sin sen ricevi ondegon envizaĝe, kiu detruos al ŝi la frizaĵon. Poste ŝi plu atendas, ke la suno iom pli varmigu la akvon. Ĝuste tiam aŭdiĝas motorboato ie fore, kaj ŝi rapidas enakviĝi. Paĉjo jam atingis duonvoje ĝis apuda insuleto, kaj li gvatas foren al la boato, sed ĝi ne venas ĉi tien.

Marina rekomencas pri la Kvino, sed la spuro fadas, kiam ŝi pensas ke Paĉjo kaj Panjo glutos la bulkojn, dum ŝi nur rigardos. Ŝi demetas la libron, surmetas la jupon kaj ekplandas nudpiede sur la bordaj ŝtonoj, kun la lignoŝuoj enmane. Veninte trans vepron el alnoj, ŝi haltas por surmeti la ŝuojn. Poste ŝi malrapidas plu laŭ la bordo direkte al la publika strando. Tie troviĝas golfeto kun sablo por la infanetoj kaj ŝtona moleo, de kiu oni povas salti enakven, sed Marina nur du-trifoje estis tie. Panjo kaj Paĉjo ne ŝatas iri tien, ĉar tie troviĝas aliaj homoj. Ne eblas esti senĝena tie kaj vostumi libere per la peniso, kiel volas Paĉjo.

Atingante la publikan strandon ŝi ekvidas, ke sufiĉe multe da homoj sunbanas sin sur la herbo kaj kelkaj infanetoj ludas sursable, sed ne tre multaj banas sin. Supozeble la akvo ankoraŭ malvarmas. Surtere tamen estas ŝvitige, kaj jen ŝi ne volas sidi en nura kalsoneto. Ŝi sidiĝas en malnova brunruĝa savboato kuŝanta surstrande kun remiloj en ĉenoj. Domaĝe ke ŝi ne alportis la libron pri la Kvino. Nu, ĉiam eblas rigardi la naĝantojn kaj iom fantazii. Klopodi eltrovi ion. La Kvino kaj la banvesta mistero. Ŝi imagas sin remi foren per la boato. Ekblovas ŝtormo, ŝi luktas kontraŭ la ondoj sed drivas plu foren...

"Saluton! Ĉu vi jam longe estas ĉi tie?"

Marina saltetas kaj turnas sin. Jen staras Ida ĉe la akvorando, malseka kiel fiŝo kaj kun akvo fluanta de la haroj, kiuj aspektas kiel ruĝbruna kasko. Ŝi surhavas klare ruĝan bankostumon, kredeble novan de ĉi-jare, ĉar ĝi estas iom tro granda al ŝia maldika korpo.

"Ĉu vi ne banos vin? Venu, mi povas eniri denove! Tute ne estas malvarme kiam oni alkutimiĝas", Ida logas.

Marina kapneas.

"Ĉu vi ne rajtas bani vin?" demandas Ida.

"Hodiaŭ mi ne povas. Mi havas stomakdoloron."

Stomakdoloro. Tio signifas, ke oni menstruas, kiam la pli grandaj knabinoj diras tion. Marina ankoraŭ ne ricevis menstruon, kaj Ida certe scias tion. Kredeble Kristina estas la sola en la klaso kiu jam menstruas. Tamen Ida certe ne riskos demandi, kiaspecan stomakdoloron ŝi havas, ĉar ŝi mem sendube ne menstruos en cent jaroj ankoraŭ. Tamen ŝi havas novan banveston, kvankam ŝi ne bezonas ĝin. Tio ne estas justa.

Ida sendube estas ĉi tie kun sia patrino. Se ŝi estus kun Åsa, ŝi certe ne babilus kun Marina. Cetere ankaŭ nun ŝi apenaŭ babilas. Ankaŭ Marina ne trovas ion pluan por diri, kaj baldaŭ Ida malaperas supren laŭ la herbodeklivo.

Marina restas en la savboato. Ŝi elpensas fantazion pri tio ke la panjo de Ida venas malsupren al ŝi por regali per fruktosuko kaj bulkoj. Ne, per kolao kaj glazurita kuko. Kolao, kiun ŝi ne rajtas trinki, ĉar laŭ Paĉjo ĝi estas logaĵo de la imperiistoj. Sed nun ŝi trinkas tutan botelon. Poste ŝi pruntas la duan banveston de Ida, kiu estas same nova kaj tute konvena por Marina. Kaj poste ŝi baniĝas kun Ida kaj rajtas decidi ĉion, kaj ŝi naĝas ege pli lerte ol Ida, kaj ĉi-jare ŝi scias transkapiĝi subakve, kion ŝi ne kapablis lastsomere. Kaj iel ŝi klopodos enmiksi la Kvinon en la aferon, sed ĝuste tiam alvenas Paĉjo, trotante per grandaj paŝoj laŭ la bordo. Feliĉe li surhavas pantalonon, sed li kaptas la brakon de Marina bruske kaj ŝiras ŝin for el la boato kaj reen laŭ la bordo.

"Vi ne rajtas tiel malaperi, Marina! Vi nun estas sufiĉe granda por kompreni tion. Ni jam serĉis ĉie. Kial vi agas tiel kontraŭ via patrino kaj mi? Panjo ege maltrankvilas. Se vi kondutos ĉi tiel, ni ne plu povos banekskursi. Ĉu vi komprenas?"

Marina ne respondas. Ŝi esperas, ke estos malvarma kaj pluva somero, tiel ke ŝi povos kuŝi sur sia lito legante, dum pluvgutoj tamburos sur la subfenestra lado.

"Ne trenadu la piedojn", ŝi aŭdas la voĉon de Paĉjo. "Vi iĝis tiel kontraŭema ĉiumaniere. Kio okazas al vi? Mi ne rekonas la knabinon de Paĉjo!"

Ŝi klopodas postresti por eviti aŭdi lin, sed Paĉjo zorgas paŝi laste, puŝante al ŝia dorso. Ŝi sentas kvazaŭ ŝi estus malliberulo, kiun oni kondukas al profunda karcera kavo, sed kiom ajn ŝi malrapidas, tamen ili baldaŭ revenas al la ŝtona golfo, kie atendas Panjo.

"Eta Manjo, kian stultaĵon vi eltrovis!" ŝi diras. "Jen vidu, ni ŝparis por vi bulkojn. Venu sidiĝi jen sur la plejdon! La siropo sendube jam iĝis tute varmeta."

"Ne", interrompas Paĉjo, "unue la knabino de Paĉjo prenos refreŝigan banon. Jen venu, demetu la ĉifonojn! Vi vidos, ke tio vigligos la humoron!"

Ŝi faligas sin sur sian plejdon kaj ŝajnigas ne aŭdi, tamen Paĉjo kaptas ŝin per siaj malmolaj manoj kaj komencas malvesti ŝin. Ŝi nodiĝas, faras sin rigida kiel bastono, tamen li ne lasas ŝin sed tiras kaj ŝiras, kaj baldaŭ ŝi kuŝas nuda sur la plejdo, buliĝinta kun la dorso supren, erinaco kiu perdis siajn pikilojn.

"Vi estas blanka kiel littuko, bubinjo!" ŝi aŭdas la voĉon de Paĉjo. "Sed iom da suno kaj freŝiga bano faros al vi bonon. Jen venu!"

Li jam demetis ankaŭ siajn proprajn vestaĵojn kaj nun kaptas ŝin. Ŝi faras sin peza kaj malmola kiel pugno, sed li rompas kaj tiras dolorige. Ŝi volas krii, tamen ne, ŝi diros nenion. Ŝi ne respondos, ne aŭskultos, donos al li nenion. Ŝi estos aliloke.

Paĉjo sukcesas enigi la manojn en la genufaldojn kaj akselojn de Marina kaj portas ŝin al la akvo. Li iomete ŝanceliĝas kaj ekglitas sur malsekaj ŝtonoj, tamen li atingas kelkajn paŝojn for de la bordo antaŭ ol faligi ŝin. La malvarma akvo rabas de ŝi la spiron kaj igas ŝin barakti. Akvo kovras ŝian kapon, ŝi faras kelkajn naĝmovojn kaj tusante revenas super la surfacon. La gaje grimaca vizaĝo de Paĉjo estas tute apud ŝi.

"Agrable, ĉu ne?" li snufegas. "Jen… precize kion… vi bezonis!"

Ŝi turnas sin kaj eknaĝas eksteren, for de la tero.

Marina jam preskaŭ atingis la insuleton kiam ŝi aŭdas la vokon de Panjo "revenu, Manjo, ne naĝu tro foren!" Baldaŭ poste ankaŭ Paĉjo vokas ke ŝi revenu al la tero. Ŝi ne respondas sed plu naĝas. Ondoj batadas al ŝi la nukon, kaj ŝi lasas la malvarman akvon enflui en la orelojn. Tiel ŝi evitas tro klare aŭdi la voĉon de Paĉjo. Ŝi provas elpensi fantazion, ion pri motorboato kiu atingas ŝin, ion pri la Kvino kaj nova bankostumo, sed ĉio kio aperas enkape estas la ruĝa, tordita vizaĝo de Paĉjo, kaj ŝi plu naĝas foren. Kelkfoje ŝi aŭdas vokojn de malantaŭe, sed ŝi ne respondas.

Poste ŝi kuŝas sur plejdo, tute malrigida kaj senmova. Panjo volvas ŝin en ambaŭ plejdojn kaj frotas al ŝi la harojn. Panjo senĉese parolas, "karulinjo, pri kio vi pensis, Manjo, vi ja komprenas ke ni ektimis", tamen Marina silentas. Ankaŭ Paĉjo silentas, jen maloftaĵo. Li sidas sur ŝtono iom malapude kaj spiregas post sia naĝado por atingi ŝin kaj poste savi ŝin reen al la tero. Li frotas al si la manon, kie ŝi mordis lin. Ŝi fermas la okulojn kaj aŭskultas la ondojn batadi kontraŭ la bordaj ŝtonoj. Ili kvazaŭ batadas ankaŭ ene de ŝi. Estas bone, ke Paĉjo nenion diras. Ŝi mem restos silenta dum ĉi tiu tuta somero, kaj ŝi intencas neniam plu bani sin.

Ĉapitro 7

Tomas 1976-1977

Panagiotis estas novulo en la klaso de Tomas. Li estas la sola greko en la vilaĝa lernejo, kaj lia nomo tre baldaŭ mallongiĝas je Pannis. En la proksima urbo jam vivas multaj grekoj, jugoslavoj kaj aliaj, kiuj venis el diversaj landoj por labori en svedaj fabrikoj. Sed kampare ne. Kelkaj el la knaboj komence provas moki la novulon, sed Pannis ne toleras mokojn. Li respondas per insultoj kaj pugnoj. Li ne estas alta, sed fortika kaj kompakta, kaj baldaŭ la plej multaj preferas eviti lin, eĉ tiuj el la sesa klaso.

Sendube Pannis rimarkas, ke Tomas kaj Jimmy ofte estas duope kaj ne kutimas partopreni en la futbalo, kiel la aliaj knaboj. Jam frue li aliĝas al la duopo, sed li neniam petas permeson. Por li ŝajne estas evidenta afero, ke ili estu kune kiel triopo. Kaj baldaŭ li estas tiu, kiu gvidas kaj decidas, dum Tomas kaj Jimmy adeptas kaj akceptas.

Postlerneje ili ofte biciklas urben. Tio daŭras duonhoron, kaj precipe la revena vojo estas longa, sed enurbe Pannis konas ĉion, ĉar lia familio pli frue loĝis tie. Ankaŭ Tomas loĝis tie antaŭ ol Panjo malsaniĝis, sed tiam li estis malgranda.

"Ni iru peti botelojn de la drinkuloj", Pannis decidas iutage.

Aro da alkoholuloj ofte sidas kune drinkante apud la urba muro proksime de la haveno. De ili eblas ricevi malplenajn botelojn por revendi al butiko. Iufoje eĉ restas kelkaj gutoj enbotele, kaj la triopo dividas la valorajn gutojn. Ili gustas aĉe, sed la knaboj glutas ilin kaj ŝajnigas ebriiĝi.

La monon ricevitan por la boteloj ili dividas. Pannis prenas duonon, dum Tomas kaj Jimmy dividas la duan duonon. Tio estas justa, ĉar la ĉefoj ĉiam gajnas pli ol la laboristoj, laŭ Pannis, kiu konas la mondon.

Alifoje ili vagas laŭ la kajoj serĉante valorajn objektojn netroveblajn. Pli malfrue aŭtune, kiam la vesperoj mallumiĝas, ili ŝteliras tra la urba parko, gvatante parojn, kiuj sidas sur benkoj kisante kaj palpante.

"Eble ni trovos iujn kiuj fikas inter la arbustoj", antaŭdiras Pannis.

Sed neniu kuŝas tie, nek kune, nek sole. Kredeble ne plu estas sezono de fikado. Anstataŭe la triopo iras al proksima publika necesejo por rigardi gejojn, kiuj kutimas veni tien, laŭ Pannis. Sed ĉiuj homoj enirantaj aspektas tute normale. Ŝajne ne vivas multaj gejoj en Kalmar.

Cetere, Tomas ne komprenas, kial tiuj homoj ne povas viziti necesejon hejme.

Unufoje ili eniras por rigardi la kondomaŭtomaton tie. Sed la akra pisodoro baldaŭ elpelas ilin.

Kiam Tomas revenas malfrue post kunestado kun Jimmy kaj Pannis, la geavoj koleras. Li devus helpi elterigi terpomojn aŭ porti brullignon, kaj li devus fari siajn hejmtaskojn de la lernejo. Kaj se li maltrafas la vespermanĝon, li devas enlitiĝi malsata.

Post tia vespero li nokte ŝteliras en la manĝoprovizejon. Bedaŭrinde tie estas tro da aĵoj, kiuj tintas je ektuŝo, kaj Avino dormas tre malpeze. Plurfoje ŝi venas surprize por kapti lin ĉe l' freŝa faro.

Evidente Pannis tre plaĉas al kelkaj knabinoj en la klaso. Eble ili trovas lin pli bela ol la aliajn knabojn, pro la malhelbrunaj okuloj kaj haroj. Sed Pannis fajfas pri knabinoj. Kiam oni aranĝas diskotekon en la lernejo, li ne dancas. El la kvina klaso dancas preskaŭ nur knabinoj, kaj kiam ili petas Pannis, li simple turnas al ili la dorson.

Iufoje la triopo vagas tra magazenoj en la urbocentro. Laŭ Pannis ili devus enpoŝigi ion.

"Vidu, estas facile. Mi iros al la kasistino por demandi pri io, kaj dume vi prenos ion."

Ili provas en la sekcio de ludiloj. Sed la vere havindaj aferoj tro grandas por iliaj poŝoj. Nur du tre malgrandajn ludaŭtojn ili sukcesas akiri. Tamen ili jam delonge ĉesis ludi per tiaj.

"Domaĝe ke la cigaredoj ne kuŝas tiel, ke oni povas preni ilin", diras Pannis.

Pannis havas kontaktojn en la urbo, kun grekoj kaj svedoj. Iufoje li malaperas kun knaboj aŭ plenkreskuloj, kiujn li konas. Tiam Tomas kaj Jimmy devas bicikli hejmen sen li.

Tomas konas nur siajn gekuzojn Greger kaj Monika enurbe, sed ili estas tro junaj. Krome ilia patrino ne ŝatas lin, do ne eblas viziti ilin. Iam li ja havis amikojn enurbe, sed li perdis ilin ekloĝante ĉe Avo kaj Avino en la kamparo.

Kiam la vesperoj mallumiĝas, la biciklado hejmen sur la granda ŝoseo iĝas malfacila kaj danĝera. La preterpasantaj aŭtoj ne lasas sufiĉan spacon, do ofte necesas cedi dekstren, ekster la pavimorandon. Kaj tiuj veturantaj kontraŭdirekte lumas blindige, tiel ke la knaboj vidas absolute nenion dum pluraj sekundoj.

La Kristnaskaj ferioj komenciĝas, kaj la vetero iĝas frosta kaj nebula. Iutage Jimmy telefonas al Tomas.

"Ni iru sketi!"

"Ĉu sketi? Kie do?"

"Apud la rivereto, sur la malsekaj kampoj."

Tomas memoras la lokon, ĉar ili sketis tie jam en pli frua jaro. Rivereto trans la trotejo aŭtune inundas kelkajn kampojn malalte situantajn, kaj se venas frosto sen neĝado, tiuj malprofundaj akvoflakegoj transformiĝas en bonegan sketejon.

Problemo tamen estas, ke la sketiloj de Tomas, hereditaj de onklo Arne, ĉi-jare tro malgrandas. Tamen li kunportas ilin por provi. Survoje ili vizitas la hejmon de Pannis kaj kunvenigas lin.

Estas griza tago kun morda frosto je deko da gradoj sub nulo. Malgraŭ tio pluraj aliaj infanoj jam ekhavis la saman ideon. Knaboj ludas hokeon, knabinoj skete piruetas. La sketiloj skrapas kontraŭ la glacio, kreante vintran sonon, kiu aŭdiĝas de fore. Jimmy sketas tien-reen sur la kampoj kaj glaciaj kanaloj. Ankaŭ Tomas provas, sed la sketiloj tro dolorigas la piedojn. Do li aliĝas al Pannis, kiu glitas per ordinaraj ŝuoj. Li tute ne posedas sketilojn.

Post iom Pannis elpensas alian ludon.

"Estas glacipecegoj sur la rivereto. Ni iru saltadi sur tiuj!"

Ankaŭ Jimmy demetas la sketilojn por partopreni. Laŭ la rando de la rivereto la glacio disfendiĝis en pecegojn, perfektajn por saltado. Ili saltas de peco al peco, tiel irante antaŭen preskaŭ ĝis la elfluo en golfon de la maro, kaj poste reen.

"Vidu, oni povas balanci ĝin, se oni tretas ĉi tiel!" krias Pannis.

Ili balancas la pecegojn kiel boatojn.

Sur la supro de la glacio troviĝas maldika tavolo de prujno, kiu donas al la piedoj bonan fikstenon. Sed per sia balancado ili ŝprucigas tiom da rivereta akvo sur la glacipecojn, ke la surfaco iĝas ege glita. Unufoje, kiam Jimmy saltas al negranda peco, liaj piedoj simple pluglitas kaj li atingas la randon. Tiam la glacipeco kliniĝas kaj li falas en la akvon.

"Ĉi tien!" krias Tomas. "Levu vin sur ĉi tiun pecegon!"

Tomas neniam antaŭe vidis sian amikon agi tiel rapide. Post du sekundoj Jimmy jam suprenigis sin kaj stariĝas sur tremantaj kruroj, tamen tramalseka, kompreneble. Ili rapidas salti ĝis pli firma glacio apud la tero. El la malsekaj vestaĵoj de Jimmy oni flaras ŝliman odoron. La rivereto ŝajne havas malpuregan akvon.

"Mi devas iri hejmen", diras Jimmy. "Diable, Panjo estos furioza!"

"Atendu", diras Pannis. "Ni saltadu nur unu plian fojon ĝis la elfluejo kaj reen!"

Ĉi-foje tamen nek Jimmy nek Tomas obeas sian ĉefon. Jam pli ol sufiĉas al ili kuri reen ĝis la loko, kie atendas iliaj bicikloj. Poste ili devas bicikli kontraŭ la vento ĝis la hejmo de Jimmy. Alvenante ili konstatas, ke lia vesto frostiĝis en kirason, kaj Tomas devas helpi al li demeti ĝin. Kvankam daŭros horojn ĝis liaj gepatroj revenos hejmen, li ne povos kaŝi al ili la aventuron. Jam post dek minutoj ŝlimodoro plenigas la banĉambron, kie surplanke kuŝas la degelantaj vestaĵoj.

Post tiu tago Jimmy ne plu proponas sketadon, nek aliajn ekskursojn. Kaj iutage inter Kristnasko kaj Novjaro, Avino sciigas:

"Tomas, la sinjorino Berglund telefonis por diri, ke ŝia knabo ne plu rajtas ludi kun vi. Mi ne scias, kion fari pri vi. Kial vi volas dronigi vin mem kaj vian amikon? Ne plu iru al tiu loko! Kaj ne pensu, ke ni aĉetos novajn glitŝuojn por vi, kiam vi kondutas tiel stulte!"

Ne indas respondi, ke li tute ne kulpas. Nek ke ili saltadis sur glacipecoj ĝuste pro manko de sketiloj.

Kiam komenciĝas la nova semestro, Jimmy ne plu estadas kun Tomas kaj Pannis. La triopo iĝis duopo, sed ankaŭ Pannis post iom komencas eviti kunestadon kun Tomas. Li trovis novan amikon, knabon en la sesa klaso, kiu kelkfoje pruntas mopedon de sia pli aĝa frato. Do, Tomas plej ofte estas sola. Tio ja estas pli trankvila, kaj sola li mem povas decidi, kion fari, sen ĉefo. Tamen mankas al li la triopo sub gvido de Pannis. Tedas lin estadi sola.

Ĉapitro 8

Marina 1977

Ĉi-jare Panjo kaj Paĉjo ne sukcesis havi libertempon en la sama monato. Panjo liberas de la biblioteko en junio, kaj Paĉjo de la arkitekta firmao en julio. La SAT-kongreso okazas en Okcidenta Germanio, kaj tien Paĉjo ne volas iri. Do li decidas ĉi-jare viziti sian familion en Francio kune kun Marina. Ŝi ĝojas ne iri al kongreso. Lastjare la tuta familio partoprenis en la Gotenburga kongreso, kaj ŝi enuis dum tuta semajno. Nun ŝi antaŭĝojas unuafoje viziti Francion, la landon kie naskiĝis kaj kreskis Paĉjo.

La franca avino unufoje venis al ili por pasigi du semajnojn ĉe siaj filo kaj bofilino en Svedio. Tiu renkontiĝo estis sufiĉe laciga kaj finiĝis per granda kverelo inter Paĉjo kaj la avino. Marina demandas sin, ĉu la sama afero okazos nun. Laŭ Paĉjo, la franca avino ne povas vivi sen kvereli. Oni simple ne zorgu pri tio. Tamen dum ŝia vizito evidente li estis tiu, kiu kontraŭdiris al ŝi. Ne mirinde. Nek Panjo nek Marina scias paroli france.

"Paĉjo, kial vi parolas kun mi en Esperanto kaj ne en la franca? Se mi scius la francan, mi ja povus paroli kun la avino kaj aliaj parencoj en Francio."

Sed Paĉjo ne havas oftan kontakton kun siaj parencoj, krom la avino.

"Ne indas scii la francan kiam oni vivas alilande", li diras, "Ĝi neniel utilas. Pli bone paroli internacian lingvon."

Tiu respondo ŝajnas al Marina stranga, ĉar alie Paĉjo ĉiam laŭdas kaj fanfaronas pri franca kulturo. Neniu alia aŭtoro atingas la nivelon de la grandaj francaj verkistoj, kiel Hugo kaj Zola. Tamen ŝi ne vidis lin legi iliajn verkojn. Cetere, li ankaŭ ne legas alian literaturon. Krom de temp' al tempo iun anglalingvan scienc-fikciaĵon, kiun li legas kun angla-franca vortareto enmane, sakrante kiam li ne trovas la serĉatajn vortojn en tiu poŝvortaro. La ĉefa legemulo en la familio estas Panjo.

Survoje al Francio ili devas aŭti tra Germanio. Ne ekzistas vojo por eviti tion, sed Paĉjo sukcesas per aŭtoŝoseoj trairi ĝin en nur unu tago.

Poste ili eniras Belgion kaj povas spiri pli libere kaj tranokti en simpla hotelo apud Lieĝo. Trapasinte tutan Francion ili venas al Nantes, kie vivas la avino en malnova domo plena je malnovaj mebloj. "Via avo estis antikvaĵisto", klarigas Paĉjo. "Kaj nun ŝi vivas inter tiuj mebloj, kiujn li ne sukcesis vendi eĉ dum jardekoj. Malnova rubo plena je cimoj, sendube."

La domo situas urbocentre, kaj en ĝi odoras je cepo kaj sekigitaj floroj. En la unua nokto Marina vekiĝas plurfoje pro trafikbruo el la strato. Sed jam en la dua nokto ŝi alkutimiĝas.

La franca avino estas malalta blankharulino, kiu ŝajnas pli maljuna ol la sveda avino. Ŝi akceptas ilin sen videbla ĝojo. Fakte, la franca avino ne estas tre komplezema al Marina. Ofte dum ilia vizito, ŝi ŝajnas plendi pri la konduto de sia nepino, tamen Paĉjo ne interpretas ŝian plendon, sed komencas mem kontraŭdiri al ŝi. Do, Marina ne ĉiam komprenas, kiel ŝi devus konduti laŭ la opinio de la avino. Kelkaj aferoj tamen estas evidentaj. Ke ŝi ne interrompu la parolon de plenkreskulo. Ke ŝi entute ne parolu laŭte. Ke ŝi ne paŝadu nudpiede en la domo, nek klakante per siaj svedaj lignoŝuoj. Kaj ke ŝi eliru vestite en bela kaj zorge gladita robo, ne en truita ĝinzo kaj paliĝinta, eluzita ĉemizeto senmanika, tra kiu videblas ŝiaj cicoj. Ion la avino ripetas tre energie pri tiu ĉemizeto. Fine Paĉjo klarigas:

"Ŝi volas, ke mi aĉetu por vi mamzonon. Kia stultaĵo! Vi ne enfermu la korpon en tia torturilo. Iuloke oni eĉ bruligis ilin, sed Francio kiel kutime postrestas. Cetere, vi havas nenion por enfermi, Manjo."

Marina ne konsentas. Tio jam de jaro estas temo de disputoj, sed evidente ŝi ne sukcesos utiligi la opinion de sia avino por konvinki Paĉjon pri la bezono de mamzono.

Post kvin tagoj ĉe la avino, Paĉjo definitive laciĝas de ŝi kaj decidas rondiri inter aliaj parencoj. Ili restas nur dum po unu tago aŭ unu nokto ĉe tri gekuzoj de Paĉjo. Unu el ili loĝas en Nantes, la du aliaj en lokoj, kies nomojn Marina poste ne memoras. Ne eblas paroli kun ili, do ŝi pasigas la plej grandan parton de la tempo legante kaj relegante la du librojn, kiujn ŝi kunportas. Panjo donis al ŝi francan romanon, dirante ke ŝi eble tro junas por ĝi, tamen indas provi. Ĝi titoliĝas

Bonan tagon, tristeco kaj temas pri knabino, kiu amindumas plenkreskajn virojn, dum ŝia patro havas amaferon kun juna virino. Tio vere ŝajnas al Marina sufiĉe trista. Ŝi preferas la duan libron, kiun ŝi mem elektis, *Anne de Verdaj Gabloj*.

Poste ili iras al Serge, la frato de Paĉjo, kiu vivas kun edzino kaj du infanoj en Pariza antaŭurbo. La du gekuzoj Lucien kaj Julie estas pli junaj ol Marina, kaj ŝi trovas nenion por fari kun ili, kiam ne eblas interkompreniĝi per vortoj.

Sed la onklo tre ŝatas babili kun ŝi, en flua angla lingvo. "Estas bonege paroli angle pri io alia ol komputado", li gaje diras.

Serge laboras en centro de grandaj komputiloj en Parizo kaj havas profesiajn kontaktojn kun Usono, sed li interesiĝas pri ĉio, scivolas pri ŝia vivo, ŝiaj preferoj. Kaj li ne havas tian moketan tonon, kiun plenkreskuloj preskaŭ ĉiam aplikas parolante al dekdujarulino, laŭ la sperto de Marina. Aŭ eble ŝi ne rimarkas ĝin en la fremda lingvo.

Ŝi lernas la anglan jam tri jarojn en la lernejo. Kompreneble ŝi ne scias tre flue paroli, sed onklo Serge estas pacienca kaj eltrovema. Kiam ŝi ne scias anglan vorton, ŝi provas per Esperanta, kaj kelkfoje Serge rekonas ĝin kaj proponas al ŝi anglan aŭ francan vorton. Entute, li estas tre simpatia. Ŝi eĉ ŝatas lian francan akĉenton, kiu similas tiun de Paĉjo, kiam tiu parolas svede.

Adèle, la edzino de Serge, bedaŭrinde ne scias la anglan, sed ŝi estas tre komplezema kaj elpensas vegetarajn manĝojn, kiujn Paĉjo kaj Marina povas manĝi, kvankam la familio normale manĝas viandon. Marina tamen miras, ke ĉi tie oni manĝas ĉiun aferon en sinsekva vico, anstataŭ kune, kiel plej bongustas.

Serge ne havas libertempon ĉi-semajne, sed li liberigas sin kelkajn horojn kaj invitas ilin rigardi Parizon. Paĉjo tamen ne volas kuniri. Paĉjo faros propran rondiron en novaj loĝkvartaloj por studi la arkitekturon kaj urboplanadon. La du fratoj malsamopinias, kio estas vidindaĵo. Marina elektas la flankon de la onklo.

Do, duope kun Serge Marina vizitas la Ejfelturon, la preĝejojn de Nia Sinjorino kaj la Sankta Koro, parkon, kafejon. Ŝi ĝuas paŝi laŭ Parizaj bulvardoj flanke de viro, kvankam la onklo estas diketa kaj malpli alta ol Paĉjo. Sed li vestas sin pli laŭmode en pantalono kun sube vastaj krurumoj kaj malvasta jako kun larĝaj roversoj. Intertempe ili babilas, tamen ne pri tio kion ili vidas kaj aŭdas, sed pri ĉio ajn.

"Vi bone parolas angle", li diras. "Kiam vi estos pli aĝa, vi devos viziti Usonon. Jen la lando de senfinaj ebloj."

Marina miras. Kiam Paĉjo mencias Usonon, ĉiam estas io negativa.

Kiel onklo Serge povas ŝati ĝin?

"Mi ne volas iri al Usono", ŝi diras. "Ĝi faras militon ĉie."

Serge ridas.

"Nu, sendube. Sed ĉu ne estas diferenco inter la registaro kaj la popolo?"

Pri tio ŝi neniam antaŭe pensis.

"Kiam mi estis infano, ankaŭ Francio militis", li pluas. "En Alĝerio. Kaj la milito de Usono en Vjetnamio origine estis nia, por konservi la koloniojn. Feliĉe tio finfine ĉesis. Kaj Svedio ja neniam militas, ĉu?"

Marina konsentas, sed povas nenion aldoni. Pri iamaj historiaj militoj kontraŭ danoj kaj rusoj ne indas paroli. Tiuj ŝajnas al ŝi ne realaj, sed nuraj fabeloj.

Tamen Serge rapide ŝanĝas temon.

"Ĉu plaĉas al vi *Abba*? Sendube ili plaĉas. Ili estas el Svedio, ĉu ne?"

Marina ĝis nun ne tre ŝatis Abban. Kompreneble ŝiaj amikinoj adoras ilin, sed laŭ Panjo kaj Paĉjo tio estas muzikspeco senvalora, tro supraĵa.

"*Mono mono mono*", kantetas Serge. "Jen la vero, ĉu ne? Ni vivas en mondo de riĉuloj. Kaj bedaŭrinde mono ja necesas."

Kvankam mono ja ofte mankas al Marina, ŝi neniam pensis pri tio en ligo kun Abba. Eble ŝi ne vere aŭskultis la tekstojn.

"Kaj *Dancin' Queen*! Kia pompa kanto! Dancreĝino, jen vi, Marina!" ridetas Serge.

Ŝi decidas, ke ekde nun ankaŭ ŝi estos fano de Abba. Panjo kaj Paĉjo ŝajne ne vere komprenas ilin.

"Kiam vi renkontas amikinojn, kion vi kutimas fari kun ili?" demandas Serge. "Ĉu André kaj via patrino permesas al vi iri sola por viziti amikinojn?"

Marina pripensas, kion ŝi kutimas fari. Ŝajnas al ŝi, ke ŝi plej ofte estas hejme en sia ĉambro, legante rakontojn por gejunuloj. Sed ŝi iom hontas pri tio. Do ŝi mencias la ĉevalejon, la kelkfojan diskotekon en la lernejo, la sportejon kaj la atletikan klubon.

"Sed plej ofte mi nur renkontas amikinojn hejme, aŭ eksterdome ie... en la urbocentro aŭ iu parko aŭ ie aliloke..."

Tio konsternas la onklon, kaj ŝi devas klarigi, ke ili vivas en kvieta urbo negranda, kie neniam okazas io danĝera.

"Sed vespere Paĉjo ofte venas veturigi min hejmen. Precipe se estas iom longe. Ekzemple ĉe mia amikino Ida, plej ofte mi biciklas tien, sed poste Paĉjo veturigas min hejmen per la aŭto."

"Nu, ĉi tie estas alie. Tro da krimoj kaj perforto. Mi ŝatus vivi en pli malgranda urbo, pro la infanoj, sed mia laboro ekzistas nur en Parizo. Krom se ni irus al Kalifornio, sed tion Adèle ne ŝatus."

Poste Serge rakontas pri sia propra infanaĝo. Paĉjo estas lia pli aĝa frato, kaj laŭ Serge li ĉiam volis decidi pri la frateto.

"Sed tio ja estas normala. Kaj feliĉe li iris studi en Parizo, kiam mi estis dektrijara."

Fine Marina klarigas al onklo Serge, ke ŝi ŝatus viziti butikon de vestaĵoj. Ili jam preteriris tre luksajn butikojn, sed la onklo trovas por ŝi malpli kostan. Pro embarasiĝo kaj manko de lingvoscio ŝi ne povas klarigi, kion ŝi serĉas. Tamen ŝi trovas la sekcion de subvestoj. Ŝia poŝmono sufiĉas nur al la plej malmultekosta el ĉiuj mamzonoj. Sed tiam Serge intervenas, petante ke ŝi permesu al li aĉeti tiun, kiun ŝi plej ŝatas. Jen la pinto de ŝia restado en Parizo!

"Ne necesas rakonti ĉi tion al André", diras Serge kun okulumo.

Ŝi tute konsentas. Dum la vojaĝo ŝi kredeble ne surhavos ĝin, sed ŝi jam antaŭĝojas pri la fino de la someraj ferioj, kiam ŝi iros al la lernejo en ŝika mamzono el Parizo.

Post tri tagoj ĉe la geonkloj ili ekiras norden kaj orienten. Kelkfoje Paĉjo haltas por rigardi iun novan loĝkvartalon, kies arkitekturon li kritikas pli aŭ malpli severe. Pri ordinaraj vidindaĵoj li ne interesiĝas. Tiujn ŝi devos serĉi en gvidlibro, reveninte hejmen.

Marina plulegas en "Bonan tagon, tristeco" kaj provas imagi, ke ŝi amindumas onklon Serge. Tio estas amuza ludo, sed kiam temas pri la seksaj aferoj, ŝi tro hontas por plu fantazii. Se temus pri junulo, estus jam alia afero. Sed plenkreskuloj ja ne havas sekson.

Ĉapitro 9

Tomas 1994

La bildkarto pri Stonehenge restas surmure. De temp' al tempo Tomas rigardas ĝin, malfiksas la pinglon kaj legas la avarajn vortojn sur ĝia dorsflanko. La lastajn vortojn de Marina. Je novjaro li telefonas al ŝia patrino kaj ekscias, ke la Registro de loĝantoj notis Marinan kiel neekzistantan. Li jam scias, ke en Svedio tiu registro estas prizorgata de la fiska aŭtoritato. Pli frue la pastroj notis loĝantojn en ekleziaj libroj, kaj la malaperintojn en libro de neekzistantoj. Li trovas tiun taskon pli proksima al la normala laborkampo de pastroj, ol de la impostkontrolantoj. De Marina oni ne plu povos atendi ian ajn pagon de impostoj. Tamen jen la nova ordo. La eklezio kaj la ŝtato planas fin-fine divorci post kvincentjara geedzeco, do ekde ĵus la fiskaj burokratoj kalkulas la animojn, vivajn samkiel malvivajn.

Poste li eksciis, ke ŝiaj gepatroj petis deklari ŝin mortinta. Ankaŭ tio estas fiska afero. Li ne scias, ĉu eble troviĝus pli taŭga instanco por tio. Sed ĉiu faro havas sian fariston, kiel iam diradis lia avo. Tamen daŭros iom, ĝis ilia peto estos plenumita, kaj nur post tio eblos aranĝi entombigon.

Por Tomas la vivo plu daŭras. Daŭras lia vivo kun Cecilia, kaj ŝajne longe daŭros liaj historiaj esploroj. Ofte li restas vespere en la instituto, tiel profundiĝinte en malnovajn dokumentojn, ke li forgesas la horon. Ankaŭ Cecilia multe laboras vespere, preparante siajn lecionojn. Kiel relative novbakita instruisto, ŝi faras tion ambicie, tamen hejme. Do, lia ofta foresto ĝenas ŝin.

"Mi enuas sidi ĉi tie sola en la vesperoj", ŝi diras. "Ĉu vi ne povus labori hejme kelkfoje?"

"Nu, tio ja eblus. Sed ni ĉiuokaze ja okupiĝus ĉiu pri sia afero. Do, ĉu estus diferenco?"

"Por mi estus granda diferenco senti, ke vi sidas en nia kuna loĝejo, ne fore en la univo."

Li pripensas tion. Sendube ili malsamas. Ĝenas ŝin, se li ne apudas. Li male timus ne koncentriĝi, sciante ke ŝi proksimas. Tiam li volus masaĝi ŝiajn ŝultrojn, rakonti al ŝi anekdoton aŭ simple rigardi ŝin kontemple.

"Krome oni ja ne laboras tute senĉese", ŝi daŭrigas.

"Bone. Mi provu hejmi iom pli."

"Mi ŝatus vespermanĝi kune ĉiutage. Laŭ mi tio estas normala. Iufoje mi eĉ demandas min, ĉu ni fakte kunvivas aŭ ne", ŝi diras.

"Nu, sur la pordo aperas du nomoj, Swärd kaj Eriksson. Do jes. Elemente, mia kara Watson."

En liberaj tagoj ilia programo inkluzivas sabatajn butikumojn, dimanĉajn promenojn kaj mebladon kaj beligadon de la loĝejo. Lastatempe temas pri novaj tapetoj en la dormoĉambro, ĉar Cecilia tediĝis de la malnovaj. Krome, male al Tomas, Cecilia sportemas. Ĉiusemajne ŝi naĝas mil metrojn kun kolegino. Kelkfoje ili ankaŭ kuras. Tomas kuras nur se li riskas maltrafi tramon. Malgraŭ tio li estas same maldika kiel ĉiam. Kaj same senmuskola, se konfesi ĉion.

"Tomas, ni iru skii je Pasko", ŝi proponas.

"Ĉu skii? Mi neniam skiis en mia tuta vivo. Mi ne scias skii, kaj mi ne posedas skiojn. Ĉu vi?"

"Ni luos ilin. Ĉu vi supozas, ke mi multe skiis kiel infano en Skanio? Sed antaŭ kelkaj jaroj mi estis kun amiko en la montaro, kaj tio estis facila kaj ege amuza."

"Do, vi pensas pri slalomo?"

"Vi elektos slalomi aŭ ŝusi laŭplaĉe, sed komence vi sendube glitos neĝpluge sur la deklivo por infanoj. Ne gravas, ankaŭ mi ne tre lertas."

Tio tamen montriĝas falsa modesteco. Dum la Paska semajno ili luas etan apartamenton en la sveda montaro, kaj laŭ la opinio de Tomas ŝi estas profesia slalomisto. Tamen ankaŭ li iom ĝuas la estadon. La vetero estas favora, kaj nur post du tagoj li konstatas, ke suno kaj neĝo en kombino danĝeras al lia hela ruĝiĝema haŭto.

Do por repaliĝi li pasigas du tagojn endome, legante kunportitajn historiajn verkojn, kaj kuirante vespermanĝon por Cecilia, kiu revenas laca, brunhaŭta kaj kontenta.

"Jen vidu", ŝi diras revenante. "Mi aĉetis sunprotektilon por vi. Morgaŭ vi absolute devos akompani min en la granda telfero. Estas mirinde tie supre!"

"Bone, se mi devos, mi devos. Supozeble oni povas uzi la telferon ankaŭ malsupren, ĉu ne?"

Tamen li sukcesas etape malsupreniri sur la skioj, kun multaj paŭzoj por ripozi. Li neniam antaŭe supozus, ke gliti malsupren postulas tiom da energio. Malgraŭ tio, li ĝuas la fortostreĉon kaj la relativan rapidon, kvankam eĉ infanoj senĉese flugas preter li.

Poste li sidas ĉe fenestro en kafejo tuj malsupre de la deklivo, kun glaso enmane. Li konstatas, ke biero post skiado gustas eĉ pli bone ol aliokaze. De tie li vidas Cecilian algliti de la monto, fari elegantan kristianion, ŝovi la sunokulvitrojn frunten kaj rideti per sia bronzigita vizaĝo kaj la grasprotektitaj lipoj. En tiu momento li sentas, ke ŝi estas donaco de la sorto, kiun li ne vere meritas. Nur mankas al li iu, al kiu li povus fiere montri sian surprizan kaptaĵon.

En aliaj momentoj li ne plu scias, kiu kaptis kiun, nek ĉu entute indas paroli pri kapto. La rilato kun Cecilia eble ja estas donaco de la sorto. Tamen ĝi postulas de li ĉiaman adaptiĝemon. Eble jen kial li ofte sopiras je la simpleco, la nebezono cerbumi pri kaptoj kaj adaptoj, kiun li iam spertis en sia interrilato kun Marina. Kun ŝi li povis blagi, diri stultaĵojn, konduti senzorge, nenion riskante. Sed Cecilia postulas pli profundan dediĉon kaj sinceron. Li ne certas, ke li havas tian kapablon en si. Ĉu ne devus esti pli simple? Sed eble jen la diferenco inter amo kaj amikeco, li pensas.

Revojaĝante suden post la libera semajno, li pensas pri tio, ke lia rilato kun Cecilia sendube eniris pli maturan stadion. Ŝi pli kontentas ol antaŭe kaj ne turmentas lin per sia stulta ĵaluzo pri Marina. Li tre ĝojas pro tiu ŝanĝo.

Poste li memoras, kial ŝi ne plu ĵaluzas.

Ĉapitro 10

Marina 1979

"Marina, mi vidas, ke oni aranĝos someran tendaron pri atletiko por gejunuloj ie en Kolmården. Ĉu ni ne anoncu vin al tiu?"

La familio estas kolektita ĉirkaŭ la kuireja tablo por sabata matenmanĝo. Surtable troviĝas la kutima pelmelo el pano, jogurto, butero, tizano de Paĉjo kaj kafo de Panjo, marmelado, ovoj, legomoj, fromaĝo, fruktosuko kaj tiel plu. Paĉjo legas novaĵojn en la loka ĵurnalo, dum Panjo foliumas ties parton pri kulturo kaj sporto.

"Ne, Panjo. Mi ja finis tion! Kiomfoje mi devas diri?"

Dum tri jaroj Marina partoprenis en grupo el infanoj, kiuj ekzercis sin pri atletiko. Ŝi ĉiam ŝatis kuri, kaj precipe hurdokuro kaj longa salto plaĉis al ŝi. Tamen ŝi iom post iom perdis la intereson, kaj post la pasinta aŭtuno ŝi ĉesis pri tio.

"Tamen vi povus partopreni eĉ se vi lastatempe ne ĉeestis trejnadon. Vi povus fari ion novan. Eblos provi diversajn branĉojn."

"Atletiko tedas min. Ne gravas la branĉo."

"Sed Manjo, vi devos ion fari en la someraj ferioj. Vi ne povos nur ripozi."

Matenmanĝo en la familio Aubert signifas diskutadon, laŭ la gepatroj, aŭ gurdadon, laŭ la esprimo de Marina. Efektive, Marina ne volas nur ripozi somere. Ŝi ŝatus havi ian laboron por gajni propran monon. Sed ŝi ne scias, kiel trovi ĝin. Oni ne ofte dungas dekkvarjarulojn. Ĉiuokaze necesus koni iun, kiu povus aranĝi tion. Ne indas demandi la gepatrojn. Laŭ ili, ŝi tute ne bezonas propran monon. Ŝi ja ricevas de ili ĉion, kion ŝi vere bezonas.

"Ne forgesu, ke en aŭgusto ni iros al la SAT-kongreso en Anglio", memorigas Paĉjo.

"Mi ne volas", diras Marina. "Tiu en Gotenburgo estis ĝismorta tedaĵo."

"Sed tiam vi estis infano. Nun vi jam estas juna damo, Manjo. Certe la junulfako havos interesajn programerojn por vi."

"Mi konas neniun tie. Mi volas esti kun miaj amikoj. Somermeze Ida, Amanda kaj mi tendumos."

Jen la plano kovita de Amanda, al kiu aliĝis la du amikinoj. Temas pri tendumado ĉe la maro en loko, kie kutime kolektiĝas gejunuloj je Somermezo. Ŝi efektive planis lanĉi tiun informon je pli bona okazo, tamen nun ĝi jam estas dirita.

"Kia ideo!" ekkrias Panjo. "Vi certe ne rajtas tendumi solaj, sen plenkreskuloj. Precipe ne je la Somermeza festo."

"Kial ne? Estos multaj gejunuloj tie."

"Jes, mi ne dubas pri tio. Jen kial ni ne permesos al vi."

Paĉjo cerbumas dum iom da tempo. Eĉ post pli ol dek kvin jaroj en Svedio, li eble ne ĝisfunde komprenas la misteron de Somermezo, aŭ Sankta Johano, kiel oni diras aliloke.

"Nu, eble tio estus aranĝebla", li diras penseme. "Ni ja povus tendumi kune, ĉu ne, Bibi? Kaj la knabinoj havus sian apartan tendon."

"Kion?" krias Marina. "Ĉu tendumi kun la gepatroj? Neniam! Mi mortus pro honto!"

"Trankviliĝu, Manjo", diras Panjo. "Vi ankoraŭ ne komprenas, kio povus okazi."

"Kial mi neniam rajtas tion, kion ĉiuj aliaj faras?"

"Ne kriu, Manjo. Kondutu bone, mi petas."

La diskuto – aŭ gurdado – daŭras, kaj Paĉjo ripetas sian atentigon, ke ili ja iros al la ĉi-jara SAT-kongreso. Li ofte vizitas tiun aranĝon, sed ĝis nun tiu en Gotenburgo antaŭ tri jaroj estis la sola, en kiu partoprenis la tuta familio.

Nur unufoje li ĉeestis en neŭtrala Esperanto-kongreso. Tiu estis la IJK en Gdansko. Tie li renkontis svedan junulinon, kiu poste iĝis la patrino de Marina. Iam li klarigis, ke li devis iri al tiu IJK ĉar en la junulfako de SAT estis tro malmultaj knabinoj. Sed laŭ Panjo la vera kialo estis, ke tiujare la SAT-kongreso okazis en Germanio, kaj Paĉjo rifuzas viziti tiun landon. La solaj homoj, kiujn li malŝatas pli ol la neŭtralulojn, estas la germanoj, laŭ Panjo.

Ĉiuokaze, kelkajn jarojn post la renkontiĝo en Gdansko, Paĉjo ekloĝis en Svedio kaj edziĝis al sia Birgitta, aŭ Bibi, kiel li nomas ŝin. Kiam poste naskiĝis Marina, ili jam loĝis en la urbo Norrköping, kie Paĉjo trovis arkitektan laboron. Hodiaŭ tiu urbo jam plenas je domoj, al kiuj li kutimas fingromontri preterpasante, kun la vortoj "tiun mi desegnis". Nuntempe tio tedas kaj embarasas Marinan. Iam tio impresis ŝin, sed nun ŝi scias, ke Paĉjo efektive estas nur unu el grupo, kiu pretigis la konstrudesegnojn de tiuj domoj. Cetere, la konstruaĵoj, al kiuj li montras, estas ordinaraj plurfamiliaj loĝdomoj. Marina trovas ilin tute similaj al milo da aliaj. Do nenio, pri kio indas fieri.

Ŝi scias, ke la gepatroj komence loĝis en apartamento, ĉar Panjo kelkfoje montris al ŝi la domegon, kiam ili preterpasis ĝin survoje al la urbocentro. Sed ŝi mem ne memoras tion. De kiam ŝi estis trijara la familio vivas en propra vicdomo en suda kvartalo, sufiĉe proksime al arbaro. Ilia domo estas la tria en vico el dek identaj domoj. Ĝi havas miniaturan ĝardeneton, sed neniu en la familio tre interesiĝas pri kultivado. Aŭtune Panjo kutimas enterigi kelkajn bulbojn de tulipoj, kiuj espereble floros printempe, krom se kapreoloj manĝos ilin. Kaj somere Paĉjo pritondas la arbustojn laŭ la randoj de ilia parcelo. La etan gazonon oni pritondas per mana gazontondilo, kaj tion ĉiuj en la familio devas plenumi laŭvice.

"Tiel estas, kiam oni prokrastas aferojn", diras Paĉjo, kiam Marina plendas, ke ŝi ne havas forton puŝi la gazontondilon. "Se vi tondus jam antaŭhieraŭ, estus facilege. Dum vi ripozis, la herboj plu kreskis. Jen bona leciono, ĉu ne?"

Laŭ Paĉjo la tuta vivo estas leciono por Marina.

La Somermeza tendumado estas nuligita. Ankaŭ al Ida estis neeble akiri permeson por tia aventuro. Do la familio pasigas la feston hejme kaj en proksima liberaera festenejo. Marina ĉeestas proteste kaj Paĉjo rigardas la strangajn ritojn kun skeptikemo. Nur Panjo vere ĝuas la feston, memorante sian junaĝon.

Male, la vojaĝo al Anglio ja efektiviĝas. Post la venko de Margaret Thatcher en la parlamentaj elektoj, Paĉjo unue hezitas, ĉu eble bojkoti Brition. Sed la kongreskotizo jam delonge estas pagita, do li decidas bojkoti nur Londonon. Li tamen ne volas aŭti maldekstre. Kun teruro li memoras siajn komencajn jarojn en Svedio, kiam ĉi tie ankoraŭ regis la sama misa trafiksistemo.

"Feliĉe la svedoj finfine decidis aliĝi al la normalaj homoj veturantaj je la ĝusta flanko", li diras.

Do li decidas, ke ili flugu de Stokholma al Londona flughavenoj, kaj tuj pluiru trajne kaj aŭtobuse al ia vilaĝa kongresejo meze de la angla kamparo.

Ĝi estas la unua flugvojaĝo de Marina. Ŝi ege timas je la ekflugo kaj surteriĝo, kaj krome ili havas malbonŝancon dumfluge trafi en aerkavojn, kiuj kaŭzas skuadon de la aviadilo. Marina vomas kaj preskaŭ svenas. Panjo per unu mano tenas papersakon sub ŝia buŝo, samtempe viŝante ŝviton de ŝia frunto per la alia.

Dume Paĉjo alportas konsilojn:

"Trankviliĝu, eta Manjo! Klopodu ne streĉiĝi! Ne sidu sur pingloj! Estas nenio, vere. Rigardu la aliajn pasaĝerojn, ili tute ne suferas. Vi devas simple decidi, ke vi fartas bone!"

Marina decidas neniam plu flugi. Sed tiu decido sendube valoros neniom, kiam ili hejmeniros post semajno.

La restado en la kongreso estas eĉ pli enuiga ol tiu en Gotenburgo, ĉar ĉi-vilaĝe troviĝas nenio farinda ekster la kongresejo. Ekzistas unu drinkejo en la vilaĝo, sed dekkvarjarulo ne rajtas eniri tien. En Gotenburgo ŝi almenaŭ vizitis butikojn kaj amuzejon kun Panjo. En Swanwick estas nenio krom prelegoj kaj debatoj pri tute seninteresaj temoj. Nek lingvaj disputoj, nek politika agitado kaptas ŝian intereson.

Ĉeestas ne tre multaj gejunuloj. Iufoje tamen junulo ekparolas kun Marina.

"Ĉu vi morgaŭ kuniros en la ekskurso?" li demandas.

Ŝi eĉ ne scias, ke okazos ekskurso, des malpli kien oni iros.

"Eble. Mi ne scias", ŝi diras.

Ne necesas riveli, ke tio ne estos ŝia propra decido.

La junulo aĝas eble dek ok jarojn. Li estas unu el grupo, kiun ŝi pli frue aŭdis paroli france inter si. Krome ŝi bone rekonas lian akĉenton, kiu estas pli forta ol tiu de Paĉjo. Malgraŭ tio, por ion diri, ŝi demandas lin, el kiu lando li venas. Tio ŝajnas al ŝi rutina komenco de kongresa interkonatiĝo.

"Ĉu gravas la lando? Ni estas sennaciuloj, ĉu ne?" li kartave malrespondas.

Vere li pravas. Ne plu gravas demandi.

Marina konscias pri la akĉento de Paĉjo ĉefe pro la ŝercaj imitoj, kiujn onklo Stig kaj aliaj homoj en Svedio kelkfoje faras. Evidente ili trovas ĝin komika. Sen tio, ŝi ne pensus pri ĝi. Sed tiam temas pri la sveda lingvo. Nun ŝi demandas sin, ĉu li havas saman akĉenton paro-

lante Esperanton. Kaj ĉu ŝi mem havas tion? Aŭ ĉu eble svedan akĉen-
ton? Ŝi ne scias, kaj la francan sennaciulon ŝi ne povas demandi pri
tia afero.

La kongresa ekskurso iras buse al la proksima urbo Nottingham, kie
oni rigardas diversajn historiajn konstruaĵojn kaj statuon de Robin
Hood. Marina proteste restas sidanta kun libro en la buso, dum la
kongresanoj kiel grego da ŝafoj estas pelataj tien-reen. Ŝi kunportis
Fiero kaj antaŭjuĝo, ĉar laŭ Panjo ĝi okazas pli-malpli en ĉi tiu regiono.
Kvankam Lizzie Bennet ja plaĉas al ŝi, la ceteraj personoj tedas ŝin, kaj
ŝi tute ne komprenas, kio tiel mirindas pri sinjoro Darcy.

En la kongreso ĉeestas ankaŭ unu franca knabino, kiu ŝajnas
esti proksimume dekkvinjara. Marina iutage kuraĝas ekparoli al ŝi.
Tamen, ne facilas havi veran kontakton.

"Mi ne komprenas", diras la knabino. "Vi parlas franca?"

"Ne, bedaŭrinde ne. Do you speak English?"

"Anglais? Non, pas du tout."

"Kiel vi nomiĝas?"

"Kio?"

"Via nomo? Mi estas Marina."

Ŝi montras al sia brusto, kvazaŭ per signolingvo, kaj tion la fran-
cino komprenas.

"Ah. Mi Jacqueline. Mi estas Francio."

Je tiu momento en la konversacio aperas la franca sennaciulo pro-
ponante, ke li interpretu por ili. Sed al Marina interkonatiĝo per inter-
pretisto ne tre plaĉas, do la provo finiĝas sensukcese.

Post la kongreso laŭ insista peto de Panjo ili pasigas duonan tagon en
Oksfordo, urbo plena je terure malbelaj malnovaj domoj, laŭ Marina
kaj Paĉjo, kiuj esceptokaze konsentas pri io. Kaj jen tempas iri al la
flughaveno.

Marina estas ŝokita.

"Komprenebele mi volas vidi Londonon! Kial iri al Anglio sen viziti
Londonon?"

Ŝi komprenas nenion. Kial ŝi havas la plej kretenajn gepatrojn de
la mondo?

"Ĝi estas urbego kun densa trafiko kaj pli densa aero", diras Paĉjo.

"Vi ne vere ŝatus ĝin, Manjo, vi nur pensas tiel."

"Kiel vi scias? Ĉu vi mem estis tie?"

"Mi konas Parizon, tio sufiĉas. Cetere ni jam mendis la flugbiletojn al Stokholmo. Ne eblas nun ŝanĝi ilin."

"Mi ne flugos. Mi volas iri trajne."

Panjo klopodas iel persvadi ŝin:

"Tio ne eblas, Manjo. Vi certe fartos pli bone en la revenvojaĝo. Nun vi jam havas sperton de tio kaj scias, ke ne estas danĝere. En la flughaveno ni eble trovos ian medikamenton kontraŭ la malbonfarto."

Tian miraklan medikamenton ili verŝajne devus serĉi en pli obskura loko. Sed antaŭ la revojaĝo Marina aĉetas maĉgumojn, kaj tuj post la timiga ekflugo de la aviadilo, ŝi mendas kolaon de la stevardino, malgraŭ malaproba rigardo de Paĉjo.

"Manjeto, ĉu vi ne fartus pli bone kun fruktosuko?" diras Panjo maltrankvile.

Marina nur kapneas, maĉante siajn maĉgumojn. Per helpo de tiuj kaj la kolao ŝi sukcesas travivi sian duan flugadon.

Ĉe la fenestro Paĉjo montras eksteren.

"Jen via Londono, Manjo, se vi ion vidas tra la brumo."

Sed Marina sidas ĉe la paŝejo, kaj krome ŝi ne kuraĝus rigardi suben pro risko havi kapturnon. Dum la aviadilo flugas plu super la Norda maro, ŝi meditas pri tio, kion ŝi devis trasuferi por viziti anglan vilaĝon sed eĉ de fore ne vidi Londonon. Ne eblos rakonti tion al Ida. Sendube tiu jam scias, ke la gepatroj de Marina estas stranguloj, tamen ĉi tio superas ĉion. Estas hontinde! Nu, ĉiuokaze ŝi certas, ke ŝi jam partoprenis sian lastan Esperanto-kongreson kaj spertis sian lastan flugvojaĝon.

Ĉapitro II

Tomas 1980-1982

Avo revenas hejmen de la hospitalo, kie li kuŝis pro apopleksio. Tamen la avo revenanta estas nur pala ombro de tiu antaŭ la malsaniĝo. "Ĉar li jam aĝas pli ol okdek jarojn, ni devas esti feliĉaj, ke tio ne estis fatala", diras Avino. Ŝi nun prizorgos lin en la hejmo. Necesos iom da aranĝoj en la malnova domo, kiel ekzemple endoma necesejo. Ĝis nun ili havis nur eksteran, apud la stalo. Ĝenerale la domo de Avo bezonus modernigon. Plej grava estus akvopumpilo kaj defluilo, por ne plu portadi akvon enen kaj elen. Sed ne facilos konvinki Avon investi en tio. Tiel malsana li eble neniam estos.

"Jam dum pli ol sep jaroj mi zorgis pri vi", Avino diras al Tomas. "Nun mi ne plu povos."

Li restos ĉe la geavoj dum ankoraŭ tri semajnoj por fini la okan klason, sed post tio li devos ekloĝi ĉe onklo Arne en Norrköping. Tio estas ducent kvindek kilometrojn de ĉi tie.

"Arne finfine trovis veran loĝejon", diras Avino. "Do almenaŭ estas spaco por vi. Ni esperu ke li sukcesos teni vin for de stultaĵoj, kvankam li mem ne estas tre ordema."

Onklo Arne eksedziĝis antaŭ kvar jaroj, kaj tiam li forlasis ĉion kaj migris norden por labori en fabriko de aŭtopneŭoj. Do Tomas devas paki siajn posedaĵojn en du valizoj kaj trajni tri horojn norden. Estos bone loĝi ĉe Arne, li pensas. Jam delonge li ne renkontis lin. Ĉiuokaze estos pli bone ol ĉe la geavoj. Li ĝojos loĝi en urbo, en apartamento espereble pli moderna ol la domo de Avo.

La loĝejo de Arne konsistas el du ĉambroj kaj eta kuirejo. Ĝi estas iom malluma, ĉar ĝi situas transkorte, sed aliflanke tio protektas ĝin de tro laŭta trafikbruo. La domo estas malbone flegata, la korto plenas je rubo, sed Tomas trovas la loĝejon tute en ordo. Ĝi havas la ĉefajn modernaĵojn: akvonecesejon, centran hejtadon, gasfornon kaj kompreneble akvokondukilon kaj defluilon. En la kuirejo ne odoras je rubakvo kaj fulgo, kiel ĉe Avino, sed je cigaredfumo kaj malnova biero. Ĉirkaŭ la loĝejo ne estas kampoj kaj arbaro, sed loĝdomoj kaj asfalto. Estas granda ŝanĝo, kaj tutcerte pliboniĝo.

"Bone, ke vi eskapis de la geavoj", diras Arne. "Vi ricevos la dormoĉambron, kaj mi mem dormos en la salono."

La onklo maldikiĝis kaj eble iomete maljuniĝis sed esence restas afabla kaj amika al Tomas. Kiam li ne laboras, li ofte sidas en la salono aŭ kuirejo kun konatoj, ludante viston aŭ pokeron kun brando kaj sodakvo ĉemane, en nubo el cigareda fumo.

Tomas trovas la urbon sufiĉe granda, kaj li uzas la someron por esplori ĝin piede. La fabriko, kie laboras Arne, situas oriente, proksime de la haveno. Okcidente troviĝas publika banejo ĉe la rivero, kie li kelkfoje naĝas. Plej multe da tempo li pasigas en urbocentra parko apudrivera, kie aliaj gejunuloj sidas aŭ kuŝas sur la herboj, fumante, drinkante kaj babilante. Li duone ekkonas kelkajn el ili, kaj fojfoje petas de ili gluton de iu trinkaĵo aŭ suĉon de iu fumaĵo. Sed ĉar li ne povas reciproki tion, li restas periferia, des pli ĉar preskaŭ ĉiuj pli aĝas ol li.

Tiam li komencas vagadi tra la urbocentraj magazenoj por kaŝe enpoŝigi muzikkasedojn, kiujn li poste provas vendi en la rivera parko. Li nun jam lertas pri tio kaj ne plu bezonas instigon de ĉefo. Tamen ne tre facilas vendi la akiraĵon. La eblaj aĉetontoj ja povus mem ŝteli ilin, se ili emus. De temp' al tempo la kasedoj tamen havigas al li kelkajn ensuĉojn da kanaba fumo. Ĉio, kion li spertas, estas ekscita novaĵo. La vivo en ĉi tiu urbo ŝajnas al li paradizo, kompare kun la jaroj ĉe la geavoj.

Nilla tamen ne trovas ĝin paradizo. Ŝi estas unu el la gejunuloj, kun kiuj li fojfoje dividas fumon. Ŝi aĝas du jarojn pli ol li, kvankam maldikega kaj malpli alta, kaj ŝi tute ne traktas lin superece. Male, ŝi ridas pri liaj ŝercoj kaj reciprokas per similaj. Kompreneble ŝi de temp' al tempo malaperas kun iu pli aĝa knabo, sed ofte ŝi sidas kun Tomas sur eta varfo, kun la piedoj super la preterfluanta akvo. Dum kumulusoj remuldiĝas supre kaj akvokirloj lirlas sube, ili babilas pri ĉio kaj nenio. Ĉirkaŭe aŭdiĝas urbaj sonoj kvazaŭ de fore, kvankam ili sidas meze de la urbo. Eble la fumo iel maldensigis la realon aŭ kreskigis la distancojn.

Iutage policaŭto silente kaj malrapide traveturas la parkon, kvazaŭ serĉante iun viktimon por ĝeni. Tiam Nilla kaj Tomas kuras trans ponteton kaj laŭ deklivo supren en la nordan kvartalon, ne malproksime de lia nuna hejmo. En malluma korto inter kelkaj kadukaj kromdomoj ili estas netroveblaj. Necesas nur elteni la fetoron el vico da rubujoj. Post kelka tempo Nilla ekmovas sin malpacience.

"Fek, mi devos foriri de ĉi tie", ŝi diras, tirante al si la longajn palblondajn fruntharojn.

"Ni atendu iomete plu, se ili restas proksime."

"Mi volas diri for de la urbaĉo. Ĝi sufokas min."

"Ĉu ne estas same ĉie?"

"En Stokholmo ne."

Kredeble ŝi pravas. Tomas neniam estis tie, kaj sendube ne indas nun mencii la malmultajn lokojn, kiujn li konas. Al Kopenhago li neniam venis, malgraŭ la bela plano. Do li silentas fermante la okulojn. Ĉirkaŭe la malhelaj muroj cedas kaj iom post iom retiriĝas, dum la suba ŝtuparo altiĝas kiel podio. Nilla kaj li staras sur ĝi kiel siluetoj kontraŭ libera ĉielo, kiu ruĝas kaj violas pli akre ol kutime. Li povas vidi kiom ajn foren, malantaŭen ĝis la arbaro de Avo kaj antaŭen ĝis Stokholmo, kie Nilla staras sur kajo kaj poste suriras ŝipegon, dum li kaj ĉiuj konatoj restas starante surkaje en duoncirklo ĉirkaŭ la tirata pasponteto. Ŝi levas la manon por saluti, sed poste ŝi turnas sin for kaj rigardas al la maro dum la ŝipo debordiĝas. La ĉielo nun fajre ruĝas tiel intense, ke ĝi bruligas al li la okulojn kaj li devas ŝirmi ilin permane. Poste li malfermas la okulojn. Li restas sur la korta ŝtuparo en la norda kvartalo.

"Venu. Ni ekiru", diras Nilla. Ŝi jam stariĝis kaj nun survojas foren tra la pordego.

Sed la somero finiĝas. Tomas komencas en la naŭa klaso de granda lernejo. Sur la lerneja korto okazas multe da etaj bataloj, mokado, incitado. Sed li nun estas grandulo. Li devas elteni iom da ŝercoj pri sia Smolanda dialekto, kiu ĉi tie ege ridindas. En sia pli frua lernejo li estis mezulo, nek bona nek malbona. Nun ĉio ŝajnas al li facila. Li apenaŭ faras hejmtaskojn, sed multe vizitas la urban bibliotekon dum pluvaj aŭtunaj posttagmezoj. Li legas ĉion ajn, sciencfikcion, aventurojn por junuloj, romanojn, bildstriajn rakontojn, simple ĉion. En la lernejo li

ofte sidas legante ion tute alian ol lernolibron, tamen li kutime scias
respondi la demandojn de la instruistoj. Ial li neniam antaŭe ekkon-
sciis, kiel preskaŭ ĉio facilas. Nur kun du-tri el la samklasanoj li kelkfoje renkontiĝas ekster la
lernejo. Unu el ili estas Micke, kiu ludas gitaron kaj klopodas varbi lin
al sia punka rokbando. La plano tamen ne tre prosperas. Tomas scias
nek kanti nek ludi instrumenton. Laŭ Micke tio ne gravas, kaj efektive
ankaŭ la cetera duopo kunludanta estas veraj diletantoj pri muziko.
Malgraŭ tio li ĝuas la kunestadon. Oni rajtas iom krii kaj brui en la
garaĝo ĉe la familio de Micke, kaj ekzistas neniu premo pri rezulto aŭ
bona konduto. En plej feliĉa okazo, iu sukcesis eĉ akiri kelkajn dosojn
da biero, kiujn ili dividas frate. Post vigla diskuto la kvaropo interkon-
sentas nomi sian bandon *Pulma Pesto*.

Alvenas vintro. Neĝo falas, fordegelas, kaj refoje falas kelkfoje. Li
multe pripensas, kien malaperis Nilla. Iu el la konatoj el la parko
diras, ke ŝi estis kaptita de la polico kun piloloj enpoŝe, sed tio eble
estas nura blago.

Li tediĝas de la libroj por junuloj, kiuj ofte prezentas tro sukeri-
tan bildon pri la vivo. Serĉante aliajn verkojn, li trovas tiajn, kiuj eble
estas por junaj legantoj, eble ne. La romanoj de B. Traven kaptas lin,
kaj li petas bibliotekistinon proponi aliajn librojn pri la vivo de india-
noj. Sed tiuj, kiujn ŝi trovas por li, aŭ estas naivaj aventuroj, aŭ havas
tro sekan aspekton. Li legas verkojn de Jules Verne kaj amuziĝas pri la
iamaj antaŭdiroj pri la estonteco. Poste li legas 1984 de George Orwell.
Kio plej frapas lin en tiu ne estas la Novparolo, nek la politika satiro,
sed la ege forta impreso de vivo malriĉa, mizera, malbela. Ŝajnas al li,
ke Winston Smith suferas same multe pro la malalta kvalito de ĝino
aŭ razklingo, kiel pro la politika subpremado fare de Granda Frato.

En iu pluva tago li relegas malnovan libron de Enid Blyton pri la
Fama Kvino, kvankam tiu infanaĵo jam tedas lin. Subite frapas lin la
penso, ke tiuj infanoj ricevas tro malmulte da manĝo en siaj pension-
lernejoj. Jen kial ili senĉese frandas kukojn, bulkojn kaj pasteĉojn en
feriaj piknikoj.

Estas plezura novaĵo, kiam li iom post iom ekkonscias, ke libro
povas krei tute novajn imagojn kaj ideojn en lia kapo, kvazaŭ ĉiu libro

enhavus plurajn kaŝitajn rakontojn. Li demandas sin, ĉu nur li vidas tiujn aliajn rakontojn.

Li havas neniun por demandi pri tiaj aferoj. Onklo Arne nenion legas, kaj certe neniu samklasano aŭ instruisto pensas tiel. Ĉu eblus demandi en la biblioteko? Ne, tie oni sendube okupiĝas nur pri la libroj palpeblaj.

Post iom da pensado li supozas, ke ankaŭ aliaj legantoj trovas kaŝitajn rakontojn, tamen eble ĉiu la sian, do ne precize la saman, kiun trovas li. Tiu penso eĉ pli fascinas lin. Se estas tiel, do ĉiu libro enhavas milojn da aliaj libroj. Iomete kiel en kelkaj sci-fi-verkoj, kie ekzistas multaj paralelaj universoj. Tamen li absolute ne mencios tiun penson al iu ajn alia homo. Oni tute certe trovus lin freneza.

Lia instruisto pri la sveda lingvo iam diris, ke Verne en siaj verkoj antaŭvidis plurajn inventojn, kiuj poste efektive realiĝis, kiel raketoj kaj submaraj ŝipoj. Sed al Tomas ankaŭ tiuj libroj enhavas alian rakonton. Por li ili portas ege fortan odoron de tiu tempo, en kiu ili estas kreitaj. Tie la sciencistoj ankoraŭ estas herooj, iufoje ja frenezaj, tamen ĉiam gravuloj. Maŝinoj estas same admirindaj kiel katedraloj. Nafto fluas, vaporo ŝprucas kaj elektro estas preskaŭ magia. Regas optimismo. La estonteco havas oran brilon.

Li ŝatus ekscii pli multe pri tiu epoko, sed li hezitas demandi. Dum pluraj tagoj li sidas en la faka sekcio de la biblioteko, foliumante dekkvinvoluman verkegon pri la sveda historio. Li ja ŝatas la bildojn, sed la teksto tro similas lernolibron. Mankas al li la rakontoj. Do fine li demandas pri tio.

"Do vi serĉas ne verkojn pri historio, sed historiajn romanojn", diras la bibliotekistino. "Eble plaĉus al vi kelkaj romanoj de Jan Fridegård."

Li trovas la romanojn kaj unue elreviĝas. Sendube oni miskomprenis lin. Li pensis ĉefe pri la deknaŭa jarcento, sed ĉi tiuj verkoj okazas antaŭ mil jaroj. Krome ili temas pri sklavoj. Sklavoj en la vikinga epoko! Li eĉ ne sciis, ke io tia ekzistis. Tamen li eklegas, kaj trovas sufiĉe ekscitan rakonton. Kaj nun aperas en lia kapo la demando, kial li neniam antaŭe aŭdis pri sklavoj, nur pri reĝoj, vikingoj, militestroj kaj tiel plu. Do ankaŭ ĉi-foje la libro kaŝis ion alian. La demandon, kial oni prezentis al li nur unu historion, kiam evidente ekzistas ankaŭ aliaj.

Fininte la tri sklavlibrojn, li ricevas proponon pri pluaj.

"Troviĝas kelkaj tute novaj libroj pri sklavoj", diras la bibliotekistino. "Ili estas de Sven Wernström, iom politikaj, sed vi sendube scios legi kritike."

Por tiuj libroj li devas reiri al la junulara sekcio. Suspekteme li eklegas la serion kaj trovas kun surpriziĝo, ke ĝi okazas ĉi tie, en la urbo kie li ĵus ekloĝis kaj en ties ĉirkaŭaĵoj. Denove ĝojiga eltrovo: rakontoj povas okazi ĉie ajn, eĉ tie, kie li mem vivas. Kaj jen li sekvas la vivojn ne nur de veraj sklavoj, sed de malriĉaj gejunuloj tra la historio preskaŭ ĝis nun.

Pri kritika legado parolis tiu bibliotekisto. Kaj vere, pro sia kreskanta legado Tomas komencas rigardi la lernejon pli kritike. De tempo al tempo li demandas sin, ĉu la instruistoj vere scias, pri kio ili parolas. Se ili legis la samon kiel li, ŝajne ili ne trovis la samajn kaŝitajn rakontojn.

Tamen la plej multaj temoj facilas en la lernejo, krom biologio kaj kemio, kies sencon li neniam sukcesas enkapigi. Antaŭe li neniam pripensis, ĉu daŭrigi per gimnazio post la naŭa jaro. Nilla frekventis gimnazion dum kelkaj monatoj kaj poste ĉesis studi. Kaj onklo Arne trovas ĝin neutila.

"Prefere peti laboron en iu stabila loko. La laboro ĉe Goodyear estas malpura kaj peza, sed sekura. Se vi volas, mi povas demandi ĉu oni bezonas iun."

Apenaŭ dirinte tion, Arne ekscias, ke oni fermos la fabrikon. Naŭcent dungitoj perdos siajn laborojn en urbo, kiu jam antaŭe havas sufiĉe da senlaboruloj. Kaj Tomas decidas malgraŭ ĉio aspiri lokon en gimnazio por la sekva jaro.

Onklo Arne fariĝas senlaborulo. Komenciĝas nova somero kaj Tomas disiĝas de la samklasanoj, kiujn li konas nur de unu jaro. Pro kutimo li ŝtelas kelkajn kasedojn, kvankam ĉiuj homoj nun jam volas la novajn kompaktajn muzikdiskojn, kiujn oni ne same facile enpoŝigas. Li paŝadas en la rivera parko sed iom perdis la emon je fumado. Tiam reaperas Nilla, tamen alia ol lastjare, pli nerva kaj indiferenta. Ŝi ŝajne zorgas pri nenio. Ŝi nur paŭtas, kiam li demandas, kie ŝi estis.

"Fekegale. Mi ĉiuokaze ne intencas reiri tien."

Tamen ankaŭ ĉi-jare li kelkfoje sukcesas ridigi ŝin per ŝerco, precipe kiam li eltrovas ion ŝokan aŭ absurdan, aŭ fojfoje per komika desegnaĵo. Lastjare ili estis simplaj amikoj, kaj Tomas estis preskaŭ knabeto. Nun ili iĝas paro. Kiam ĉeestas aliaj konatoj, ŝi ŝajnigas ne koni Tomason, sed meze de julio en malfruaj vesperoj ili komencas seksumi. Ili iras al la tombejo de Mateo, apud la norda kvartalo. Tomas ja neniam antaŭe faris tion, sed Nilla estas sperta kaj montras al li kiel fari. Post kelkaj provoj ĉio iras glate, li pensas. Ŝi ĉiufoje preferas kuŝi supre, maĉante la ĉemizrandon de Tomas, tiel ke ĝi malsekiĝas ĉe la kolo. Tio estas por resti silenta kaj ne veki la mortintojn, nek logi vivantojn tien per laŭtaj sonoj. Dume Tomas klopodas por pensi pri io alia, por ke la afero daŭru pli longe kaj ne finiĝu tro rapide, kiel la unuan fojon. Li vidas armeajn vicojn de tomboŝtonoj sub nigraj pintoj de ĉirkaŭaj arboj, el sub la ŝtonoj kadavroj eligas siajn ostajn fingrojn, kaj se li fleksas la kapon malantaŭen, li vidas turon de renversita preĝejo, kies pinto kiel raketo de mortintoj celas suben al purpura ĉielo. Poste la kapo de Nilla ĵetiĝas tien-reen, ŝia pala hararo flugas ĉiudirekten kaj li aŭdas sufokatan ĝemon. Tiam li scias, ke li povas ĉesi pensi pri alio kaj lasi ĉion pasi kiel ĝi volas.

Fine ŝi rakontas, kie ŝi pasigis la vintron kaj printempon.

"Ĉe mia onklino kaj ŝia edzo. Sur diabla fekinsulo. Ĝi estas pura prizono. Necesas propra boato por foriri de tie."

"Do kion vi faris tie?" li demandas.

"Nenion. Mi devis private studi la kursojn de la gimnazio, laŭ Panjo. Ĉe tiuj kretenoj! Nur ili solaj loĝas tie. Kaj kelkaj centoj da fekaj ŝafoj."

"Ĉu vi reiros tien?"

"Panjo volas tion. Sed mi ne faros. Neniam en la vivo!"

Refoje ili disiĝas. Nilla diras nenion pri kien ŝi iros. Dume Tomas komencas la unuan jaron de gimnazio, en la branĉo socia. Jam duafoje post sia transloĝiĝo li alfrontas novan aron da nekonataj samklasanoj. Ĉi-foje tamen ne necesas defendi sin perforte.

Iutage Nilla atendas lin ekster la lernejo. Io simila neniam antaŭe okazis. Ili ĉiam kutimis renkontiĝi urbocentre, plej ofte en la apudrivera parko, sen antaŭa interkonsento.

"Saluton Nilla! Do vi plu restas enurbe. Neniuj ŝafoj, ĉu?"

"Panjo volas sendi min tien, sed ŝi devis prokrasti. Okazis io."

"Bone. Kio do?"

"Venu. Ni iru flanken."

Evidente ŝi ne volas paroli antaŭ liaj samklasanoj. Tomas male fieras, ke knabino atendas lin post la lecionoj. Eble la aliaj gimnazianoj ne trovas ŝin tre altklasa, sed tio ne ĝenas lin. Ili sidiĝas surherbe ĉe roka altaĵo en eta parko proksime.

"Ne timu", ŝi komencas. "Mi nur volas ke vi sciu."

"Kion? Ĉu polica problemo?"

"Vi gravedigis min."

Tomas konsterniĝas kaj dum momento ne scias kion pensi. Li rigardas ĉirkaŭ si. La arboj susuras. Fore promenas paro da maljunuloj kaj kuras gaja hundeto. Cetere nenio ĝenas. Nur tiuj vortoj de Nilla, al kiuj li devas iel reagi.

"Ta-tamen vi ja glutis pilolojn, ĉu ne?" li balbutas.

"Nu, iam jes, kelkfoje. Mi ŝtelis de Panjo. Sed poste mi ne plu povis akiri ilin."

"Diable."

Li ĉiam supozis, ke Nilla zorgas pri tio. Ŝi estas pli aĝa, ŝi spertas pri la afero. Kaj ŝi estas la ino. Nun, kio okazos? Ĉu ŝi havos bebon? Ĉu li estos patro? Li, kiu mem ĵus estis infano.

"Nu, ne timu", Nilla ripetas. "Mi jam aranĝis la aferon. Tamen mi volis rakonti."

"Ĉu aranĝis?"

"Post semajno oni forigos ĝin. Oni fiksis tempon por fari tion, en la hospitalo. Mi devis paroli kun ia virinaĉo. Fakte, ŝi volis paroli ankaŭ kun vi, sed mi diris, ke mi ne scias, kiu estas la patro."

Li ĵetas al ŝi suspekteman rigardon.

"Ĉu ne?"

"Idioto! Kompreneble mi scias."

"Nu bone. Do ĉio bona, ĉu? Ĉu vi devis rakonti al via patrino?"

"Jes, ĉar alie ŝi sendus min al tiuj fekaj ŝafoj."

"Bone."

"Ne. Ne estas bone, sed kion fari?"

Li ne scias, kion diri. Vere, li povas nenion fari.

"Ĝi mezuras kvar centimetrojn", ŝi diras.

"Kio?"

"La infano, idioto. Kaj la koro batas. Sed oni ne povas vidi, ĉu ĝi estas knabo aŭ knabino."

"Kiel vi scias?"

"Tiu virinaĉo diris. Oni elsuĉos ĝin per tubo."

Iĝas silente. Ili restas surherbe dum ankoraŭ kvaronhoro, ne parolante. Tomas ŝatus diri iun ŝercon por gajigi ŝin, sed nenio aperas al li. Aperas nur la penso, ke nun ili povus jam senriske seksumi. Tamen li ne proponas tion. Kredeble Nilla trovus lin tro egoisma. Do, li mutas, dum la gemaljunuloj revenas fore, trans la vasta gazono. Poste li disiĝas de Nilla.

Tomas ekhavas novajn amikojn en la gimnazio. Kompare kun la samklasanoj de la elementa lernejo ili estas pli maturaj. Eble ankaŭ li maturiĝis. En lia klaso estas plimulto el knabinoj, sed iel ili ŝajnas al li de alia speco. Li tuj komprenas, ke iliaj familioj estas mezklasuloj. Ili konversacias pri siaj someraj restadoj en Anglio por perfektigi sian anglan lingvon, aŭ en Francio por petoli kun junaj francoj, ŝajne.

Li pasigas liberajn horojn kun sia eksa samklasano Micke. Ili vagas tra la urbocentro kaj la magazenoj. Nun tamen ne plu temas pri ŝtelado. Kelkfoje ili aĉetas ion aŭ trinkas kolaon en kafejo. Micke havas pli da mono ol Tomas kaj ofte regalas, sed li faras tion nature, sen fanfaroni, kaj Tomas ne sentas embarason pro tio. Babilante, ili memorigas al si la garaĝan muzikadon, kiu jam ŝajnas fora, kvankam pasis nur duonjaro.

De temp' al tempo li pensas pri Nilla. Li scivolas, kiel ŝi trapasis la abortigon. Sed kiel kutime, ili ne interkonsentis pri plua kontakto. Li komprenas, ke ŝi ne eltenis la gimnazion. Nun ŝi forlasis ankaŭ lin. Supozeble ŝi devis reveni al tiuj insulaj ŝafoj. La demando estas, ĉu ŝi estos tre ŝanĝita, kiam ŝi revenos en la venonta somero. Kaj eble, ĉu ankaŭ li mem estos alia.

Sed je Kristnasko li ekscias. Konato el la rivera parko rakontas. Laŭ tiu ŝi ĵetis sin antaŭ trajnon sur la fervojo al Stokholmo.

"Oni devis skrapi ŝin for de la reloj. Fekdomaĝe. Ŝi estis bona, Nilla. Bona pri kacosuĉado kaj diversaj trukoj."

La ulo ne scias, kie ŝi estas entombigita. Eble en la tombejo de Mateo.

Tomas iras tien iutage post Novjaro por sperti, kion li sentos tie. Estas diable malvarme. Frostigita neĝokaĉo kovras la herbon, kie ili kutimis kuŝi. Krome blovas morda vento, kiu larmigas al li la okulojn. Li fermas kaj refermas la palpebrojn klopodante ekvidi ion ajn, sed nenio aperas. Entute nenio. La ĉielo grizas kaj la arboj ŝajnas mortintaj. La preĝeja turo malaperas en nebulnubon. Ŝi ne ĉeestas. "Neniam en la vivo", ŝi diris pri tiu insula izolo. Tiam li pensis, ke tio estas nur vortoj.

Li ne povas kompreni, ĉu estas vero aŭ imago, ke li somere kuŝadis ĉi tie sub ŝia korpo. Li tiras pecon de sia ĉemizo por suĉi ĝin. Sed ĝi sendube estas lavita jam dekfoje post kiam ŝi tenis ĝin enbuŝe. Post mallonge liaj piedoj ŝajnas glacibuloj kaj la tuta korpo estas kovrita de anserhaŭto.

Ĉapitro 12

Marina 1982

Estas pura hazardo, ke ŝi refoje renkontas lin. Ŝi tuj rekonas lin inter la gastoj de kafejo, kvankam pasis pli ol tri jaroj post kiam ili lastfoje renkontiĝis. Tiuepoke, kiam ŝi okupiĝis pri sia trejnado, li estis ege postulema. Neniam kontenta, kiom ajn ŝi klopodis. Kontrolis ĉiun paŝon en la ekkuro, kiel ŝi superis la hurdojn, kiel ŝi tenis sin inter ili. Kompreneble, tiam ŝi estis infano kaj li plenkreskulo. Nun estas tute alie. Nun ŝi mem jam plenkreskis, pli-malpli. Kaj Christian juniĝis, ŝajnas al ŝi. La nombro de jaroj inter ili efektive ne gravas.

Ŝi vizitas la kafejon kun sia samklasanino Ida. Ili babilas pri kretenaj instruistoj, pri infanecaj knaboj, pri vestoj kaj alio. Ida evoluis en tre inan knabinon, kaj Marina kelkfoje klopodas imiti ŝin. Tamen ŝi ne tre longe eltenas tion. Estas tro lacige.

Nun ili jam forlasas la kafejon survoje hejmen. Ida atendas ĉe la pordo, sendube tre scivola pri la muskole belkorpa viro, kiun konas la amikino. Marina ĝuas ŝian scivolan rigardon.

Christian bedaŭras, ke ŝi ne daŭrigis la atletikon. Aŭ ĉu li nur ŝajnigas tion?

"Vi estis talenta, evidente", li diras. "Sendube ankoraŭ estas. Vi havas la ĝustan korpon por longa salto kaj hurdokuro."

Li gvatas al ŝiaj kruroj. Ĉu tio estas nur rigardo de trejnisto? Ŝi sentas ĝin alia, sed ne certas. Eble li ankoraŭ vidas nur longkruran infanon kun fizika konstruo konvena por kuri kaj salti.

"Kaj vi?" ŝi reciprokas. "Ĉu vi plu trejnas gejunulojn?"

"Certe! Sed nun mi havas nur unu grupon. Ĉiumarde en Borgsmo. Venu tien por provi, ĉu restas al vi la kapablo."

"Ne, tio estas nenio por mi."

"Tamen venu rigardi! Ĝuste nun mi multe instruas la mallongan hurdokuron. Jen via plej bona branĉo, ĉu ne?"

"Kia blago! Mi eĉ ne posedas trejnveston sufiĉe grandan. Nek ŝuojn."

"Nu, vi ja iom kreskis. Tamen vi estis sufiĉe alta jam tiam, se mi ĝuste memoras."

Denove tiu rigardo. Kion ajn li celas, ŝi ĉiuokaze estas flatata. Aŭ ĉu li aludas, ke ŝia postaĵo troas?

Sur la buso hejmen Ida pridemandas ŝin. Vere, Marina ŝatus pretendi, ke temas pri amaventuro. Tamen ŝi ne estas lerta aktoro. Ŝi klopodas aludi ion inter la linioj, klarigante, de kie ŝi konas tiun viron. Sed Ida ja ne povas kredi, ke okazis io, ĉu?

Marde vespere post semajno kaj duono ŝi tamen staras en la liberaera sportejo, klinita al barilo laŭ kurbiĝo de la kurejo. Estas varmeta printempa vespero. Apude salikoj jam ekfloras, kaj betuloj havas tiun violan koloron, kiu anoncas baldaŭan ekfoliadon. Ŝi surmetis striktan bluzon kaj tenas la jakon surbrake. La vento tremigas la lanugojn de ŝiaj brakoj.

La sportejo nun ŝajnas al ŝi pli malgranda, ol kiam ŝi kuradis tie. La infanoj estas proksimume dek- aŭ dekunujaraj. Frapas ŝin unue kiom ili devas atendi. Dum la plej longa tempo ili staras senmove rigardante. Kaj nun ŝi memoras, ke ĉe longa salto estis eĉ pli tede. En unu horo ŝi faris nur du aŭ tri saltojn, ĉar eblis salti nur unuope. Kredeble tial ŝi tediĝis kaj ĉesis. Krome Amanda, la sola amikino tie, forlasis la grupon.

Li kelkfoje mansignas al ŝi, dum ŝi staras tie, sed li alvenas por paroli nur kiam la leciono finiĝis kaj la infanoj survojas for de la sportejo.

"Helpu min porti la hurdojn", li diras.

Li ĵetas rigardon al ŝiaj piedoj. Ŝi surhavas sportajn ŝuojn.

"Aŭ atendu", li aldonas. "Unue faru provan kuron, kaj poste ni kune kolektos ilin el la alia direkto."

"Silentu! Ĉu vi frenezas? Ĉu mi hurdokuru en ĉi tiu ĝinzo?"

"Kial ne? Faru tion iom singarde. Aŭ ĉu vi timas krevigi ĝin?"

Li gestas al ŝia ĝinzo. Dum momento ŝajnas, kvazaŭ li metos manon sur ŝian postaĵon, sed li haltigas sin ĝustatempe. Feliĉe, ĉar alie ŝi devus frapi lin. Tamen estas iaspeca elreviĝo, ĉar tio preskaŭ okazis. Ŝi eĉ imagis senti ian varman premon al la pugo kaj ĉe la kokso.

Sed hurdokuron ŝi ne faras, nek tiufoje, nek la sekvajn. Ŝi helpas lin kolekti la hurdojn kaj diversajn aliajn ilojn, poste ili sidas babilante kelkan tempon en la budo, antaŭ ol li ŝlosas kaj ili disiras.

La trian fojon li kisas ŝian kolon je la disiĝo. Tio komenciĝas kiel leĝera amika brakumo, sed ŝi iĝas tute varmega kaj spirmanka, kaj ĝuste intencas rekisi lin surbuŝe kiam li subite lasas ŝin kaj pardonpetas. Diable! Kial li tiom timemas?

Tamen en la sekva mardo restas neniom da hezito ĉe iu ajn el ili. Almenaŭ ŝi sentas neniun. Unu el la kusenegoj por la alta salto iĝas subaĵo, kaj li estas ŝia unua viro. Malgraŭ tio li preskaŭ uzas tro da tempo, ĉar ŝi tre malpaciencas. Je unu momento ŝi eĉ timas, ke li rezignos, sed fine ĉio estas tiel forta kaj intensa kiel ŝi imagis. Ŝi ja bone komprenas, ke li ne estas komencanto, kaj li helpas iomete permane, por ke ŝi sentu pli multe. Kiam li finas, ŝi volus daŭrigi pli longe. Li stariĝas kaj iras alporti viŝtukon por purigi ŝiajn femurojn kaj pubon. Venis nur iomete da sango, sed krome estas lia spermo. Subite ŝi pensas pri Ida, kiu iam asertis, ke ŝi jam gustumis ĝin. Tamen ne eblas fidi je Ida. Ŝi eble nur fantazias.

Ilia afero daŭras preskaŭ ĉiumarde dum la printempo kaj frua somero. Kelkfoje ili rendevuas en parko, kaj li veturigas ŝin aŭte al apudrivera loko eksterurbe, kie ili trovas ŝirmatan kaj trankvilan maldensejon. Baldaŭ ŝi sentas, kvazaŭ ili estus kune de ĉiam, kaj ŝi ne povas kompreni, ke la infanecaj knaboj en ŝia propra aĝo iam ajn interesis ŝin. La fakto, ke ĉio estas sekreta, signifas nur pli grandan eksciton. Almenaŭ komence. Sed estas malbona afero, ke ŝi ne rajtas telefoni al li, eĉ ne en lian laborejon.

"Kiom gravas, se mi telefonus al la oficejo? Ja neniu ekscius tion?"

Ŝi neniam mencias lian edzinon. Tio signifus misfortunon. Jam dekomence ŝi ja sciis, ke li estas ies edzo. Tiam tio ne gravis al ŝi. Ŝi simple fieris, ke vera viro vidas ŝin, traktas ŝin kiel virinon. Nur iom post iom aperis la ombro de tiu alia virino.

"Mi jam diris, ke ĉio estas vera kaĉo ĝuste nun. Ni divorcos, mi promesas, sed mi devas iom atendi. Sinikka ne bonfartas. Ni ne plu havas ion komunan, neniun seksumadon. Tamen mi devas montri ian respekton al ŝi."

"Sed se vi ne plu seksumas, ja ne gravas se mi telefonas. Precipe al via laborejo!"

"Ne, mi bedaŭras, Marina, sed tio ne eblas."

Do ŝi devas akcepti, ke ĉiam li telefonas al ŝi, plej ofte posttagmeze, de sia oficejo. Jen kial ŝi ne plu faras ion ajn kun amikoj tuj postlerneje. Ŝi ĉiam rapidas hejmen por ne maltrafi eblan kontakton. La sola afero, kiun ŝi povas fari proprainiciate, estas veni marde al la sportejo. Post iom ŝi eĉ de temp' al tempo ekagas kun konsiloj al la infanoj, kiam li ne havas tempon por ĉiuj. Proponoj, kiujn ŝi memoras mem iam ricevi, kiel ekzemple ne rigardi suben dum la kurado, aŭ imagi ke la cellinio situas du metrojn pli fore ol reale, por ne malrapidiĝi dum la lastaj paŝoj. Estas nekutime varma kaj seka somero. Dum la ferioj ŝi laboras en kafejo apud la rivero. La kafejo havas ĝardenan sekcion, kiu tre popularas ĉe bela vetero, do en tiaj tagoj la posedanto ĉiam petas ŝin deĵori. Nur kiam venas kelkaj pluvaj tagoj, ŝi estas libera.

En la libertempo de Christian ili tute ne renkontiĝas, kaj li telefonas nur unufoje. Evidente li pasigas la tutan tempon kun Sinikka, unue hejme, poste piedirante en ia franca montaro. De tie li telefonas al ŝi kaj parolas rapidege, dum la aŭtomato glutas liajn monerojn.

"Ĉu ĉio bonas pri vi? Ni estas en la Ĵurasa montaro, ĉio estas en ordo. Estas bele ĉi tie kun bonaj padoj por piedi."

Li finas subite, ĉu ĉar la moneroj elĉerpiĝas, ĉu pro sia edzino. Estus pli bone se li neniam telefonus. Post kelkaj tagoj alvenas bildkarto, subskribita per "C", kaj kun senenhava turisma teksto. Evidente li ne volas maltrankviligi ŝiajn gepatrojn, sed ili ne interesiĝas pri poŝtkartoj.

En aŭgusto ŝi komencas la duan jaron de la gimnazio, kaj Christian ankoraŭ ne kontaktis ŝin. Fine ŝi iras ĝis la sportejo en marda vespero, kaj li estas tie, kiel kutime. Ĉi-foje ŝi nur staras rigardante, dum la vento flugigas ŝiajn harojn kaj disaj pluvgutoj aspergas ŝin. Ŝi ne certas, ĉu li iel mansignas al ŝi aŭ ne. Eble li intencas ŝajnigi, ke ŝi ne ekzistas. Poste li tamen venas al ŝi, kaj ili iras kune en la budon, samkiel printempe.

"Mi devintus telefoni, mi scias tion, sed mi havis tro multe por prizorgi post la libertempo. Mi bedaŭras, Marina."

"En ordo."

Ne estas en ordo. Ŝi volus krii, pugnadi lian bruston, grati lian vizaĝon ĝissange, demandi, kial li permesas al sia edzino decidi pri li. Sed ŝi ne kuraĝas. Ŝi pensas, ke se ŝi glutas la amaron kaj kondutas kiel kutime, se ŝi ŝajnigas, ke ĉio normalas, ĝi ankaŭ iĝos tia. Li estos kiel printempe, ĉio reboniĝos inter ili kaj tiu diablo Sinikka iel forglitos, iĝos malgrava periferia detalo.

Tiam aŭdiĝas lia voĉo denove:

"Estus pli bone, se ni ne plu renkontiĝus".

Ekdoloras ie en ŝia ventro.

"Kial?"

"Nu, pro Sinikka. Eble estis eraro, kiam vi kaj mi renkontiĝis."

Ŝi ne povas akcepti, ke tio estis eraro. Male, tio estis la plej grava momento en ŝia vivo. Kaj tio ne povas finiĝi nun.

Do ŝi daŭre venadas al la sportejo, kaj li ne rifuzas ŝin. Ili plu renkontiĝas ĉiumarde, la kusenego de la alta saltado reaperas, tamen nenio estas tute kiel antaŭe. Iel li senĉese kvazaŭ atentas pri io, kaj ankaŭ ŝi pensas pli multe pri tiu Sinikka, kiu povas esti kun li preskaŭ ĉiam.

Kaj iutage, kiam ili sidas diskutante, ĉu eblus kune vojaĝi ien, Sinikka aperas. Marina tuj komprenas, ke estas ŝi. Ŝi estas malpli alta ol Marina sed impresas kiel fortika virino, tute ne tiel fragila, kiel Marina atendus. Ŝi diras preskaŭ nenion, nur rigardas Marinan firme, starante en la pordo, kaj Christian tuj ekparolas al ŝi en ŝanĝita paroltono.

"Nu, jen estas Marina, vere granda talentulo pri la mallonga hurdokuro, tre promesplena, mi trejnis ŝin en la grupo antaŭ kelkaj jaroj. Ŝi venis por ricevi novajn konsilojn, sed ni sendube jam pretas, ĉu ne Marina?"

Li ne atendas respondon, nek prezentas sian edzinon al Marina, sed jam proksimiĝas al la pordo, dum li elpoŝigas la ŝlosilojn por fermi.

Marina nenion diras. Nek Sinikka diras ion, nur rigardas ŝin, kvazaŭ pesante. Marina sentas sin malkaŝita, kvazaŭ oni surprizus ilin ĉe l' freŝa faro. Ŝajnas, ke tiu rigardo travidas ŝin tra la vesto kaj ĉio. Dume Christian babilas plu pri ĉio ajn.

"Bone ke vi venis paroli kun mi, Marina, mi absolute pensas, ke vi rekomencu la kuradon. Vi povos iĝi vere bona, sen ajna dubo. Nu, jen ni ekiros hejmen, sed bonan sukceson plue, Marina!"

En tri monatoj li dufoje telefonas al ŝi de sia laboro, klarigante ke ili ne povas renkontiĝi. Momente ne.

"Ĉu vi jam rakontis al via edzino?"

"Eeh... Kion?"

"Pri mi. Ke vi volas eksedziĝi."

"Nu, ne. Sinikka ne eltenus tion, kaj mi havas certan respondecon."

"Tamen ŝi jam komprenis, ĉu ne?"

"Ne, ŝi scias nenion, do mi devas esti iom singarda."

Iel Marina eĉ preferus, ke li definitive finu la rilaton kun ŝi. Ĉar ĝi ja devos finiĝi, ŝi scias tion. Tamen ŝi ne kredas, ke lia edzino nenion komprenis. Ŝi ja vidis ŝian rigardon. Iufoje Marina emas telefoni hejmen al ŝi por rakonti ĉion. Sed ŝi neniam kuraĝus tion fari. Ne pro kulposento. Sed se ŝi malkaŝus la aferon, ŝi certe neniam plu vidus lin.

Pasas la aŭtuno kaj alproksimiĝas la norda vintro. La tagoj iĝas mallongaj kaj mallumaj, la noktoj ŝvelas kaj volas gluti ĉion. La homoj kontraŭbatalas la decembran nigron per lampoj, kandeloj kaj lumaj ornamaĵoj. En ĉiu fenestro staras elektra kandelingo kaj pendas brila Adventa stelo.

Iuvespere Marina veturas aŭtobuse de la urbocentro kun Ida. La buso bremsiĝas por halti ĉe ŝia haltejo, ŝi stariĝas por eliri, dum Ida vokas al ŝi.

"Ĉu vi venos al Johan? Iuj amikoj de Stefan ankaŭ estos tie..."

"Jes, aŭ... nu, mi vidos."

"Venu do, Marina! Forgesu tiun fekulon! Ni renkontiĝu ĉe mi antaŭe, ĉu ne?"

Kvankam Christian tion malpermesis, ŝi komprenble rakontis pri li al Ida. Ŝi rimarkis, ke Ida estas impresita de tio, ke la amikino havas ege pli aĝan amanton. Tamen ŝi ĉiam ripetas al Marina, ke ŝi devus rompi kun Christian.

Marina embarasiĝas, kiam aliaj pasaĝeroj ridas pri la laŭta mesaĝo de Ida. Do ŝi murmuras ion duone konsentan kaj elpremas sin el la buso tuj antaŭ ol la pordoj refermiĝas. La trotuaro estas glita de neĝokaĉo, kaj ŝi senpacience paŝas inter flakoj da degelaĵo sur la piedvojo hejmen. Fekedzino! Ne eblas kompreni, kial li lasas tiun virinon decidi pri lia vivo.

Ŝiaj piedoj malvarmas. Diabla neĝo! Fine ŝi alvenas antaŭ sian domon. En la kuireja fenestro brilas la konata ruĝa lampo. Interne ŝi vidas la silueton de Paĉjo, kiu paŝas inter la tablo kaj la telerlavilo. Se restas io de la vespermanĝo, ŝi eble povos varmigi ĝin kaj gluti iom. Se ne, ŝi prenos jogurton. Poste ŝi devos duŝi sin kaj pretiĝi, se ŝi volas iri al tiu festeno. Efektive mankas al ŝi emo iri ien ajn. Sed se ŝi restus hejme ĉi-vespere, ŝi pensadus nur pri li kaj lia diabla Sinikka. Estus pli bone pasigi la vesperon inter amikoj, kiuj povas forpeli la pensojn. Plej bone sendube estus, se ŝi povus tute ebriiĝi kaj iom umadi kun iu bela amiko de Stefan. Sed tiam eble Christian eĉ pli mankus al ŝi. Fekdiable, kia mizero estas ĉio pri uloj. Ili ĉiuj iru al infero! Espereble Ida sukcesis akiri ion trinkeblan. Marina devos jam telefoni al ŝi por demandi, kiam ili renkontiĝu.

Ĉapitro 13

Tomas 1983-1984

En marto mortas Avo. De preskaŭ kvar jaroj Tomas ne vidis lin. Inter ili neniam estis multe da amo, kaj Tomas sentas tre malmulte, pensante pri siaj jaroj ĉe la geavoj. Ŝajnas al li, ke li devus koleri al ili, sed kiom ajn li klopodas, li ne sukcesas trovi en si tian senton. Nun la maljunulo do estas for, sed praktike Tomas liberiĝis jam kiam li transloĝiĝis ĉi tien, je la unua apopleksio de Avo. Nun ankaŭ Avino maljunas kaj ne povas zorgi pri sia nepo. Baldaŭ li estos sendependa ankaŭ de onklo Arne.

La onklo veturas suden por la entombigo, sed Tomas ne akompanas lin. Cetere neniu invitis lin tien.

Li festas sian dekokan naskiĝtagon. Nun li jam rajtas mendi alkoholon en restoracio aŭ trinkejo. Ankoraŭ restas du jaroj, ĝis li rajtos ankaŭ aĉeti ĝin en la ŝtata alkoholvendejo. Tio ne tre gravas al li, tamen li celebras la okazon per biero kun Micke en bierejo, kie ili cetere jam dufoje pli frue ĝuis bieron sen leĝa permeso.

Du semajnojn post la naskiĝtago li ricevas leteron de nekonato. Li malfermas kaj legas ĝin kun sento de nerealo. La skribinto asertas, ke li estas la patro de Tomas. Li mencias kelkajn detalojn: la nomon de Panjo kaj de la geavoj, ŝian tiaman adreson, la naskiĝdaton de Tomas.

La viro nomas sin Olle Molin. Klarigon, kial li restis anonima dum dek ok jaroj, li ne vere donas. Li nur nebulas pri obstakloj personaj kaj ideaj. Kaj li esprimas deziron nun finfine renkonti sian filon.

Tomas ne scias, kion pensi. Unue, ĉu kredi je la letero? Due, se ĝi pravas, kiel teni sin al la malfrua kontaktemo de tiu viro?

Post keltaga cerbumado li montras la leteron al Arne.

"Hm, Olle Molin..." murmuras Arne. "Nu, mi ja konis lin. Ne, ne konis, sed mi sciis, kiu li estas. La fratoj Molin. Mi scias, ke Gunnel konis ilin, sed mi pli suspektis alian ulon, ne tiun Olle."

Li paŝas al la kuirejo, prenas bieron el la friduĵo kaj revenas en la salonon malfermante ĝin. Li residiĝas kaj ektrinkas.

"Prenu ankaŭ vi, se vi volas", li diras, viŝante ŝaŭmon de sia supra lipo per la mandorso.

Tomas ĉi-momente ne soifas je biero sed je la vero.

"Do kial li skribas, se ne estas li?"

Arne gratas al si la nukon.

"Supozeble mi eraras. Eble estas li."

"Kial Panjo neniam rakontis, kiu estas mia patro?"

Arne suspiras.

"Estis iu problemo. Via avo ne toleris tiujn ulojn, kiujn ŝi renkontis. Kaj via avino, ŝi hontis pri tio ke Gunnel gravediĝis. Mi ne vere scias. Eble…"

Estiĝas paŭzo, dum kiu Arne malplenigas la bierdoson.

"Eble kio?" diras Tomas.

"Nu, kiel diri… Povas esti, ke ŝi efektive ne sciis certe, kiu estas."

"Ĉu ŝi ne sciis? Do laŭ vi ŝi havis kelkajn?"

Tomas sentas, ke li ruĝiĝas, dum lia voĉo ne stabilas.

"Mi ne diris, ke kelkajn. Sed povus esti ia dubo. Vidu, ŝi estis tre juna, pli-malpli kiel vi. Sed vere, mi ne scias."

Tomas iras al sia ĉambro por cerbumi. Subite li ekpensas pri Nilla. Ŝajne lia patrino gravediĝis same hazarde kaj senintence kiel ŝi. Se tiuepoke oni havus rajton je abortigo, eble li mem hodiaŭ ne ekzistus. Li ne scias, kion fari. Ĉu entute fari ion. Post nelonge alia penso frapas lin, kaj li reiras en la salonon.

"Se estas li, li devus pagi, ĉu ne? Al vi kaj al Avino."

Arne levas la kapon kaj rigardas lin cerbume.

"Vi pravas. Sed mi ne komprenas tiaĵojn. Ĉu eblas aljuĝi alimenton post dek ok jaroj? Eble tro malfruas. Jen eble la kialo, ke li ne skribis pli frue."

Pasas kelkaj tagoj. Pasas semajnoj. Tomas prokrastas la aferon. Dum sia vivo li plej ofte eĉ ne pensis pri la manko de patro. Pri la mortinta patrino des pli ofte. Tamen nun ŝajnas al li, ke li eble ja bezonis la patron por defendi lin, kiam li estis pli juna. Nun jam ne plu. Tiu letero efektive estas mustardo post la manĝo. Kaj kion tiu Olle Molin vere aspiras? Renkontiĝi, nu bone. Sed por kio? Ili ja estas centprocentaj fremduloj unu al la alia.

Dum kelka tempo li pripensas, ĉu tamen skribi al la viro. Ne renkonti lin, nur skribi por ekscii pli multe pri li. Vere, kion li volus, tamen ne estas ekscii pli multe pri Olle Molin, sed pri Panjo. Li memoras ege malmulte. Eĉ ŝia vizaĝo tute malaperis kaj hodiaŭ restas nur la foto de ŝi, la foto kies koloroj jam ŝanĝiĝis kaj perdis sian brilon. Li decidas atendi. Eble tiu viro skribos denove aldonante pliajn informojn. Tamen la monatoj pasas, kaj ne venas dua letero.

En la tria jaro de la gimnazio Tomas ekscias pri lerneja gazeto. Ĝi ekzistas jam de kelkaj jaroj, kaj sendube li jam foje vidis, ke oni vendas ĝin, sed li ne vere atentis tion. Nun li ekhavas la ideon kontribui al ĝi. Pli ĝuste, lia amiko Micke proponas tion. De kelka tempo Tomas faras desegnojn kun humura subteksto, plej ofte io makabra, sed ĝis nun li ne scias, kion fari pri ili. Li montras ilin preskaŭ nur al Micke.

Micke estas la sola samklasano el la naŭa jaro, kiun li plu renkontadas. Micke plu gitaras, kvankam lia punkbando *Pulma Pesto* jam disiĝis en nenion. Li tamen provas verki kantotekstojn, kiujn li petas Tomason prijuĝi, dum tiu reciproke prezentas al li siajn satirajn desegnojn.

Tamen ne eblas simple sendi la desegnojn al ia redakcio. Kiuj volas kontribui, tiuj mem konsistigas la redakcion, do li devas partopreni en la redaktokunvenoj, okazantaj postlecione en agrable kaosa grupa ĉambro en la lernejo. Komence li sentas malkomforton inter la aliaj kontribuantoj. Ili ŝajnas jam koni unu la alian, kaj ĉiuj ŝajnas al li esti de alia speco, pli memfida. Li supozas, ke ili venas el familioj bonhavaj, vivantaj en propra domo, kun gepatroj edukitaj kaj bone salajrataj, aŭ eble kun sia propra entrepreno.

Iom post iom li tamen distingas ilin unu de la alia, same kiel okazis iom post iom en lia klaso. Dum kelka tempo li eĉ regule renkontadas Katarinan, rufulinon el la dua jaro, tamen nenio vere rezultas el tio. Li ne plu same ofte kiel antaŭe pensas pri Nilla, tamen ŝi reaperas al lia imago, kiam li estas duope kun Katarina ekster la lernejo. Ŝi estas pli intelekta ino, al kiu plej gravas la diskutado. Almenaŭ tiel ŝajnas. Do li ne vere scias, kiel iniciati kun ŝi korpan kontakton. Li ne kutimas esti la aktivulo.

"Vi devus fari pli seriozajn bildojn", proponas Katarina. "Ĉi tiuj ja estas bonaj, tamen ili estas preskaŭ nur blagoj. Ĉu vi ne povus fari ion politikan?"

Ŝi mem verkas indignajn artikolojn pri la rajtoj de lernantoj kaj pri feminismaj temoj. Tomas ne scias, kion li povus aldoni sur tiu kampo, tamen li ne volas elrevigi ŝin.

"Nu, mi povus provi. La problemo estas eltrovi la tekstojn."

"Eble mi verku la tekston kaj vi desegnu?"

"Bone. Ni provu."

Sed tio tute ne prosperas al ili. Ŝiaj tekstoj ja estas bonaj, sed ĉiam nur unusignifaj, kaj ili ne enhavas hokon por lia imagpovo.

Alia redakciano estas la bele brunhara poetino Marina. Ŝi verkas nebulajn lirikaĵojn, plejparte pri sopiro je io neklara aŭ pri nereciproka amo. Sed ŝi ankaŭ aprezas la desegnojn de Tomas, kaj precipe tiujn bizarajn tekstojn, kiujn Katarina volas pliklarigi kaj politikigi. Iufoje en redakta kunveno la du inoj preskaŭ malamikiĝas disputante pri la tekstoj de Tomas, kuŝantaj dise-mise sur la tablo. Dume li mem sidas silente, trovante la tuton iom absurda. Li eĉ faras karikaturan desegnon pri la situacio, kun nekutime politika teksto: *Dum f-inoj Lenin kaj Mao kverelas pri la proleta diktaturo, la proleto revas pri vespermanĝo.* Sed tiun tekston ŝatas nek Marina nek Katarina.

Refoje li pensas pri Nilla. Kun ŝi li povis esti certa, ke ŝi aprezos nigran ŝercon. Ju pli cinikan, des pli ŝi ŝatus ĝin, kaj foje ŝi mienis kompate, trovante lin tro naiva. Kompreneble, tiam li estis preskaŭ nur infano, kvankam li ne konsciis tion.

Teorie la gazeto devas aperi dufoje en ĉiu semestro, sed praktike oni sukcesas eldoni nur du numerojn dum la tria gimnazia jaro de Tomas. Plej valora oni konsideras materialon kun malicetaj aludoj pri konataj instruistoj. Laŭ la lerneja mitologio, iuj numeroj iam estis malpermesitaj kaj embargitaj de la lernejestro. Sed lastatempe ĉio iras pli glate.

"Tomas, desegnu ion pri Dan Bergstrand kaj Eva Turesson!" foje proponas unu el la redaktantoj.

"Jes, bona ideo! Ion pornan!" aldonas alia.

Ankaŭ Tomas jam aŭdis pri romantika afero inter tiuj du mezaĝaj instruistoj, sed li trovas nenion amuzan en tio. Ĝenerale li apenaŭ povas imagi, ke plenkreskuloj okupiĝas pri seksaj aferoj. Li ne havas sperton vidi ion tian en sia vivo. Post la divorco de onklo Arne, li neniam vidis tiun kun virino. Ha, jes, tamen. Inter liaj lastatempaj kundrinkantoj ja troviĝas ankaŭ ino, sed tiu sendube ne povas veki penson pri erotiko ĉe iu viro. Almenaŭ tiel ŝajnas al Tomas. Arne, kiu iam tre gravis al li kaj kiun li admiris, nun ŝajnas nur embarasa fiaskulo. Post la fermo de la aŭtopneŭa fabriko li longe estadis senlabora. Lastatempe li ja laboras en iu mekana laborejo, sed Tomas vidas, ke li ne vere zorgas pri tiu laboro. Ofte li malsanas dum kelkaj tagoj, kaj dum tiu nedifinita malsano li drinkas kaj ludas kartojn kun aliaj drinkuloj. Tomas memoras la tempon, kiam li kune kun Pannis kaj Jimmy petadis malplenajn botelojn de drinkuloj. Tiam li ne povus imagi, ke iam lia onklo estos simila ulo, kvankam ja ankoraŭ plej ofte drinkanta en sia propra hejmo, ne eksterdome sub la okuloj de preterpasantaj urbanoj. Lastatempe Arne ofte ripetas la intencon reiri suden, en Smolandon, kie li facile trovus pli bonan laboron. Ŝajne li jam forgesis, ke li venis ĉi-urben ĝuste pro la malo.

Pro la malordo reganta ĉe Arne, Tomas pasigas kiel eble plej malmulte da tempo hejme. Li pasigas horojn en la urba biblioteko, en kafejo, kie sola taso da kafo devas daŭri longege, kaj ĉe sia amiko Micke, kies gepatroj ŝajne ne malŝatas lian ĉeeston. Eble ili preferas, ke la filo estu hejme, ol ekstere en nekonataj lokoj. Tomas ofte pensas pri la tempo antaŭ du-tri jaroj, kiam li pli-malpli vivis en la apudrivera parko, almenaŭ somere. Tio ja estis agrabla vivo, sen respondecoj. Tamen li kontentas, ke li ne daŭrigis pri ĝi. Kiam li hodiaŭ renkontas konatojn el tiu tempo, ili ŝajnas mizeraj. Eble li mem nun estus simila, se ne okazus la morto de Nilla.

Dum la tria kaj lasta jaro de la gimnazio Tomas devas pripensi, kion fari poste. Li tute ne scias pri kio li volus labori. La iama propono de Arne, ke li eklaboru en la sama fabriko kiel li, nun ŝajnas tre fora. Li estas inter la plej lertaj en sia klaso pri pluraj studobjektoj. Iutage li komprenas, ke pluraj aliaj intencas studi ĉe universitato, kvankam ili ĝis nun ne montris veran talenton pri studado. Por Tomas universitato ĉiam estis io absolute fremda kaj neimagebla. Kompreneble, se li studus plu, li devus vivi per ŝtata monprunto por studentoj, same kiel aliaj, kiuj ne havas riĉajn gepatrojn. Tio almenaŭ provizore liberigus lin de la problemo trovi tolereblan laboron.

"Homo, vi estas freneza!" diras Micke, aŭdante la konsiderojn de sia amiko. "Vi ne povas esti serioza. Kion vi do volas studi?"

"Mi ne scias. Eble etnologion. Aŭ arkeologion."

"Kion? Ĉu fosi en la tero pri ŝtonhakiloj? Homo, tio odoras je polvo! Kio gravas, tio estas gajni iom da mono, havi propran loĝejon kaj… nu, ĝui la vivon, simple."

Tomas iom meditas pri tio. Antaŭ unu-du jaroj li mem dirus tute same. Eble eĉ nun li povus diri la samon, tamen ĝui la vivon ekhavis iom ŝanĝitan signifon. Aŭ pli ĝuste, la malnova signifo restas, sed aldoniĝis io kroma. Hodiaŭ li scivolas. Pri… nu, pri ĉio. Ekzistas ja senfina kvanto da sciindaĵoj.

Ankaŭ la diskutema Katarina intencas studi plu, tion ŝi jam klarigis, kvankam ŝi ankoraŭ nur frekventas la duan jaron. Ŝi esperas esti akceptita en la ĵurnalisma altlernejo de Stokholmo. La lerneja gazeto por ŝi ne estas nur leĝera amuzilo, sed ŝtupo en kariero. Tomas pli kaj pli sentas, ke ŝi estas homo de alia speco ol li. Eble la plej multaj estas tiaj. Ŝia patro estas oficisto en granda kompanio, kaj la patrino flegistino en la urba hospitalo. Kredeble ili edukis ŝin tiel, ke ŝi iĝis celkonscia homo kun ambicioj. Tomas ne scias, kion vere signifas edukado. Ŝajnas al li, ke li de ĉiam devas eduki sin mem.

Ĉapitro 14

Marina 1984-1985

Ĉiun duan semajnfinon dum la lasta jaro Marina kromlaboris en kafejo, kaj ankaŭ somere ŝi intencas labori tie. Ŝi kuiras kafon, pretigas sandviĉojn, portas pletojn kun tasoj kaj teleretoj, kaj fine lavas, lavas, lavas. Ĝi estas laciga laboro, fojfoje enuiga, tamen ĝi plaĉas al ŝi. Kompreneble gravas la mono, kiun ŝi perlaboras, sed preskaŭ same gravas la sento esti utila kaj sendependa. Ŝi scias, ke tio estas memtrompo. Ŝi tute ne estas sendependa. Ŝi plu dependas de la gepatroj, tamen ne centprocente. Jen eble la plej valora gajno de ŝia portado kaj lavado de tasoj.

Iutage en la mezo de majo ŝi kolektas uzitajn tasojn kaj teleretojn de la ĝardenaj tabloj. Kun plene ŝarĝita pleto ŝi paŝas al la kuireja pordo, kiam nova gasto alvenas de la strato. Li puŝas infanĉaron, en kiu sidas etulo. Marina haltas sursojle kaj turnas la kapon gapante al li, rimarkante ke la viro estas Christian, la perfidulo.

Ŝiaj brakoj ektremas dum ŝi vidas lin levi la etulon el la ĉaro. La infano tuj ektrotas sur la gruzo inter la tabloj. Marina rapide eniras, metas la tintantan pleton sur la plej proksiman tablon, kaj staras senmove spirante. Ŝi ne tre bone konas infanetojn, sed ĉar tiu ido de Christian jam libere paŝas, ĝi devas aĝi pli ol jaron. Kaj ankoraŭ antaŭ malpli ol du jaroj li asertis, ke restas nenio inter li kaj lia edzino.

"Kio okazas? Ĉu vi malsanas?"

La posedanto de la kafejo staras antaŭ ŝi kun malpacienca mieno. Marina rigardas lin kvazaŭ tra nebulo.

"Mi sentis vertiĝon. Espereble tio pasos. Ĉu mi rajtas ripozi dek minutojn?"

"Nu, ripozu do iom. Mi ne volas, ke vi frakasu la tasojn."

Ŝi sidas en la kuirejo, pensante, ke ŝi devus male iri al la tablo de Christian kaj verŝi kruĉon da kafo sur lian pantalonon. Sed ŝi ne kuraĝas. Krome, ŝi ne volas perdi la laboron. Do, ŝi kaŝas sin, kiel muso antaŭ kato. Li estas la fripono, tamen ŝi estas tiu, kiu kaŝas sin. Kaj el ĉiuj sentoj, kiujn ŝi havis pri li, nun restas nur amara humiliĝo. La amo kaj deziro jam vaporiĝis.

Marina ne plu devas peti la gepatrojn pri mono por akiri tion, kion ŝi deziras. Efektive ŝi havas tre moderajn kutimojn pri vestaĵoj, ŝminko, dolĉaĵoj kaj alio. Tamen estas ega liberiĝo ne plu devi argumenti por ĉiu unuopa afero. La plejparton de la mono ŝi tamen ŝparas por estonta uzo. Ŝi interkonsentis kun sia amiko kaj eksa samklasano Jens, ke ili aŭtune vojaĝos kune tra Eŭropo. Ŝi volas finfine vidi Londonon, Jens parolas pri Irlando, kaj ili ambaŭ ŝatus ŝipe travagi la grekan insularon. Per Interrela karto de la Eŭropaj fervojoj, ĉio estos ebla.

Por Marina estas nova sperto havi junulon kiel amikon, sen pensi pri seksaj aferoj. Ŝi suspektas, ke li estas gejo, sed ĝis nun ŝi ne kuraĝis demandi lin pri tio. Laŭ sia maniero paroli kaj moviĝi li estas nek tre maskla nek ineca. Tamen ja estas iom suspektinde, ke li preferas vinon anstataŭ biero. Krome, ilia unua komuna intereso estas verki poemojn – do, li ja devas esti gejo. Ŝi neniam antaŭe renkontis knabon, kiu ŝatas poezion. Ŝi mem ja verkas poemojn, tamen ŝi ne multe legas. Sed Jens estas plena je citaĵoj, kaj el lia buŝo ŝutiĝas unuopaj versoj de Karin Boye, Tomas Tranströmer kaj – plej ofte – Edith Södergran. "Ĉiu poemo estos dissiro de poemo", li deklamas, kiam ŝi plendas pri sia nekapablo verki. Kaj post longa kuna promeno en printempa vespero li ŝercas "Piede mi travagis la sunsistemojn".

Marina ŝatus iel reciproki, sed la solaj citaĵoj, kiuj fiksiĝis en ŝia kapo, estas el la kristanaj himnoj, kiujn ŝi parkerigis en la elementa lernejo. Sed Okulon levas mi al ĉiel' ne impresus same kiel la poeziaĵoj, kiujn recitas Jens.

Panjo kaj Paĉjo ne aprobas ŝiajn planojn pri aŭtuna vojaĝado. "Manjo, vi devas pensi unue pri studoj", diras Paĉjo. "Vojaĝi vi povos en la ferioj, ne dum plena semestro."

"Mi bone komprenas, se vi volas iom ripozi post la abiturientiĝo", diras Panjo. "Tamen estus pli bone ripozi somere anstataŭ tiom labori. Se vi akompanus nin al Bordozo, tio kostus al vi nenion."

Temas kompreneble pri la ĉi-jara SAT-kongreso.

"Ne dankon. Mi ne plu iros al tia aranĝo."

"Survoje ni vizitos la avinon", aldonas Paĉjo. "Ŝi ne plu junas, vi scias. Eble vi ne havos multajn okazojn ankoraŭ renkonti ŝin."

Pri sia somera laborado ŝi ne rezignas, kaj al kongreso ŝi neniam plu iros. Ankaŭ la franca avino ne tre interesas ŝin. Tamen la gepatroj persvadas ŝin anonci sin kiel aspiranton por universitataj studoj aŭtune. Kio plej logas ŝin, estas literatura scienco. Sed al kia profesio kondukus tio? Post cerbumado ŝi elektas ekonomikon, laŭ la konsilo de Panjo. "Per tiu vi povos trovi bonan laboron sur ĉiu ajn kampo", ŝi diras. Paĉjo ne tute konsentas. Laŭ li ekonomiko ne estas vera scienco, sed kapitalisma trompo en formo de pseŭdo-religio. "Se Markso vivus hodiaŭ, li nomus ĝin opio de la popolo."

Malgraŭ tio li ŝajnas tre fiera, kiam la universitato sciigas, ke Marina Aubert estas akceptita por ekonomikaj studoj en la aŭtuna semestro.

Ŝiaj amikinoj Ida kaj Amanda kelkfoje provas kunvenigi ŝin tage en banekskursoj kaj vespere en bierejon, sed tiam ŝi plej ofte laboras. Se ŝi ne laboras, ŝi tro lacas por fari ion ajn krom legi kaj dormi, kaj cetere, en la pluvaj tagoj la amikinoj volas resti hejme. Krome Marina jam sentas, ke ŝi ne plu havas tre multajn interesojn komunajn kun la malnovaj amikinoj. Inter ili ne indas paroli pri poezio, krom se temus pri la plej lasta furorkanto de David Bowie.

Kelkfoje ŝi parolas telefone kun Jens, kiu somere laboras en Stokholma golfejo falĉante la herbon.

"Mi vere volas fari tiun vojaĝon", ŝi diras. "Sed ĉu ni ne povus prokrasti ĝin? Ŝajnus stulte rifuzi la studlokon, kiun mi ricevis. Eble ni iru venontan someron, ĉu ne?"

"Nu, mi komprenas. Domaĝe! Tamen mi kredeble vojaĝos ĉi-aŭtune, ĉar mi ne havas alian planon. Kaj en Stokholmo mi renkontis ulon, kiu ŝatus kuniri. Ni iom priparolis ĉu iri al Azio. Hindio aŭ Tajlando, eble."

Marina elreviĝas. Ĉu tiel facile li reviziis la vojaĝplanon?

"Do, bonan vojaĝon!"

"Nu, ne estas fiksite. Sed espereble."

Tiom do valoris la interkonsento inter Marina kaj Jens. Ŝi sentas obtuzan koleron al li, kvazaŭ li perfidus ŝin, kvankam vere ŝi ja mem rezignis pri ilia plano. Sed kiel rapide li trovis anstataŭanton!

La urbo ĉi-jare festas la sescentan jaron de sia fondiĝo, aŭ pli ĝuste, de la unua dokumenta konfirmo pri ĝia ekzisto. Interalie oni aranĝas grandan aŭgustan festenon maskitan kiel karnavalon. Eĉ dum tiu

Marina devas plejparte labori, tamen ŝi sentas la etoson. Ŝiaj samlandanoj dum kelkaj tagoj klopodas alpreni la rolon de imagitaj sudlandanoj. Laŭta muziko laŭ sudamerikaj ritmoj dum tagoj eĥiĝas en la stratoj. La drinka kulturo kompreneble restas senŝanĝe norda kun riveroj el biero kaj vodko. En la kafejo, kie ŝi laboras, oni tamen vendas nenion pli fortan ol kafon.

Kaj post tio ekas la universitata semestro en la najbara urbo. Kvankam la medio estas nova, Marina preskaŭ tuj trovas sian lokon tie, bone komprenante kiel konduti dum prelegoj, seminarioj kaj propra studado de la kurslibroj. Sufiĉe rapide ŝi ankaŭ komencas ekkoni siajn samkursanojn.

Jam en la dua semajno Patrik montras, ke ŝi interesas lin. Li estas dudekkvinjara elektroinĝeniero, kiu jam komencas duan edukon. Per tia kombino li aspiras pintan postenon en iu industria kompanio. Cetere, li jam havas propran firmaon.

"Nu, tio estas nur hobio", li diras. "Tamen kompreneble la mono bonvenas, dum mi studas."

Li produktas plastajn insignojn en formo de butonoj kun plej diversaj mesaĝoj. La klientoj mendas, kaj li fabrikas per simpla maŝino en sia eta loĝejo. Povas temi pri politikaj sloganoj, insignoj de sportaj aŭ muzikgrupaj fanoj aŭ kio ajn. Li mem neniam surmetus tian butonon. Li vestas sin strikte, kiel maklersto aŭ bankoficisto.

Marina miras, ke li atentas ŝin, kiu ne apartenas al lia rondo. Ŝi ankoraŭ ne plene digestis la sperton, ke ŝi iel jam transformiĝis en havindan belulinon, kvazaŭ ia malbela anasido, kiu iĝis cigno. Konatiĝinte kun Patrik ŝi rimarkas, ke li tamen ne estas snobo, kiel ŝi unue pensis. Lia vestostilo estas nur parto de lia ambicio pri estonta kariero.

Tamen ŝia rilato kun Patrik suferas de tio, ke ili apenaŭ havas komunajn interesojn. Iuvespere ŝi vizitas lokan noktoklubon kun li kaj tie renkontas gajan rondon de samaĝuloj, el kiuj kelkajn ŝi konas el la gimnazia tempo. Ŝi dancas kun kelkaj, parolas kun aliaj, trinkas kaj ridas kaj forgesas, ke ŝi venis tien kun Patrik. Fine ŝi akompanas unu el ili al lia hejmo. Li estas Micke, kiun ŝi memoras el la gimnazio.

Micke ne havas ambiciojn kiel Patrik. Li laboras en loka fabriko, kiu produktas mikroondajn fornojn. Tie li veturigas levĉaron, ŝarĝas materialon kaj pretajn produktojn elen kaj enen de kamionoj. Lia

laboro ne estas tre sekura, ĉar la kompanio eble ĉesigos la produk-
tadon, aŭ pli ĝuste translokos ĝin alilanden. Se tio okazos, li esperas
trovi ion similan. "En plej aĉa okazo, mi ja povus studi ion", li diras. "Sed tio estus
la lasta alternativo."

Estas sufiĉe dube, ĉu Marina vere havas pli da komunaj intere-
soj kun Micke, ol kun Patrik. Sed li estas gaja, bona kamarado. Faci-
las estadi kun li.

Kun siaj pli fruaj koramikoj ŝi ne tre ĝuis la seksumadon. Kun
Christian, la ĉefa ekscito estis en la sopirado kaj atendado. Kun Patrik
ŝi precipe sentis respondecon, ke ŝi ĝuigu lin. Sed orgasmojn ŝi neniam
atingis kun ili. Nun, kun Micke, ĉio pli facilas. Li efektive ne tro talen-
tas pri tiu afero, sed ŝi kuraĝas peti lin kaj montri al li kiel fari. Kaj
ankaŭ demandi, kio bonas al li. Nenio estas deviga, nenio malper-
mesita. Ne necesas ŝajnigi. Tial ŝi ankaŭ sentas pli grandan plezuron.

En la nova jaro ŝi kelkfoje akompanas lin kaj liajn amikojn en
bierejon. Plurfoje ili iras en kinejon triope kun lia amiko Tomas, kiun
ŝi memoras el la gimnazio. Li ne estas same gaja kaj facilparola kiel
Micke, sed ŝi povas diskuti kun li pri filmoj, libroj kaj aliaj aferoj, kiuj
gravas al ŝi. Ŝi trovas lin simpatia, kvankam iom senkolora, nek bela
nek malbela. Iel ne facilas difini lin, sed tio vekas ŝian intereson.

Meze de la vintro Marina aŭdas novaĵon, kiu turmentas ŝin. La kutima
triopo sidas en kafejo, kiam ŝi mencias ĝin.

"Ĉu vi aŭdis? Oni mortpafis kvar lupojn en Skanio."

"Vi ŝercas", ridas Micke. "Ne ekzistas lupoj en Skanio."

"Ili estis enfermitaj en zoo sed sukcesis eskapi de tie. Tio ja estas
natura, ĉu ne? Kaj oni simple mortigis ilin."

"Kion fari, laŭ vi?" demandas Tomas. "Ĉu ili povus vivi sovaĝe
tie? Aŭ ĉu estus pli bone kapti kaj malliberigi ilin denove?"

"Mi ne scias. Estis malbone enfermi ilin jam dekomence. Sed se ili
forkuras, oni ne rajtas simple mortigi ilin!"

"Eble ĝi estas tro dense loĝata regiono por havi lupojn en la arba-
roj."

"Kial vi tiom zorgas pri tiuj bestoj?" ekkrias Micke. "Miloj da
homoj mortas en militoj kaj pro aidoso. Ĉu tio estas en ordo? Mi fajfas
pri kelkaj lupoj pli aŭ malpli."

Marina saltetas.

"Ĉu do pro aidoso oni rajtas trakti bestojn kiel ajn?"

"Mi ne diris. Sovaĝaj bestoj mortigas unu la alian, ankaŭ lupoj faras tion. Kial tiom ekscitiĝi?"

"Ĉar ankaŭ ili rajtas vivi. Ili ne petis esti enfermitaj en kaĝoj."

"Estas lupoj ankaŭ ĉi tie, en la zoo de Kolmården. Se ili forkurus, ĉu vi trankvile promenus en la arbaro?"

"Mi pensas, ke ne necesas timi ilin", diras Tomas. "Sendube la lupoj pli timas homojn ol inverse."

La diskutoj de la triopo ofte sekvas tiun modelon, kun Micke kaj Marina ĉe du ekstremoj, kaj Tomas kiel ia modera mezulo, aŭ fojfoje kiel ironia eksterulo.

"Kion vi pensas pri tiu nova Sovetunia gvidanto?" foje demandas Tomas.

"Sama kiel antaŭe, nur kun ruĝa stampo surkape", diras Micke.

"Mi ne scias, sed li ŝajnas iel pli homa", opinias Marina. "Eble estos ia degelo."

"Se degelus Siberio, estus ega kaĉo", diras Micke. "Sed tio estas nur ŝajno. Ĉio en Sovetunio daŭros kiel antaŭe dum plua jarcento."

"Tamen ili eble devas fari ion", opinias Tomas. "Se ili komence iom poluros la fasadon, eble poste ili devos daŭrigi pri la interno. Eble purigi la kelon."

"Tiun ili neniam tuŝos", rikanas Micke. "Tro da skeletoj ene."

La lasta triopa renkontiĝo okazas en majo. Marina jam ĉesigis la amrilaton kun Micke. Tamen ili pro kutimo iras kune en trinkejon. Ŝi scivolas, ĉu Tomas nun montros intereson pri ŝi, tio estas pli ol amikan. Ĝis nun li montris nenion tian. Iel ŝi aprezas tion, tamen ŝi ĉiam pli-malpli atendas amindumadon flanke de la uloj, krom se ili estas gejoj, kiel Jens. Kaj Tomas certe ne estas tia. Ŝi ne scias kial, sed pri tio ŝi certas.

"Ĉu vi aŭdis?" ekkrias Micke. "Instruistoj strikas! Kial tio ne okazis, kiam ni frekventis la lernejon?"

"Ĉu vere?" diras Marina.

"Ŝajne tio tuŝas precipe la elementan lernejon", informas Tomas.

"Do la urbo baldaŭ plenplenos je kontentaj etuloj", diras Micke.

Marina ne plu scias, kion ŝi vidis en li. Certe li estas leĝerulo preskaŭ ĉiam gaja kaj gajiga. Tamen necesas ankaŭ io kroma. Io, kion ŝajne Tomas havas en pli alta grado ol Micke. Sed evidente al Tomas mankas la memfido kaj iniciatemo de Micke. Damne! Ĉu ŝi neniam renkontos ulon kompletan?

Ĉapitro 15

Tomas 1985-1986

"La historio temas pri mortintoj", diras la docento en la lekciejo. "Tiuj mortintoj parolas al ni, rekte kaj nerekte, per diversaj dokumentoj. Ne ĉiam ni rajtas kredi tion, kion ili diras. Ni devas diskuti, eĉ disputi kun ili. Kontesti iliajn motivojn. Korekti iliajn miskomprenojn. Tiel ni povas revivigi la mortintojn."

La unua jaro de historiaj studoj iom elrevigas Tomason. Estas multe da nudaj faktoj, kaj malmulte da okazoj vere imagi, kia estis la vivo de homoj en pli fruaj epokoj. Sed en la dua jaro li unue konatiĝas kun metodoj de historia esplorado, kio por li estas tute nova temo, pri kies ekzisto li neniam antaŭe suspektis. Poste li komencas studi ekonomian historion. Ankaŭ tie ja estas stakoj da faktoj, sed tiu kampo tuj kaptas lian intereson. Eble ĉar la docento, kiu prelegas en la kurso, sukcesas vivigi sian materialon. Krome li montras iom da memironio kaj distanco al sia temo, kio aparte plaĉas al Tomas.

Kiel temon por sia verkaĵo Tomas elektas la naskiĝon de la sveda teksindustrio. Tio estas proksima temo, ĉar ĝi okazis ĉi tie en la urbo Norrköping, kiu de ses jaroj estas lia hejmurbo. Kiam li transloĝiĝis ĉi tien, la teksindustrio jam tute malaperis kaj migris al landoj kun pli malmultekosta laborforto. Laŭlonge de la urbaj riverbordoj tamen ankoraŭ restas la konstruaĵoj de iamaj teksfabrikoj kiel memoraĵo pri la pasinteco. Kaj dise en la tuta Svedio sendube restas ties produktoj, trivitaj kaj eble ĉifonaj.

En sia dua studjaro Tomas forlasas la loĝejon de Arne kaj ekluas studentan ĉambron. Arne ne diras tre multe pri tiu decido. Iam li senproteste akceptis loĝigi Tomason, kaj nun li sen grandaj paroloj vidas lin pluiri al propra loĝejo.

Arne neniam plu menciis la leteron, kiun Tomas ricevis antaŭ du jaroj, nek la viron, kiu eble estas la patro de Tomas. Kaj neniu plua mesaĝo alvenis de tiu. Iom post iom la situacio refariĝis tia, kia ĝi estadis de ĉiam: li ne havas patron. Li malofte pensas pri tio, kaj li ne tre scivolas pri la leterskribinto. Aŭ pli ĝuste, li ja iom scivolas, sed ne sufiĉe por kontakti lin. Eble li ankaŭ iom timas, kion li ekscius, se li renkontus lin. La historio de la sveda teksindustrio ŝajnas pli sekura kampo de esploroj.

De temp' al tempo li daŭre renkontas sian amikon Micke, kvankam iliaj komunaj interesoj komencas elĉerpiĝi. Iutage Micke prezentas al li sian novan koramikinon Marina.

Tomas jam konas ŝin supraĵe de la gimnazio, kiam ili ambaŭ kontribuis al la lerneja gazeto. Ili ja estas samaĝaj, sed studis laŭ malsamaj programoj en malsamaj klasoj. Ŝi tiam ŝajnis al li unu el aro da neatingeblaj knabinoj el mezklasaj familioj, kiujn li preskaŭ timis. Kaj nun lia amiko Micke iutage aperas kun ŝi ĉe la brako. Li unue ne komprenas, kiel Micke sukcesis kapti tian belulinon. Poste li rimarkas, ke ŝi tute ne estas tia fieraĉa, memkontenta ulino, kiel li pensis.

Ili renkontiĝas en kafejo, kie ŝi klopodas konvinki la kelneron fari por ŝi vegetaran kokidsalaton. Poste, kiam ŝi malgraŭ tio ricevas tute normalan salaton kun kokidaĵo, ŝi zorge elsarkas la viandopecetojn kaj distribuas ilin al la du uloj.

"Mi memoras viajn desegnojn. Ĉu vi daŭre faras ilin?"

Jen la unua afero, kiun ŝi diras al li.

"Ne, mi ĉesis pri tio."

"Kial?"

"Nu. Eble ĉar mi ne plu havas lernejan gazeton por publikigi ilin."

Ili diskutas pri plej diversaj aferoj, gravaj kaj malgravaj. Politiko, naturprotekto, filmoj. Ankaŭ pri literaturo, sed tiam Micke spektakle oscedas.

"Do, kion vi legas?" Tomas demandas Marinan. "Ĉu vi povas rekomendi ion?"

"Ĉi-momente mi legas la romanojn de Jane Austen", ŝi respondas.

"Ĉu vi konas ilin?"

"Ne. Ĉu ne estas iuj romantikaj amrakontoj el la deknaŭa jarcento?"

"Eĉ preskaŭ dekoka. Sed tio ne gravas. Ili estas ege trafaj pri kiel homoj kondutas. Kaj humuraj. Nu, legu!"

"Bone, mi provos."

Micke refoje gestas oscedon kaj malplenigas sian bierglason.

"Kial vi mendas kokidan salaton se vi ne ŝatas kokidaĵon?" li demandas.

"Ĉar la cetero bongustas."

"Sed la kompatindaj kokidoj ja tamen mortas."

"Ne pro mi."

La kafejo situas en urbocentra magazeno, kaj tuj apud ilia tablo rivero el homoj butikumantaj preterfluas ilin. Sed ili ne lasas sin ĝeni de la bruo kaj malkvieto. La triopo havas sian propran mondeton.

Tomas ĝojas, ke li refoje renkontis Marinan kaj nun pli bone ekkonas ŝin. Ŝajne, ŝi havas similan senton de humuro kiel li kaj ŝatas la saman specon de kinofilmoj. Ili facile interrilatas, pli facile ol Tomas kutimas kun inoj. Li trovas iom strange, ke ŝi povas esti koramikino de Micke, sed eble estas same strange, ke tiu estas lia amiko. Post kelkaj monatoj tamen montriĝas, ke ŝia rilato kun Micke ne plu daŭras, kaj tiam li komencas pasigi pli da tempo kun ŝi ol kun li.

Ŝi tamen rapide trovas novan koramikon, de speco iel supereca. Ŝi studas ekonomikon kaj eble kutimis elekti siajn ulojn el tiu medio. Post Micke sekvas Felix, kiu tamen ne plu studas sed estas preta inĝeniero. Baldaŭ Tomas ekscias, ke ili jam kunloĝas.

Tamen ŝi plu renkontas Tomason, interalie en kinejoj. Ŝia kunvivanto ŝajne ne interesiĝas pri kino-arto.

"Felix ne ŝatas iri al kinejo", ŝi diras. "Li preferas videokasedon hejme. Ja por tio li aĉetis la videoaparaton."

Iutage ili spektas la filmon de Hallström, *Mia vivo kiel hundo.*

"Neniam antaŭe mi tiom ploris en kinejo", Marina diras ĉe posta biero.

"Tamen ĝi ja estis amuza, ĉu ne?"

"Amuza kaj treege trista. Tiu knabo! Mi tiom bedaŭras lin. Ĉu ne vi, Tomas?"

"Mi ne scias. Jes, eble. Sed mi pensas, ke li sufiĉe bone helpis sin mem, kiam la patrino ne povis. Li ja devis, ĉu ne?"

"Sed li estis tiel sola!"

"Nu, kion fari? La vivo tamen pluas. Mi mem perdis mian panjon, kiam mi estis okjara."

"Ĉu vere? Pardonu, mi ne sciis."

Tomas rigardas ŝin. Ŝi ŝajne timas, ke ŝi iel vundis lin. Fakte ŝi faras la malon. Sed kiel tion komprenigi al ŝi? "Neniu problemo", li diras. "Ankaŭ mi tre ŝatis la filmon. Sed mi jam delonge ne scias plori. Eble domaĝe. Tamen pli facilas ridi, ĉu ne?" Li akompanas ŝin al ŝia hejmo, kaj ŝi eĉ invitas lin supren por taso da teo. Sed sciante, ke ŝia kunvivanto atendas ŝin tie, Tomas diras ne dankon. Li trovus tian viziton tro embarasa.

Semajnon poste li ekscias, ke Olof Palme estas murdita sur Stokholma strato, revenante el kinejo kun sia edzino. Tomas trovas neimageble, ke io tia povas okazi, sed samtempe ne tre stranga. Tiom da perforto ĉie en la mondo. Kial ĝi ne trafus la gvidantojn? Li ege ŝatus diskuti tion kun Marina, kaj se eble spekti kun ŝi la filmon, kiun spektis Palme. Sed daŭras iom, ĝis li havas okazon. Marina nun dediĉas sin pli kaj pli al la studoj kaj al sia kunvivanto.

"Venu viziti nin foje por vespermanĝo", Marina iutage printempe proponas al Tomas. "Sekvan vendredon, se vi volas."

Li promenas al ilia apartamento tuj sude de la urbocentro kunportante sesopon da pilzena biero, kiel li kutimas okaze de invitoj. La vespermanĝo montriĝas esti supeo por paroj, kaj oni jam kelkan tempon tenis la manĝon varma kaj la vinon je ĝusta temperaturo atendante Tomason. Krome alia ino estas invitita por fari egalajn parojn. Ŝi nomiĝas Ingrid. Tomas trovas ŝin relative normala, sed la tuta aranĝo iom provokas lin.

"Pri kio vi okupiĝas?" demandas Ingrid, turnante siajn brakringojn.

"Nu, mi ŝatus labori pri homoj", li respondas. "Do mi studas por esti funebristo."

Li iam provis la saman ŝercon kun Marina, kaj ŝi aprezis ĝin, sed Ingrid ne. Ŝi nur strabas al li kun rigida mieno. Eĉ kiam li rakontas la veron, ŝi ne degelas.

Ankaŭ Marina rigardas lin malaprobe. Poste ŝi flustras al li, ke la eksulo de Ingrid sinmortigis antaŭ kelka tempo.

Post tio li plejparte restadas en la kuirejo provante helpi al Marina. Bati kremon, gustumi viskion kaj tiel plu. Troviĝas amaso da kuirejaj iloj el rustimuna ŝtalo, pri kiuj li tute ne imagas, al kio ili servas.

"Ĉi tie ĉio estas pura kaj ordigita, kvazaŭ en la koro de nuklea elektrocentralo", li diras al Marina.

"Ĉu vere?"

"Nu, ne kiel lastatempe en Ĉernobilo, sed aliloke."

"Tre amuze. Kion vi opinias pri Ingrid?" ŝi demandas.

"Nenion, efektive."

"Ne postulu pli ol kiom eblas", ŝi diras. "Kio do mankas al ŝi, laŭ vi?"

"Ne temas pri postuloj aŭ mankoj", li respondas. "Mi simple ne scias, kion fari pri ŝi. Cetere, ĉi tiu Irlanda kafo ŝajnas sufiĉe sukcesa. Ĉu ne Felix povus zorgi pri Ingrid, dum vi kaj mi zorgos pri ĝi?"

Sed tio ne eblas. Marina devas esti bona gastiganto kaj li bona gasto, kaj kiam li tediĝas de tio, li diras bonan nokton, reprenas sian sesopon el ilia antisepsa fridujo kaj trotas hejmen.

Ĉapitro 16

Marina 1987

Ŝi kuŝas nuda en la granda akvolito de Felix. Apude dormas li same nuda. Lia brusto altiĝas kaj malaltiĝas en regula ritmo. Ŝi rigardas lin, klopodante senti, ke li estas ŝia. Tio ne prosperas al ŝi. Postkoite li iel malaperas en sin mem kaj iĝas fremdulo. Liaj lipoj iomete pufiĝas je ĉiu elspiro. Li odoras je ŝvito kaj postraza locio. La blondaj fruntharoj kovras unu okulon. Ŝi metas manon sur lian bruston kaj sentas la regulan korbatadon. Poste ŝi levas la kovrilon kaj rigardas lian ŝrumpintan penison. Ĝi ekstremetas je ĉiu bato de la koro, eble ĉar la suba akvo efike pluigas ĉiun moviĝon. Ankaŭ tiu peniso nun ŝajnas al ŝi fremda, kvankam ŝi ĵus sentis ĝin en sia interno. Ŝi rigardas suben al si mem. Kelkaj malsekaj pubharoj gluiĝis al la dekstra ingveno. Ŝi liberigas ilin permane. Antaŭ la somero ŝi devos iom razi tie, pro la bankostumo. Eble ŝi akiru novan bikinon alte altranĉitan ĉe la koksoj. Ŝi povus peti ĝin de li por sia dudekdua naskiĝtago. Tamen ne. Banveston ŝi preferas mem aĉeti.

Felix kelkfoje snufas kaj poste plu spiras trankvile. Kion fari, se li subite ĉesus spiri? Se lia koro haltus? Ŝi ne regas la teknikon de spirkaj korsukurado. Kisi ŝi scias, sed tio ne helpus. Stultega penso! Li estas sana kaj forta. Lia koro batados plu dum kelkaj jardekoj. Ĉu tiel longe ŝi kuŝos ĉi-apude, rigardante la trankvilan spiradon de fremdulo? Ne eblas imagi tion.

Estus bone, se ŝi povus endormiĝi same facile kiel li. Sed ŝi neniom dormemas. Ne tre gravas, ĉar morgaŭ ŝi havos lekcion nur posttagmeze. Eble ŝi provu legi ion, dum ŝi maldormas. Sur la litotablo kuŝas romano de Günter Grass, kun legomarko post deko da paĝoj. Aŭ ĉu verki poemon? Jam de jaroj ŝi nenion plu verkas. Denove ŝi rigardas Felixon, klopodante elpensi verson, sed nenio aperas al ŝi. Kuŝi ĉi tie apud sia nuda amanto ja devus inspiri al ŝi ion. *Plej feliĉa vir', egalul' de dioj*, diris Sapfo, kvankam ŝi kompreneble pensis ne pri la viro, sed pri lia ino.

Sed por Marina tio ne funkcias. Lia koro vekas en ŝi neniun ideon de poemo. Nek la peniso. Ŝi detiras la kovrilon komplete kaj rigardas liajn genuojn kaj piedojn. Ne. Ŝi rezignas la poemon, rekovras lin kaj prenas la romanon de Grass.

Ŝi ne tre entuziasmas pri la ideo inviti la gepatrojn al vespermanĝo, sed Felix opinias, ke tio gravas.

"Mi volas ke ili vidu, ke vi vivas bone", li diras.

Ŝi suspektas, ke li volas fanfaroni pri ilia hejmo, kiu efektive estas lia hejmo, en kiu ŝi ekloĝis. Felix tre interesiĝas pri akirado de modernaĵoj por la loĝejo. Al Marina tiaj aferoj ne tre gravas. Gravas ĉefe, ke ŝi finfine eskapis el la gepatra hejmo.

Efektive, la vespero sukcesas bone. Paĉjo tre aprezas la guston de Felix.

"Ĉi tio vere estas konscia meblado", li diras. "Tuj videblas, ke ĉio estas elektita por funkcii kune. Kaj nur modernaj aĵoj en bona dezajno."

"Jes, mi ne tre ŝatas malnovajn meblojn", diras Felix. "Mia patrino volis transdoni komodon hereditan de mia avo, sed mi diris ne dankon. Ĝi ne konvenus ĉi tie."

"Tre prudente. Vidu, mi mem kreskis en kvazaŭa stokejo de malnovaj mebloj. Mia patro estis antikvaĵisto. Kaj homoj venis al lia butiko por aĉeti malnovan rubon plenan je vermoj, kiu tute ne konvenis en iliaj apartamentoj. Ne, nia epoko rigardas tro multe malantaŭen. Ni volas krei novan socion, ĉu ne? Do ni flegu la stilon de nia tempo."

Laŭ la sperto de Marina, Felix ne tre interesiĝas pri la nova socio de Paĉjo, sed li ne kontraŭdiras. Li estas ĝentilulo.

"Mi komprenis, ke vi estas arkitekto", li diras al André. "Ĉu vi eble desegnis ankaŭ vian propran domon?"

"Ne. Mi laboras pri grandaj projektoj. Loĝejoj por la popolo. Modernaj, higienaj apartamentoj. Bedaŭrinde oni ne taskis al ni ĉi tiun domaron. Ĉi tie estas iom tro da kompromisoj. La mono decidas, kompreneble."

"Nu, laŭ mi ĝi estas tute bona."

La du viroj ne konsentas pri ĉio, sed Felix diskutas tre modere kaj ne provokiĝas. Marina do parolas plejparte kun sia patrino. Panjo laŭdas la manĝon kaj demandas, ĉu Marina bezonas pli da aĵoj el la gepatra hejmo.

"Ne, Panjo. Mi havas ĉion bezonatan."

"Eble vi ŝatus unu el la grandaj tablotukoj teksitaj de Avino?"

"Ni ne uzas tablotukojn. Tamen dankon."

"Nun ŝi ne plu povas teksi. La manoj tro suferas de reŭmato."

"La kompatinda! Eble mi vizitu ilin somere."

André turnas sin al ŝi.

"Ĉu ni ne faru kunan vojaĝon al Francio ĉi-somere, ĉiuj kvar? Mi volonte gvidus vin kaj Felix. SAT kongresos en Bulonjo-sur-maro."

"Ni jam priparolis alion", rapide reagas Marina. "Eble ni vizitos la gepatrojn de Felix en Falun."

"Nu, eble vi havos tempon por ambaŭ aferoj."

"Krome", pluas Marina, "mi ja bezonus vizon. Mi ne ŝatas tian burokrataĵon."

Ŝi scias, ke Paĉjo malamegas la subitan decidon de Francio postuli vizon de homoj el ekster la Eŭropa Komunumo. Li mem restas franca civitano, sed liaj familianoj ja estas svedinoj.

Tamen la someraj planoj ne realiĝas. Iutage printempe Marina vekiĝas kaj vidas klare, ke ŝi plu vivas kun Felix ĉefe pro komforto. Li multe laboras kaj ne ĝenas ŝiajn tagojn, apenaŭ intervenas en ŝian vivon. Li perlaboras sufiĉe da mono al ili ambaŭ, kaj se io mankas al ŝi, li tuj akiras ĝin, se tio entute eblas. Se ne, li akiras ion alian kiel konsolon. Eĉ la seksumado kun li tre komfortas kaj ĉiam plenumiĝas laŭ la sama procedo. Unue po du glasoj da vino, ruĝa kun rostaĵo aŭ blanka kun salikokoj. Pro komforto ŝi eĉ manĝas viandon vendrede vespere, ĉar tion faras li. Post tio ili senvestiĝas kaj enlitiĝas en la akvolito. Komence ŝi ne povis ĝui en tiu, pro marmalsano. Sed iom post iom ŝi alkutimiĝis. Necesas nur kuŝi senmova kaj lasi la tangadon al Felix. Tion cetere ankaŭ li preferas. Poste, kiam li jam finis, kaj la hulado de la lito iom post iom kvietiĝas, li permesas al ŝi kontentigi sin mem. Estas komforte, tutsimple.

Tamen, jam vidante ke tio estas pli-malpli ĉio, ŝi komencas malestimi sian kunvivanton, kaj poste sin mem, ĉar ŝi plu vivas kun viro malestimata. Fine tio iĝas neeltenebla. Do, iutage ŝi ekluas por si mem studentan ĉambron kaj tre kviete forlasas lian komfortan apartamenton.

Baldaŭ poste ŝi plenumas la lastajn ekzamenojn de la studoj kaj diplomiĝas pri ekonomiko. Ŝi komencas serĉi laboron kaj dume enskribiĝas en kromaj kursoj, por ion fari dum la laborserĉado.

En unu el tiuj kursoj, pri internacia komerca juro, instruas la profesoro Ture Sandén. Iutage li promesas trovi kaj pruntedoni al ŝi verkon pri la japana juro, kiu interesas ŝin. Kaj efektive li propramane liveras ĝin en ŝia hejmo, la eta meblita ĉambro. Kaj tie li restas, ne dum la tuta nokto, ĉar li volas ĉiam troviĝi hejme, kiam vekiĝas liaj infanoj kaj edzino, tamen pli longe ol planite. Li ankaŭ revenas kelkfoje, kun pli da studmaterialo.

"Eble vi povus labori en Francio", diras Ture. "Aŭ aliloke en la Komunumo. Vi estas duonfrancino, ĉu ne?"

"Tute ne. Nu, mia patro ja estas franco, kaj pro tio mi nomiĝas Aubert. Sed mi ne parolas la francan."

"Ha, domaĝe. Tamen ankaŭ Britio ja eblus, kvankam tie la juro estas iom alia."

"Jes, sed eble estus bone unue havi spertojn ĉi-hejme, ĉu ne?"

"Ne bridu vian ambicion, Marina. Pripensu, ke sveda sperto malmulte valoras en la Eŭropa Komunumo, sed eŭropa sperto tre valoras en Svedio."

"Pri tio mi ne pensis. Tamen ŝajnas jam sufiĉe malfacile trovi ion ĉi tie."

"Telefonu. Montru ke vi ne estas timida. Igu ilin memori vian nomon. Se vi jam estos vokita al dungintervjuo, vi havos grandan ŝancon. Oni rimarkos vin. Vi estas tia persono, kiun oni distingas en la amaso."

Marina miras pri liaj vortoj. Ŝi male pensus, ke ŝi dronas en la amaso. Tamen evidentas, ke almenaŭ la profesoro mem distingis ŝin.

La kunestado kun li estas tute alia ol kun Felix. Ĝi ne estas komforta. Unue necesas sekreti, ĉar profesoro devas ne kuŝi kun siaj studentoj, des pli se li havas edzinon. La lito de Marina estas mallarĝa, tamen senmova, do ĝi ne ondas sub ili. Ture aĝas 45 jarojn, li havas iom pufan ventron kaj malfortan dorson. Plej ofte li kuŝas surdorse lasante al Marina rajdi lin laŭ sia preferata ritmo, ekde lanta trotado ĝis vigla galopo, dum ŝia litofundo grincas akompane. Nur poste li iom plendas pri dorsdoloro kaj sangopremo.

Jam ekde la unua fojo Ture tre zorgas uzi kondomon.

"Bone, ke vi pensas pri tio", diras Marina. "Kvankam tio efektive ne necesas. Mi daŭrigas preni pilolojn post mia lasta rilato."

"Nu, tamen eble estas pli sekure ĉi tiel."

"Ĉu vi timas, ke mi havas aidoson?"

"Espereble ne. Sed kondomo ja protektas kontraŭ ĉio."

Marina rigardas lin, scivolante ĉu li seriozas.

"Ĉu kontraŭ ĉio? Ne kontraŭ pub-laŭsoj."

Ture rigardas ŝin konsterne kaj time.

"Ĉu vi havas tion?"

Marina ridas tre gaje.

"Mi pensas ke ne. Sed eble vi?"

Ture serioze certigas, ke li estas tute senlaŭsa.

Antaŭ ol kuŝiĝi, li pendigas siajn vestaĵojn bonorde sur seĝo. Kaj antaŭ ol foriri, li ekzamenas ilin zorge.

"Kion vi serĉas?" demandas Marina. "Ĉu tamen laŭsojn?"

"Ne, sed mi iom timas kunporti viajn brunajn harojn."

"Do, via edzino estas blonda, ĉu?"

"Hm... jes."

"Mi pensis, ke estas male. Sinjoroj preferas blondulinojn sed edziĝas al brunulinoj."

"Eble en Usono."

Ture ne estas amanto, kiun ŝi povus montri por fanfaroni pri sia kaptaĵo. Entute ne eblas montri lin.

Li restas ankoraŭ kelkan tempon en ŝia ĉambro plena je trivitaj, anonimaj mebloj. Ili sidas aŭ duonkuŝas sur la lito, en kiu cento da studentoj antaŭ Marina jam dormis, maldormis, masturbis sin, koitis, ploris kaj studegis dum noktoj antaŭ ekzameno. Ili babilas pri la studoj, pri laboroj, pri poezio kaj pri la vivo. Ŝi petas lin rakonti pri sia familio, kaj tion li plenumas kun hontema mieno. Fine li stariĝas por indulgi sian dorson, paŝas tien-reen en la ĉambro, parolante ankoraŭ iom, antaŭ ol forlasi ŝin por tiu familio. Post tia nokto ŝi dormas bonege.

Dum la studjaroj Marina preskaŭ ĉesis verki poezion. Ŝi havis nek tempon nek la ĝustan sentostaton por tio. Sed nun, dum ŝi plu studetas, nur atendante, ĉu trovi laboron, ŝi rekomencas tiun hobion.

La iamaj poemoj nun impresas al ŝi naivaj kaj romantikaj. Tamen ŝi memoras la dolĉamaran senton, kiam ŝi sukcesis pretigi iun strofon, kiu tiam ŝajnis al ŝi trafa. Sed nun ŝajnas, ke tiu sento estis io ligita al ŝia tiama aĝo. Eble ŝi jam plenkreskis kaj por ĉiam lasis la poetan aĝon. Ĝuste tial surprizas ŝin sperti, ke Ture aprezas ŝiajn provojn. Unuafoje en pluraj jaroj ŝi nun laŭtlegas ĵus verkitajn poemojn, lekante lian laŭdon kiel kato kremon. Fojfoje trafas ŝin la penso, ke li eble nur flatas por gajni ŝian favoron. Tamen, ĉu gravas? Laŭdo egalas laŭron, eĉ se hipokrita. Cetere, se li volas gajni ŝian favoron, tio signifas, ke ŝi iom valoras. Kaj se li hipokritas, li almenaŭ faras tion inteligente. Nek Felix nek Micke iam ajn faris la penon hipokriti por flati ŝin. Evidente ŝi ne signifis al ili tiom, ke ili ĝenus sin.

De temp' al tempo ŝi plu iras al kinejo kun Tomas. Antaŭ kelkaj jaroj ili iris triope kun Micke, sed kiam ĉesis ilia amrilato, li ne plu volis kuniri. Ŝi ne komprenas tion, ĉar ili iris al kinejo ne por amindumi. Sed Micke ne plu emis, do ŝi alkutimiĝis iri duope kun Tomas. Plej ofte ili iras al eta nekomerca kinejo por spekti filmojn, kiuj ne trovas amasan publikon.

Post la prezentado ili kutimas trinki bieron en apuda trinkejo, diskutante la filmon. Tomas preskaŭ ĉiam havas fortan opinion pri la filmoj kaj komparas ilin kun pli fruaj verkoj de la sama reĝisoro, aŭ kun iu ajn pli malnova filmo. Al Marina tio ŝajnas nekomprenebla. Ŝi ofte ĝuas la filmojn kaj admiras la aktoradon, sed ŝi ne tre klare memoras filmojn spektitajn antaŭ jaro.

Cetere, ankaŭ Ture ŝatas eldiri firmajn juĝojn pri filmoj, precipe tiajn, kiujn li spektis en sia junaĝo antaŭ dudek jaroj. Tamen li ne povas akompani ŝin al kinejo. Tro da homoj rekonus lin.

En oktobro Marina ricevas laborpostenon ĉe revizora firmao en Gotenburgo. Malgraŭ la instigoj de Ture, ĝis tiam ŝi ne tre pensis pri la demando, kie ŝi volas loĝi, kvankam ŝi ja serĉis laborojn diversloke. Sed nun ŝajnas al ŝi tre konvena momento por forlasi sian hejman regionon kaj migri okcidenten. Ŝi do malluas la ĉambron, dankas al Ture pro la kuna tempo, prenas siajn malmultajn posedaĵojn kaj iĝas gotenburgano.

La firmao havas nur sep dungitojn, kaj ŝi rapide ekkonas ilin. Per helpo de la ĉefo Jonas ŝi povas lui etan loĝejon en antaŭurbo. De temp' al tempo kelkaj el la gekolegoj postlabore iras en bierejon aŭ, kiam ekas la hokea sezono, al matĉo. Ankaŭ Marina kelkfoje kuniras. La laboro post kelka tempo ne malfacilas. Iom elrevigas ŝin, kiel malmulte ŝi devas uzi el la scioj lernitaj en la universitato. Tamen ŝi alkutimiĝas. Pleje ŝi ŝatas la kontaktojn kun klientoj, kvankam tiuj kelkfoje atendas neeblaĵon de ŝi.

"Venu viziti min", ŝi telefone invitas Tomason. "Gotenburgo estas simpatia urbo."

"Volonte. Sed ĝuste nun mi estas iom okupita. Do mi venos pli malfrue, kiam ĉio estos pli kvieta."

"Tamen vi ja povas liberiĝi almenaŭ dum semajnfino, ĉu ne?"

"Nu, eble..."

"Vi povos dormi sur mia nova sofo."

"Bone, ni vidu. Mi pripensos, kiam tio konvenos, kaj tiam mi kontaktos vin."

Lia tono ŝajnas al ŝi iom evita. Ĉu li kaŝas ion? Aŭ ĉu li timas, ke ŝi provos delogi lin? Tamen li vere telefonas al ŝi post du semajnoj, kaj ili interparolas amike kiel kutime. Sed la viziton li daŭre prokrastas. Fine ŝi ekscias la kialon.

"Nu, mi komencis renkontadi iun inon, do necesas iom flegi tiun rilaton. Pli poste sendube eblos."

"Komprenelbe. Bone por vi, Tomas! Ĉu mi konas ŝin?"

"Ne, certe ne. Ŝi venas el Skanio sed studas en Linköping. Nu, ni vidu kiel tio sukcesos. Mi ne estas ĉampiono pri amo, kiel vi scias. Do, kiam mi fuŝos la aferon, mi venos plori ĉe vi."

"Stultulo. Ŝi estas feliĉulo, kiu kaptis vin! Sed kial vi ne ambaŭ venos viziti min?"

"Nu, certe tro fruas. Cecilia iom suspektemas pri aliaj inoj."

Do, la vizito prokrastiĝas ĝis plue. Cetere, komenciĝas vintro, kiu ĉi-loke ĉe la okcidenta marbordo konsistas precipe el malvarma pluvo, vipa blovado kaj nebulo penetranta ĝisoste. Marina baldaŭ devas ekpensi pri Kristnasko. Tiun ŝi sendube pasigos ĉe la gepatroj. Kaj nun necesos eĉ tranokti tie, ĉar mankas al ŝi alia loko. Ŝi ŝatus peti Tomason, ĉu ŝi povus dormi ĉe li, sed pro tiu nova Cecilia tio certe ne eblos.

Ĉapitro 17

Tomas 1994

La somero estas nekutime varma. Dum kelkaj noktoj Tomas kaj Cecilia maldormas antaŭ la televidilo, parte ĉar tro varmas por dormi, parte por sekvi la sorton de la sveda futbalteamo en la monda ĉampionado. Normale Tomas ne entuziasmas pri sporto, nek pri naciismo, sed dum futbalaj ĉampionadoj li faras escepton. Ĉi-foje ĝi okazas en Usono, do oni ludas, kiam noktas en Eŭropo.

Kiam Cecilia estis pli juna, ŝi mem ludis futbalon. La sporto daŭre interesas ŝin, kaj ŝi konas la tutan sistemon de la ĉampionado, ekde kvalifikaj grupoj ĝis duonfinaloj kaj finalo.

"Ni estas perversa paro", diras Tomas.

"Kiel perversa?"

"Vi komprenas futbalon dum mi nur pigre admiras la golojn. Devus esti male. Ĉu vi eĉ povus klarigi al mi ofsajdon?"

"Certe. Ĉu nun?"

"Ne, dankon. Iam poste, mi petas."

Tamen ĉio havas finon, la varmego, la ĉampionado kaj eĉ la somero. La blu-flavaj herooj revenas kun siaj bronzaj medaloj, kaj baldaŭ la aŭtuno komenciĝas friske. En septembro jam pasis jaro kaj duono post la averio de Scandinavian Enterprise. Finfine la respondeca ŝtata instanco deklaras Marinan kaj aliajn netrovitojn mortintaj, kaj komence de oktobro ŝia familio povas aranĝi entombigon.

La patrino de Marina invitas Tomason al tiu aranĝo. Tiel li ekscias, ke oni efektive nomas la sepultan procedon entombigo, kvankam la entombigoto mem ne partoprenas. Li ne vere volas iri tien, tamen li sentas ian devon. Je lia surprizo Cecilia instigas lin ĉeesti.

"Estas normala respekto al ŝia familio, ĉu ne?" ŝi diras.

"Nu, vi eble pravas. Tamen ŝi ne bone rilatis kun la gepatroj. Do, ŝi mem preferus ne partopreni, kaj tion ŝi ja ne faros."

"Tomas, ne ŝercu pri mortinto! Mi esperas, ke vi ne diros tiajn stultaĵojn al la funebrantoj."

"Mi ne konas ilin, do mi supozeble ne multe interparolos kun ili", diras Tomas.

"Mi pensas, ke utilus al vi partopreni en la entombigo. Eble tio helpos vin ĉesi pensadi pri ŝi."

Estas vere, ke li ofte pensas pri Marina. Sed kiel Cecilia povas scii, kion li pensas? Ĉiuokaze, li ne certas, ke eblas entombigi siajn pensojn. Tamen li konsentas iri tien. Feliĉe li jam posedas sufiĉe da nigraj vestaĵoj.

Dumnokte falas densa pluvo, sed matene ĝi ĉesas kaj la aero estas freŝa kaj pura, kiam Tomas promenas al la entombigo. La ceremonio okazas en kapelo de la urba kremaciejo. Li ne povas ne scivoli, ĉu oni efektive poste kremacios la malplenan ĉerkon. Sed kompreneble li ne demandas. Necesas montri sian respekton al la postvivantoj.

Plej antaŭe sidas la gepatroj kaj geavoj. Poste du geonkloj kaj du gekuzoj. Sur la tria seĝovico, apud Tomas, sidas du virinoj, kiuj prezentas sin kiel Ida kaj Amanda, iamaj amikinoj de Marina. Li ne memoras, ĉu ŝi iam parolis pri ili. Apude sidas ankaŭ la eksulo Felix.

"Ŝia patro invitis min", li diras kvazaŭ pardonpete pro sia ĉeesto.

En la lasta vico sidas maljuna sinjoro, kiu ne prezentas sin.

Tomas unuafoje vidas la familianojn de Marina. Ĝis nun li nur interparolis telefone kun ŝia patrino. Iel tiu ŝajnas al li konata, kaj li unue pensas, ke ŝi eble estas iama instruisto. Poste li rekonas ŝin kiel la bibliotekistinon, kiu proponis al li la romanojn pri sklavoj. Jen stranga koincido. Tamen nun ne estas konvena momento por komenti tion. Cetere, ŝi sendube rekomendis tiujn librojn al cento da junaj klientoj kaj ne povas memori lin specife.

La aranĝo okazas tute sen kristanaj programeroj, ĉar la patro de Marina malamas ĉian religion. Oni prezentas pianomuzikon, kiun Tomas ne rekonas. Pro malmola akustiko en la ejo la sono iom turmentas liajn orelojn. Poste parolas la nekonato. Laŭ li, Marina estis talenta juna virino, kiu havis brilan estontecon antaŭ si. Sed nekomprenebla katastrofo finis ŝian vivon tro frue. Tial oni memoru ne prokrasti aferojn, sed vivu en la nuno. Laŭ Tomas tio sonas iomete kiel riproĉo kontraŭ Marina.

La patro de Marina parolas svede kun franca akĉento. Li konsentas pri ŝia brila estonteco. Ŝi finfine komprenis, ke ŝi misvagis, kaj nun ŝi survojis ree hejmen. Poste li kvazaŭ polemikas kontraŭ la antaŭa parolinto. Laŭ la patro, la morto de Marina tute ne estas nekomprenebla. Ŝi pereis pro la profitoĉaso de la internacia kapitalo. Fine li diras kelkajn vortojn en nekonata lingvo, kiu supozeble estas Esperanto. Ankaŭ la avo diras kelkajn vortojn, sed tiel mallaŭte, ke Tomas ne kaptas la sencon. Atingas lin nur sporadaj fragmentoj, kiel "knabineto, vivo, maro, familio, sorto" kaj io, kio sonas kiel "feria vojaĝo". Sed povas esti, ke li misaŭdas tion.

La vera Marina ŝajnas pli-malpli forgesita en sia entombigo. Tomas pensas, ke ŝi sendube neniam estis ĉefulo de sia vivo, kaj nun ŝi eĉ ne ĉefrolas en sia morto. Sorbis ŝin la ondoj de la Norda maro, kaj ŝi restas pli neekzistanta ol iam ajn.

La postan inviton al komuna manĝo li sukcesas eviti per murmurata sinekskuzo. Li forlasas la kremaciejon sen ekscii, kio finfine okazos al la ĉerko. Striktasence ĝi ja restas neuzita. Li trovas la tutan aranĝon malĝojiga, sed tio sendube estas konvena trajto de funebraĵoj.

Paŝante for de tie Tomas klopodas memori la tagon, kiam oni entombigis lian patrinon. Kun la paso de jaroj ĝi iĝas pli malklara, kaj iufoje li sentas, kvazaŭ li neniam ĉeestis. Kompreneble ĝi estis tute alia, tradicia kampara enterigo. Tiam li ja komprenis, ke Panjo mortis, ĉar li jam de monatoj loĝis ĉe la geavoj, dum ŝi kuŝis hospitale. Ĉiuokaze li memoras, ke la pastro ŝutis sablon sur la ĉerkon. Onklo Arne ĉeestis, sed li plejparte zorgis pri la avino. La avo similis senmovan solecan rokegon. Oni veturis per taksio tien kaj reen. Li memoras alian aŭton per kiu alvenis iuj homoj, kun kiuj oni ne parolis. Ĉu eble tiuj estis la patro de Tomas kaj liaj fratoj? Tiuj, kiujn oni ne rajtis mencii.

Subite trafas lin memoro pri alia entombigo. Tiu de Nilla, kiun li tamen eĉ ne partoprenis. Li promenas hejmen tra la urba parko, memorante pri Nilla kaj Marina. En la vivo ili ne konis unu la alian kaj estis ege malsimilaj laŭ ĉio. Tamen ili nun iel kunfandiĝas en unu figuron, kiu dolorige mankas al li.

Super li sunbrilo filtriĝas tra la humida frondaro de maljunaj arboj, lumigante la buntan foliaron. Malvarmeta brizo deŝiras kaj dancigas kelkajn foliojn. Odoras je ia fumo alblovata de fore. La nuboj jam dispeliĝis, kaj nun estas bela aŭtuna posttagmezo. Li volus ĝui ĝin, sed io malhelpas tion. Kial li paŝas ĉi tie sur la parkaj vojetoj, dum tiuj du knabinoj, kiuj signifis ion en lia vivo, neniam plu povos tion fari?

Li sentas korodan premon en la brusto. Tamen, tion li ne vere rajtas. Li plu havas Cecilian, do kial daŭre resti en la pasinteco? Ŝi pensis, ke ĉi tiu entombigo helpos al li ne plu pensi pri Marina. Ŝajne ŝi eraris. Li nun pensas ne nur pri ŝi, sed krome pri Nilla. La tombejo de Mateo troviĝas apude. Liaj piedoj direktiĝas tien. Ĉe la enirejo li haltigas sin. Kial do eniri inter la tombojn? Li eĉ ne scias, kie oni enterigis Nillan. Kaj la alian memoron pri ŝi li ne volas reveki. Diable, kial li lasis sin trompi? Li devus neniam plu partopreni en entombigo.

Ĉapitro 18

Marina 1989

Dum longa nebula vintro, ŝia dua en Gotenburgo, Marina pli kaj pli ofte pasigas vesperojn kun gekolegoj en trinkejoj. Krome Jonas, la ĉefo, plurfoje persvadas ŝin akompani lin al hokea matĉo, ĉar lia edzino rifuzas iri tien. Marina tute ne miras pri tio. Kelkaj miloj da homoj, plejparte viroj, hurle akompanas la ĉasadon de nigra kaŭĉuka disketo fare de dekduo da nekutime fortikaj atletoj sur sketiloj. Kaj eĉ pli laŭte hurlas la spektantoj, kiam oni portempe ĉesas ĉasi la diskon kaj ekas interbatali.

Dufoje Jonas eĉ akompanas ŝin hejmen post matĉo. Ŝi ja trovas lin simpatia, tamen ŝi tute ne planis havi amrilaton kun sia ĉefo. Cetere, apenaŭ indas nomi tion rilato. Laboreje li kondutas tute neŭtrale, kiel antaŭe. Kaj kiam ili iras ien postlabore kun aliaj kolegoj, li nur ŝerce amindumas ŝin same kiel aliaj viroj.

Finfine denove estas printempo. La hokea sezono finiĝas bone. La urba teamo sukcesas reveni al la plej alta nacia ligo, kaj ŝi ne plu rendevuas duope kun Jonas. Kelkfoje ŝi butikumas kune kun la kolegino Alexandra. Tiu estas tridekjara alta blondulino, kiu naskiĝis en Gotenburgo kaj konas ĉiujn angulojn de la urbo, precipe la butikojn iom altklasajn, kie ŝi evidente aĉetas siajn vestaĵojn. Nun ŝi invitas Marinan al ina festeno por edziniĝonta amikino.

"Ni aranĝos vere pintan nokton, por ke Linda vere pentu, ke ŝi forlasos la fraŭlinan vivon", diras Alexandra.

La festeno komenciĝas en la hejmo de Alexandra. Tiu estas granda apartamento en malnova burĝa kvartalo. Ili estas deko da virinoj, preskaŭ ĉiuj nekonataj al Marina. Nur Lindan ŝi jam renkontis kelkfoje. Alexandra miksas fortegajn koktelojn al Linda kaj normalajn al la aliaj. La koktelojn sekvas ĉampano. Marina ŝatas ĉampanon kaj jam kelkfoje trinkis tro multe da ĝi, sed nun ŝi devigas sin esti singarda.

Post ŝerca kaj tikla kvizo pri la onta edzo, Alexandra distribuas al la ĉeestantoj paperojn kaj krajonojn. Kaj jen aperas neatendita gasto: viro, kiu pozas kiel krokiza nudmodelo. Dum ridoj kaj komentoj ĉiuj ekdesegnas, sed iom post iom ili kolektiĝas ĉirkaŭ Linda, la onta edzino, superŝutante ŝin per maldecaj konsiloj pri ŝia desegnado.

Malfrue vespere iu prezentas valizon plenan je vestaĵoj de plej diversaj specoj kaj epokoj. Ili ĉiuj devas vesti sin kiel diversstilaj sinjorinoj. Estas multe da bunte floraj kaj strange ornamitaj roboj. Poste ili iras taksie al dancejo konata kiel loko, kie eblas fari okazajn kontaktojn. Tie Linda ricevas la taskon alparoli kvin virojn, demandi ilin, kiel devas konduti la ideala edzino, kaj noti iliajn respondojn en notlibro.

En la dancejo la dekopo iom disiĝas inter aliaj vizitantoj, kvankam eblas rekoni ilin laŭ la stranga vesto. La ejo estas vasta, sed laŭta muziko tute plenigas ĝin. La vizitantoj plejparte estas inter dudekkvinkaj tridekkvinjaraj. Marina sentas sin iom aparta en sia malmoderna vesto inter la normalaspektaj gastoj. Ŝi dancas kelkfoje, sed ofte sidas babilante kun Alexandra, kiu sukcesis resti sufiĉe sobra. Kaj fine ili kolektas la plej multajn amikinojn, savas la ontan edzinon de la viraj konsilantoj, kaj liveras ŝin en unu peco al ŝia hejmo.

Marina trovas la vesperon amuza, kvankam ŝi mem ne aprezus tian traktadon. Nu, tio ŝajnas ne tre urĝa afero en ŝia kazo. Neniu edziniĝo atendas ŝin en la proksima estonteco. Kaj eble Linda estas tia persono, kiu ŝatas tiklajn taskojn.

La organiza kapablo de Alexandra estas mirinda. Kaj kiam ŝi en la fino de majo demandas Marinan, ĉu ŝi ŝatus duope fari semajnfinan ekskurson al Danio, Marina volonte akceptas.

"Ni povus iri al Skagen", diras Alexandra. "Sed eble vi jam estis tie?"

"Ne, tute ne. Mi tre malmulte konas Danion."

Denove Alexandra aranĝas ĉion tre efike. Vendrede posttagmeze ili iras prame kaj aŭte al la plej norda urbeto de Danio. Tie atendas vespermanĝo kaj dupersona ĉambro en pitoreska hoteleto. Ĉio estas tre malnovstila kaj alia ol la ĉiutaga vivo.

"Ĉi tio efektive estas tempovojaĝo", diras Marina, kiam ili promenas sur urbetaj stratoj kaj tra la fiŝista haveno antaŭ ol enlitiĝi.

"Ni bezonas tion, ĉu ne? Mi devas kelkfoje eskapi el la premo de la nuno por reakiri fortojn. Se ne, mi freneziĝus."

"Sed vi tiom aktivas pri ĉio, dum mi iel nur vegetas."

"Hm. Sed kiom pri via interna vivo? Ne ĉiu povas esti tia banala ansero, kiel mi."

Marina ridas, provante imagi Alexandran kiel kortbirdon.

"Se vi estas ansero, mi sendube estas anaso."

Ili pluiras gakante en koruso. La urbanoj kaj turistoj renkontataj ŝajne trovas tion tute en ordo.

La sabato pasas sur strando ĉe la plej norda kabo de Jutlando, kaj en muzeo pri la famaj pentroartistoj de Skagen. La pentraĵoj plaĉas al ili ambaŭ, kvankam Marina trovas kelkajn el ili tro sukeritaj kaj eksmodaj. Ne mirinde, ĉar temas pri artista skolo de antaŭ jarcento. Vespere ŝi duonkuŝas surlite kun glaseto da spicita brando enmane.

"Kiel agrable esti korpe lacega", ŝi diras. "Kutime nur mia kapo laciĝas. Ĉi tio estas tute alia."

Alexandra silente kapjesas, rigardante ŝin.

"Pri kio vi pensas?" pluas Marina.

"Mi ĝojas, ke vi volis kuniri."

Marina ridetas.

"Mi pensas, ke vi komprenas min pli bone ol mi mem. Vi bonege scias aranĝi la plej diversajn aferojn."

"Ĉu vi pensas? Eble. Nu, krom por mi mem."

Marina surprizite rigardas ŝin.

"Kial do? Ĉu vi ne ĝuas la estadon ĉi tie?"

"Jes, certe. Tre. Ni havas bonegan semajnfinon. Dum momento mi pensis pri io alia, sed ne gravas."

Marina ŝatus demandi ŝin, pri kio temas. Sed iel ŝi ne kuraĝas. Alexandra ja estas tre simpatia, tamen samtempe ŝi disradias ankaŭ ian senton de *ne-tuŝu-min*.

Dimanĉe posttagmeze ili sidas sur suna ferdeko inter Frederikshavn kaj Gotenburgo. Estas malvarmeta vento, sed ili trovis ŝirmatan angulon apud fumtubo de la pramo. De temp' al tempo trafas ilin puŝo de fumo kun odoro de petrola rubgaso, sed tuj la mara vento dispelas la fetoron. Marina rigardas la ŝaŭmantan postondon kaj la danan bordon, kiu iom post iom malkreskas en okcidento. Aperas en ŝi nebula imago de amata pupo, kiu iam antaŭ longe malaperis en tia postakvo. Ŝi ne certas, ĉu tio estas vera memoro aŭ sonĝo.

"Ĉu vi daŭre eliras kun Jonas?" demandas Alexandra kun duono de dana bulko enbuŝe.

Marina revenas al la nuno kaj jeno.

"Ne, tute ne. Tio ja estis kretenaĵo. Rendevui kun la ĉefo, ĉu ne? Mi feliĉas, ke ne aperis problemoj en la laborejo. Almenaŭ ĝis nun."

"Nu, vi ne estas la unua."

Marina saltetas kaj gapas al ŝi.

"Ĉu vere? Tio estas, ĉu ankaŭ vi?" Alexandra ridegas. Paneroj de la bulko disflugas.

"Mi ne parolis pri mi. Sed ne gravas kiu. Eble mi devus ne mencii tion. Ĉu vi ĵaluzas?"

"Absolute ne. Pardonu, ke mi miskomprenis vin."

Efektive, ĝis nun ŝi neniam aŭdis Alexandran mencii nunan aŭ eksan koramikon, eĉ ne okazan amrilaton. Ŝi estas tre eleganta virino, kiu devus allogi virojn, sed eble ŝi postulas pli multe ol ili pretas plenumi. Marina demandas sin, ĉu altaj postuloj estas avantaĝo aŭ obstaklo. Trafas ŝin la penso, ke ŝi mem iufoje postulas tro malmulte.

Komence de junio Marina vespere sidas kvazaŭ gluita al la televida ekrano, spektante bildojn el Pekino. Sur la Placo de Ĉiela Paco studentoj manifestacias por demokratio, sed la reĝimo purigas la placon per tankoj. Kio okazas poste al la studentoj, oni ne ekscias.

Glacia mano ĉirkaŭpremas ŝian koron. Ŝi devas paroli kun iu, kaj la sola imagebla estas Tomas.

"Jes, ankaŭ mi vidis tiujn bildojn", li diras. "Do, jam regas ĉiela paco sur la placo."

"Kial ĝuste nun, kiam ĉio ŝajnis fari paŝojn en bona direkto?"

"Mi ne scias. Kredeble ili timis, ke estos paŝegoj. Ili preferas formikpaŝojn."

"Kion do fari?"

"Mi ne scias, Marina. Sed ĉu mi povus telefoni al vi morgaŭ? Pardonu, ne eblas. Ĉu lunde? Cecilia estas ĉe mi, do…"

Unuafoje ŝi spertas, ke eĉ paroli kun Tomas ne helpas kontraŭ la angoro, kiu kaptas kaj premas ŝin de temp' al tempo. Ŝi provas telefoni al Alexandra, sed tiu ne respondas. Do necesas sola elteni la angoron. Ĉi-momente ĉiu ajn homo povus taŭgi. Eĉ hokeo kaj posta amorado kun Jonas eble helpus, sed li ne plu disponeblas, kaj cetere la hokea sezono jam delonge finiĝis.

Do, Marina eltenas. Post kelkaj tagoj vere telefonas Tomas, kaj ili sufiĉe longe kaj bone interparolas. Sed tiam la angoro jam retretis en la nekonatan lokon, de kie ĝi atakis ŝin.

Komenciĝas la somera libertempo. Post la ekskurso al Skagen Marina ne plu renkontis Alexandran ekster la laborejo. Nun ŝi pripensas, ĉu proponi al ŝi kunan vojaĝon ien. Kiel ĉiam, grava problemo estas, ke preskaŭ ĉiuj homoj preferas aviadilon, kiam ili vojaĝas eksterlanden. Ŝi cerbumas, kien oni povus iri sen flugi. Iel ĉiuj celoj ŝajnas al ŝi tro banalaj por proponi al la ŝika Alexandra. Ĉu eble trajno al Prago povus interesi ŝin? Sed tie nun la politika situacio estas necerta. La perestrojko de Gorbaĉov ŝajne malligis opozicion en preskaŭ ĉiuj orienteŭropaj landoj, kaj ne eblas antaŭvidi, kio okazos tie. Eble io simila kiel en Pekino?

Fine ŝi tamen decidas paroli kun Alexandra por almenaŭ diskuti la aferon. Sed antaŭ ol ŝi realigas tion, Alexandra mem telefonas al ŝi.

"Mi vokas por rakonti, ke mi ricevis novan laboron. En Stokholmo."

"Ho, ĉu vere? Mi eĉ ne sciis, ke vi serĉas ion alian. Do, gratulon!"

"Dankon. Nu, mi ne volis diri ion antaŭ ol scii. Nun mi uzos la libertempon por aranĝi ĉion pri la transloĝiĝo. Mi jam trovis provizoran loĝejon tie, sed espereble mi povos baldaŭ aĉeti ion pli bonan."

Marina sidas en sia kuirejo kun la telefona aŭdilo enmane. Subite ŝia loĝejo aspektas malbela, neloĝata. Eĉ la aero estas malfreŝa.

"Jes", ŝi diras. "Vi certe sukcesos pri ĉio."

Alexandra ekridas.

"Ĉu pri ĉio? Apenaŭ. Tamen, vi devos veni viziti min estonte. Sed unue necesas havi bonan loĝejon kaj iom alkutimiĝi al la ĉefurbo, ĉu ne?"

Do, Marina ne mencias sian ideon pri kuna vojaĝo. Anstataŭe ŝi decidas iri al Norrköping por kelkaj tagoj, al la gepatroj. Eble ŝi povos rekontakti siajn iamajn amikinojn tie. Kaj kompreneble ŝi ankaŭ interkonsentas kun Tomas pri renkontiĝo.

"Bonege", li diras. "Mi liberigos min, kaj ni iros naĝi en la golfo, ĉu ne?"

"En ordo. Vi ne povos esti libera dum pli longe, mi supozas? Kelkajn tagojn por eta vojaĝo?"

"Nu, la instituto ja eltenus tion. Sed mi timas, ke Cecilia ne konsentus. Do, ni devas prokrasti tion, ĝis mi probable ruinigos la aferon kun ŝi."

"Ne faru tion, Tomas. Ĉu vi ne estas feliĉa kun ŝi?"

"Feliĉa? Tiun vorton mi ne konas. Tamen la vivo ne estas tute abomena. Ĉu tio eble estas la difino de feliĉo?"

"Ankaŭ mi ne scias. Mi rigardos en vortaro."

"Nu, tamen, kiel vi scias: Mi ne estas familia viro. Do sendube mi iam fuŝos ĉion."

Dum semajno ĉe la gepatroj, Marina sukcesas nur unufoje fari tuttagan ekskurson kun Tomas. Ili iras ŝipe tra la regiona insularo en la Balta maro. La ŝipeto plenplenas je feriantoj, kaj Marina sentas embarason paroli kun li pri io grava inter tiom da homoj. Krome kaptas ŝin ia nova timideco antaŭ li. Jam pasis preskaŭ du jaroj, dum kiuj ili ne plu renkontiĝis.

Du horojn ili haltas sur insulo, antaŭ ol reveturi. Ambaŭ trovas la maran akvon tro malvarma por naĝado, do ili promenas duope laŭ la roka bordo, dum ondoj en regula ritmo plaŭdas al la akvorando.

"Tomas", ŝi diras, "ĉu vi estas kontenta? Mi volas diri, pri via nuna vivo?"

"Mi pensas, ke neniu normala homo povas esti plene kontenta."

"Tamen la plej multaj ja ŝajnas kontentaj."

"Ŝajnas, jes. Sed ĉu tio ne estas ĝuste ŝajno?"

"Mi ne scias. Kio do pleje mankas al vi?"

Tomas ne tuj respondas. Li cerbumas. Tio plaĉas al ŝi. Li ofte respondas nur ŝerce, ironie. Tamen li scias ankaŭ preni aferojn serioze, tion ŝi bone scias.

Lia respondo plu prokrastiĝas, dum ili paŝas sur ŝtonegoj, trans fendojn en la roka grundo, kaj pluen inter sovaĝaj rozarbustoj kaj pinoj torditaj de la vento. Oriente de la insulo situas aliaj insuletoj, sed jen kaj jen inter ili videblas la mara horizonto.

"Do nenio mankas, ĉu?" ŝi insistas. "Vi estas feliĉulo."

"Vere, kiam mi pripensas tion, ŝajne mankas ĉefe bagateloj. Pli da tempo, pli da mono, pli da amikoj. Krome mankas al mi renkontadi vin."

"Ni ja telefonas."

"Sed mi ne sukcesas kapti la veran mankon. Eble temas pri ia sento de tuteco."

Marina pripensas liajn vortojn dum kelka tempo.

"Ĉu tuteco? Tio sonas filozofie."

"Ne, tute ne. Sed ĉio ŝajnas iel splita, disa. Eble ĉar mi mem estas tia. Mia vivo iel konsistas el hermetaj ĉeloj. Nun mi estas kun vi, sed mi ne povos diri tion al Cecilia sen vundi ŝin. La laboro estas aparta, tie mi estas alia persono, la scienca Tomas. Mi ne havas familion, krom onklo Arne, sed ankaŭ miaj memoroj, mia pasinteco estas kvazaŭ aparta ĉelo sen kohero kun la nuno. Ĉu tio sonas freneze?"

"Ne, mi pensas ke mi komprenas. Mi antaŭe ne pensis pri tio, sed eble ankaŭ mi sentas ion similan. Mi ne certas, tamen."

"Povas esti, ke ĉiuj samas. Eble tio estas la normala vivo. Do, oni eble evitu pensi pri tio, tutsimple."

"Ne, male. Mi volas pensi pri tio pli multe."

Ili venas al terpinto kaj haltas por rigardi horloĝon kaj decidi, ĉu pluiri aŭ returni sin al la eta haveno, kie atendas la ŝipeto.

"Rigardu tie fore", diras Tomas. "Aspektas kiel foko."

La insulo estis iama hejmo de fokoĉasistoj. Hodiaŭ tia ĉaso estas malpermesita, kaj cetere la fokoj vivas pli fore, inter nudaj ŝeroj pli malgrandaj.

Ili alproksimiĝas. Efektive estas foko. Malgranda mortinta foko, sendube fokido, kuŝas sur bordaj ŝtonetoj. Ĝi aspektas nevundita, sed tute senviva.

"Kio okazis al ĝi?" diras Marina kaŭrante ĉe la eta kadavro.

"Eble malsano. Ŝajne neniu atakis ĝin."

"Bela, ĉu ne? Sed malĝojiga."

"Kredeble ĝi ne longe kuŝas ĉi tie, ĉar birdoj venus por manĝi, mi pensas", diras Tomas.

"Ĉu ni faru ion?"

"Ne. Kion do?"

"Mi ne scias. Eble kovri ĝin per ŝtonoj. Fari etan tumulon."

"Pli bone ke la birdoj satiĝu. Tio estas la natura leĝo, ĉu ne?"

Ili staras tie ankoraŭ iom, rigardante jen al la mortinta fokido, jen al la maro. Ondoj ruliĝas tien, kelkfoje atingante preskaŭ ĝis iliaj piedoj kaj la foko.

"Venu. Ni devas reiri al la ŝipo", diras Tomas. "Se ni ne volas resti sur la insulo. Tiuokaze sendube multaj aferoj mankus al ni."

Ĉapitro 19

Tomas 1990

"Sanon, Tomas! Nun malplenigu ĝin!"

"Je via sano!"

Ili ambaŭ eltrinkas, Micke kun videbla ĝuo, dum Tomas klopodas ne tro grimaci.

"Ĉi tion vi povus vendi kiel ratvenenon", li diras.

Micke ridas. Por li tio evidente estas komplimento. "Feliĉaj ratoj. Ili mortos diable ebriaj."

"Ankaŭ ni, kredeble."

Post longa paŭzo Tomas refoje renkontas sian malnovan amikon. Ilia amikeco restas senpretenda kaj senpostula, sed verdire ili ne plu havas komunajn interesojn por pritrakti. Nun Micke laboras en la haveno, ĉe granda silo por greno. De tie li kontrabandis hejmen sakon da tritiko, kiun li fermentigis por produkti ian abomenan alkoholaĵon. Tomas akceptas gustumi ĝin ĉefe pro ĝentileco, ĉar ĝia sola bona eco estas la ebriiga povo. Sed laŭ Micke tio estas la ĉefa konsiderinda afero pri trinkaĵo.

"Post ĉi tio ni devus iri ien por hoki inon", diras Micke.

"Sufiĉos se vi elspiros al ŝi, kaj mi kaptos ŝin, kiam ŝi falos sveninte."

"Jen via kutimo. Vi kaptis Marinan, kiam mi lasis ŝin, ĉu ne?"

"Mi tute ne kaptis ŝin. Cetere, mi pensis ke *ŝi* lasis *vin*."

"Ha, Tomas, vi vivas en via ŝima historio. Malfermu la okulojn! Gravas la nuno."

"Ĉu vere? Nu, eble."

"Do, sanon! Eltrinku!"

Tomas glutas iom el la fermentaĵo, kaj Micke verŝas plian el sia trogo.

"Se Marina forlasis vin, vi devas trovi novan", diras Micke. "Mi helpos vin ankaŭ ĉi-foje."

"Dankon. Fakte, kredu-nekredu, mi jam havas iun."

"Bonege, Tomas. Brave! Sed vi devos venigi ŝin ĉi tien."

"Mi faros, tuj kiam mi volos seniĝi de ŝi."

Jaroj do pasis, dum en la vivo de Tomas okazis malmulte. Post bazaj studoj kun historio kiel ĉefa fako, li daŭrigis per esploraj studoj por doktoriĝi. Kelkfoje li pensas, ke li devus malkontenti pri sia trankvila vivo. Li ankoraŭ estas juna, li devus aspiri je aventuroj. Sed kion li pleje aspiras, estas profundiĝi en polvaj kaj ŝimaj dokumentoj, por iel rekonstrui el ili la vivojn de homoj jam delonge mortintaj. Revivigi la mortintojn, tio sonas iel religie. Plejparte temas pri laboro monotona, foje teda, sed jen kaj jen ekglimas en ĝi ia fajrero de vivo. Almenaŭ ĝi ekglimas en liaj okuloj. Li ne certas, ĉu iu alia kapablus vidi la fajreron. Nu, ankaŭ tio iomete similas religion.

Tamen ne temas pri religio, sed pri ties malo, laŭ Tomas. Temas pri scienco. Li jam havas stipendion por okupiĝi pri sciencaj studoj kaj posta disertaĵo. Li havas skribtablon en la instituto. Lastatempe li eĉ disponas komputilon kun tekstoprilabora programo. Li dividas ĝin kun kolegino, sed ĉar ŝi ankoraŭ iom timas komputilojn, li plej ofte povas libere esplori ĝiajn eblojn.

Se diri la veron, li ne bone komprenas, kiel lia vivo evoluis en ĉi tiun historian trakon kvazaŭ sen lia aktiva interveno. Iel la samo validas pri lia rilato al Cecilia. Li renkontis ŝin en studenta festeno, al kiu li iris sen granda entuziasmo. Kiam li ekvidis ŝin, li ĵus glutis du koktelojn sinsekve, nenion manĝinte, kaj eble pro tio li ekparolis kun ŝi sen heziti. Li tamen tute ne atendis ion plian ol kelktempan babilon, ĝis ŝi eble trovos pli allogan partneron. Je lia surprizo tio ne okazis. La vespero iĝis nokto kaj finiĝis – ja ne en komuna lito, tamen per interŝanĝo de telefonnumeroj. Kaj post tri tagoj, dum li daŭre pripensis, ĉu indas kontakti ŝin, ŝi telefonis al li proponante rendevuon. Jen ino, kiu komprenis kiel trakti Tomason. Eblus diri, ke ŝi preskaŭ tuj prenis lin firme per siaj maldikaj manoj kaj ĝis nun ne lasis lin.

Li ne vere konscias, kion ŝi vidas en li. Ŝi estas tre bela ino: svelta, alta, iom sportema brunulino. La kunestado kun ŝi estas simpla. Iel ŝi igas lin rigardi la vivon iom pli pozitive ol antaŭe. Ŝi laŭdas liajn planojn pri la disertaĵo, kaj ŝi instigas lin esti pli societema, kondiĉe ke li renkontu amikojn kune kun ŝi. Parolante ŝi havas Skanian akĉenton. Precipe kiam ŝi telefone interparolas kun parenco en la hejma provinco, ŝia dialekto floras. Li mem iam ricevis sufiĉe da mokoj pri sia Smolanda, do li evitas komenti ŝian dialekton. Cetere, li jam alkutimiĝas al ĝi, aŭ eble ŝi lastatempe klopodas neŭtraligi ĝin.

"Baldaŭ vi havos ian nedifineblan radio-dialekton", li foje diras al ŝi.

"Ne gravas. Mi volas ke la infanoj atentu *kion* mi diras, ne *kiel.*"

Cecilia studas en la pedagogia fakultato. Ŝi celas iĝi instruisto en la meza stadio de la elementa lernejo. Kaj kion ŝi aspiras, tion ŝi certe efektivigos. Ŝi estas tre celkonscia virino.

Antaŭ kelkaj jaroj oni malkonstruis la domon, kie Tomas iam loĝis kun onklo Arne. La onklo nun vivas en nova kvartalo ĉe la suda periferio de la urbo, kie li ĉiam ripetas sian intencon remigri suden. Kaj iutage li kontaktas Tomason, petante lin pri helpo transloĝiĝi al Kalmar.

"Ĉu vere?" diras Tomas. "Do, ĉu vi finfine trovis laboron tie?"

"Ne laboron, sed laborpreparan kurson."

"Bone. Pri kio?"

"Veldado. Estas idiote, mi scias. Kiu dungos kvindekjaran veldiston sen praktikaj spertoj? Sed kion fari? Necesas iel akiri la subvencion."

Arne luas kamioneton, kaj ili kune malplenigas lian apartamenton. Duonon de la aĵoj ili tuj veturigas al rubejo.

"Sed Arne, ĉu vi vere forĵetos la manĝotablon?"

"Mi ne havos spacon. Prenu ĝin, se vi volas."

"Nu, ankaŭ mi ne. Tamen ŝajnas malŝparo."

"Rubon al rubejo. Neniu dramo."

Tomas pensas pri kiomfoje li sidis manĝante ĉe tiu tablo, kiu nun iom lamas. Aŭ kiom da ŝlemoj Arne gajnis sur ĝi, ludante viston.

Poste ili veturas suden. Arne petas, ke Tomas stiru la aŭton. Estas nekutime, sed baldaŭ li sufiĉe sekure mastras ĝin. Nur iom malfacilas scii, kie estas la dekstra malantaŭa rado.

Estas fruprintempa tago. Pala suno lumas sur la ĵusvekita pejzaĝo, kiu ankoraŭ ne verdiĝis. Nur vojrande jen kaj jen ekbrilas flavaj punktaroj de ĉevalpiedoj.

Post du horoj ili preterpasas la urbeton Oskarshamn. Ĝi ne plu estas botelkolo por la trafiko, kiel tiufoje, kiam li apenaŭ dekjara vane atendis sian onklon. Nun la aŭtoŝoseo nur preterpasas ĝin. Ne indas memorigi al Arne tiun elreviĝon. Jam pasis dek kvin jaroj.

Ili alvenas en Kalmar, kaj Arne klarigas kien li veturu. Temas pri barako en industria kvartalo, kie la onklo ricevis ĉambron. Li trovas ĝin kaj parkumas antaŭ la enirejo.

La ĉambro estas jam meblita, kaj Arne devas stivi aferojn dense por krei spacon por siaj propraj mebloj kaj kestoj.

"Ni devus forĵeti pli multe", li diras.

"Eble ni povus meti ion koridore."

"Ne. Oni ne permesos tion."

Fine ĉio estas surloke kaj la ĉambro aspektas kiel stokejo. Tomas trovas maldigne, ke lia onklo je kvindek jaroj devas loĝi en tia loko. Sed Arne ŝajnas optimisma.

"Mi aĉetos apartamenton post iom da tempo. Restas al mi sufiĉe da mono de kiam ni vendis la domon. Ja ekzistas vakaj loĝejoj, sed ne por tuja ekloĝo."

Tomas preskaŭ forgesis tion. Antaŭ kelkaj jaroj mortis Avino, kaj tiam Arne kaj li estis la heredantoj. La domo de Avo ne estis tre valora, sed la tero ja havigis al ili kapitalon. Kvankam Arne sendube konsumis parton de sia duono, evidente restas iom.

En la aliaj ĉambroj loĝas nur viroj. Surmure ĉe la enirejo estas listo kun nomoj de la loĝantoj. Tiu de Arne estas la sola sveda nomo.

Tomas reveturigos la kamioneton vespere kaj ne volas resti tro longe. Ili iras manĝi en proksima picejo.

"Ĉi tio estos bona, mi pensas", diras Arne.

"Espereble."

"Se vi estonte bezonos helpon pri veldado, nur avertu min."

"Bone. Estos oportune."

Tomas proponas, ke li reportu la onklon al la barako antaŭ ol ekveturi hejmen. Sed Arne volas fari promenon en sia hejmurbo. La vento malvarmas, kaj kelkaj pluvgutoj bloviĝas enaere, sed li butonas la mantelon kaj ekpromenas al la urbocentro, ŝajne kontenta.

"Do ĝis!" vokas Tomas al li tra la vento.

Onklo Arne duone turnas sin, levas la manon kaj pluiras.

Post kiam Marina transloĝiĝis al Gotenburgo, lia kontakto kun ŝi maldensiĝis, kvankam ili de temp' al tempo telefonas inter si. Samtempe Tomas renkontis Cecilian, al kiu lia amikeco kun Marina bedaŭrinde ne plaĉas. Verŝajne ŝi pensas, ke ili komencus amrilaton, se ili renkontiĝus, do li devas interparoli kun Marina kaŝe. Kutime li telefonas al ŝia laborejo de sia instituto. Kelkfoje tamen ŝi telefonas al li semajnfine. Kaj ne facilas teni ion sekreta al Cecilia.

Ili faras dimanĉan promenon laŭ la rivero same kiel tute normala paro. Krokusoj bunte elteriĝas kaj fringoj kantas, sed Cecilia paŭtas.

"Ne gravas, ĉu vi neniam estis koramikoj", ŝi diras. "Vi tamen devas kompreni, kiel mi sentas, kiam vi dum horoj telefonas kun ŝi. Ja aŭdeblas de via voĉo, ke estas io. Ĉu vi enamiĝis al ŝi?"

Tomas pensas pri tio dum kelka tempo. Ĉi-momente li ne povas memori, ke li iam ajn enamiĝis al iu ajn. Tion li tamen ne diras al Cecilia. Kredeble tio ne trankviligus ŝin. Laŭ lia sperto, ŝi faras amason da demandoj, kies respondojn ŝi absolute ne volas aŭdi. Tiun saman kutimon li renkontis ankaŭ ĉe aliaj virinoj.

"Tute ne", li diras. "Ni estas nuraj amikoj."

"Kiom da tempo vi bezonis por elpensi tiun respondon?"

"Neniom. La malfacilaĵo estas kompreni, ke vi povas tiel miskompreni. Vi ja konas min."

"Mi ne scias", ŝi diras. "Mi demandas min, ĉu iu ajn konas vin. Vi estas kvazaŭ kameleono."

Li tute konsterniĝas. Ĉu kameleono ne estas besto, kiu harmonias ĉie ajn? Ne besto, kiu nenie konvenas?

"Mi alkutimiĝis diskuti kun ŝi, kiam ŝi estis kun Micke", li diras. "Poste ni simple daŭrigis tion. Mi pensas, ke ŝi estas iom sola en Gotenburgo. Estas nenio plia."

Li ne komprenas, ke Cecilia povas ĵaluzi pro telefona kontakto kun amikino. Tamen tiel estas, do li devas adapti sin al tio.

"Kiam mi komencis studi en Linköping", diras Cecilia, "mi ankoraŭ havis koramikon en Helsingborg. Dum la unua semestro mi vizitadis lin pli-malpli ĉiun duan semajnfinon. Sed je Kristnasko mi hazarde trovis inan vestaĵon inter lia lavotaĵo. Montriĝis, ke li havis alian amatinon dum mi estis for. Mi ne volas sperti tion duafoje."

"Ne timu. Tio ne okazos."

Post kelka tempo li rakontas al Marina pri sia interparolo kun Cecilia. Ŝi trovas ĝin promesplena.

"Fine vi komprenas la radion, tio estas kiel teni knabinon sur rostilo. Zorgu ke ŝi restu iom ĵaluza, kaj via estonteco estos ora. Memorigu al mi, ke mi sendu al vi misterajn biletojn."

"Dankon, sed jam sufiĉas da ĵaluzo."

Por ŝanĝi temon, li provas klarigi sian historian esplorobjekton al Marina.

"Temas pri tiu kotonimportado, per kiu mi sendube jam centfoje tedis vin, ĉu ne? Kaj pri la kontraŭstaro al ĝi."

"Ĉu kontraŭstaro?" diras Marina. "Kiel oni povas kontraŭstari importadon de kotono?"

"Evidente ĉar ĝi venis el eksterlando kaj kostis monon. Laŭ la merkantilismo reganta en la dekoka jarcento, importo malriĉigas la landon. Do, oni prefere uzu linon kaj lanon, kiuj estis produktataj enlande."

"Interese. Eble ankaŭ mi lernis tion en la socia ekonomiko, sed ĝi ne restis enkape. Mi neniam uzis ĝin."

"Pro la sama kialo oni iam malpermesis kafon. Krome, la unuaj importantoj de kotono estis judaj komercistoj, kiuj ĵus ekhavis permeson ekloĝi en Norrköping. Do eble ankaŭ antisemitismo influis. Sed ne eblis daŭre malhelpi la deziron je kafo kaj kotonaj vestoj, feliĉe. Jen unu el la avantaĝoj de la historio. Pli facilas poste ol dume juĝi, kio estas prudenta kaj kio stulta."

"Ĉu tial vi dediĉas vin al ĝi?"

"Eble. Krome ĉar ĝi estas plaĉe senutila."

Iel li kredas aŭdi ŝin rideti ĉe la telefono en Gotenburgo.

"Mi pensis, ke ĝi utilas por ke ni lernu el ĝi, kaj ne refaru malnovajn erarojn", ŝi diras.

"Ni lernas de l' historio, ke ni nenion lernas de l' historio."

"Tomas, mi kelkfoje demandas min, ĉu vi nur pozas kiel cinikulo."

"Kredeble jes. Plej profunde mi estas molkora romantikulo."

Estas promesplena tempo. La Berlina muro estas for, Nelson Mandela liberiĝis, la baltoj kantas por sendependiĝi de Sovetunio. Sed en Gotenburgo la vivo de Marina Aubert ŝajne stagnas. Jam de duonjaro Tomas rimarkas, ke ŝi malbonfartas. Ŝi ŝajnas nekutime sola, kaj evidente tedas ŝin la laboro de ekonomikisto en revizora firmao. Fojfoje ŝi babilas pri tio, ke ŝi interrompos ĉion, vojaĝos al Tajlando, trovos iun monaĥinejon, tretos vinberojn en Provenco aŭ aliĝos al la sandinistoj en Nikaragvo. Nu, kion ajn oni diras, kiam estas tro da lundoj ĉiusemajne. Tomas ne pensas tre multe pri tio, li nur klopodas ridigi ŝin dum la momento. Jen ĉio, kion li vere povas fari por ŝi. Kaj kompreneble kaŝe, por ke Cecilia nenion eksciu.

"Faru kiel mi, registru vin denove en la univo", li diras. "Trovu iun polvokovritan ekonomikan esplorkampon, kiu neniam riskos pretiĝi."

"Ĉesu. Ekonomikistoj vomigas min."

"Ĉu vi pensas ke mi ĝuas miajn karajn historiajn strangulojn? Necesas nur trovi pseŭdomondon uzeblan kiel fiksan punkton, sur kiu stari por movi la teron. Miaflanke mi staras firme kaj ambaŭpiede sur la kotonimportado komence de la deknaŭa jarcento. Dume la kapo ŝvebas libere en la supraj sferoj."

"Dankon, mi jam scias tion. Kaj la pseŭdomondoj jam staras al mi en la gorĝo."

"Tio tamen donas al mi magran stipendion kaj sciencistan ĉelon kun panoramo al kontraŭa senfenestra muro. Jen io, kion ne ĉiuj disponas."

Li intencas, ke tio estu moketo pri ŝia snoba kaj bone salajrata ofico de ekonomikisto, sed li ne rimarkas, ĉu ŝi aprezas lian ĵargonon. Kredeble ne, ĉar ili kutimas klaĉadi tiatone de ĉiam, kvankam lastatempe ŝi ne plu entuziasmas pri tio. Eble la realo konkeris ŝin. Li trovas tion iomete malĝojiga. Sed eble tio estas la natura paso de la vivo.

"Nun vi ne rajtas deprimiĝi, kiam vi atingis la finan venkon kaj povas fari kion ajn vi volas", li diras.

"Pri kio vi babilas? Kia venko? Mi eble ne scias, kion mi vere volas, tamen ĝi ne estas ĉi tio. Almenaŭ pri tio mi certas."

Pli malfrue li tamen memorigas al si la diskuton pri pseŭdomondoj. Longe poste, kiam Marina jam estas neekzistanta.

Ĉapitro 20

Marina 1992

Kiel ĉiam, ŝi endormiĝas en la nokta buso, sed iel la korpo jam alkutimiĝis al la ripetata veturado kaj vekas ŝin antaŭ la stacio Kingsbury. Ŝi eliras kaj ekpromenas laŭ la strato. La nokto estas dense malluma, sed ĉi tiu strato neniam estas tute dezerta. Ŝi atingas sian domon kaj eniras.

Ŝi duŝas sin kaj falas en la liton jam duone dormante. Kiam ŝi laboras malfrue, la dormo iĝas alia, pli peza, kvazaŭ komato. Nur matene ŝi eniras pli normalan dormon kun periodoj de sonĝado, vekiĝoj kaj reendormiĝoj.

Nun ŝi promenas laŭ Crawford Street survoje al la kafejo, ŝi malfruas kaj la paŝado estas pena, kvazaŭ ŝi tretus profundan sablon, kaj ŝi estas infano, eble dekjara, kaj apude Paĉjo akompanas ŝin parolante senĉese, sed li parolas angle, donante admonojn kaj riproĉojn kaj klarigojn pri kiel statas la afero, sed liaj vortoj ne koheras, do ŝi ambaŭmane ŝirmas la orelojn kaj nur vidas lian buŝon moviĝi kaj kreski ĝis ĝi estas granda pordego, la pordego de la kafejo, kaj enirante tie ŝi vekiĝas.

Ŝi faras matenmanĝon spektante televidajn novaĵojn de BBC. En Bosnio la milito intensiĝas, kaj ŝajne ĉiuj flankoj akuzas unu la alian pri la samaj teruraj militkrimoj. Iu brita politikisto avertas pri minacanta ondo el rifuĝantoj kaj postulas rimedojn por malhelpi tiun. Tagmeze ŝi promenas en proksima parko, kaj poste estas tempo iri labori.

Jam de jaro ŝi vivas en Londono. Vere ŝi venis ĉi tien nur en feria vojaĝo, per pramo el Danio, kvankam ŝi iam revadis pri vivo en Londono. Sed jam post semajno en hotelo ŝi renkontis aliajn svedojn, kiuj laboras ĉi tie. Ili helpis al ŝi trovi ĉambron en preskaŭ kaduka domo. Laboron ŝi mem trovis en kafejo. Ŝi rakontis pri sia iama laboro en sveda kafejo, kaj tio sufiĉis. Paperoj ne necesis, kaj sian sperton de ekonomikisto ŝi ne menciis. Poste ŝi ankaŭ trovis pli bonan loĝejon.

Ŝi maldungigis sin de la Gotenburga firmao, kaj eksa kolegino helpis al ŝi malplenigi la apartamenton kaj trovi novan luanton de tiu. Ĉio iris pli glate ol imageble.

De tiam ŝi apenaŭ havas tempon mediti pri sia vivo. La laboro okupas ŝin je naŭdek procentoj, kaj la reston ŝi pasigas kun okazaj konatoj, grandparte aliaj svedoj, en muzikejoj, trinkejoj, kluboj. Preskaŭ ĉio, kion ŝi planis viziti kiel turisto, restas vidota.

De temp' al tempo ŝi telefonas al Tomas, plej ofte kaŝe el la kafejo, en horoj neurĝaj. Tomas parolas pri sia disertaĵo, kaj pri sia timo pri kio okazos, kiam ĝi estos preta. Ĉu li devos eĉ labori serioze?

"Cecilia prudente studas por iĝi instruisto", li diras kun eta rido. "Kaj nia rilato riskas evolui en tute banalan etburĝan vivon. Ni eĉ dimanĉe promenas laŭ la rivero. Baldaŭ restos nur manĝigi la kolombojn."

"Ne gravas, ĉu vi vivas banale", ŝi diras. "Gravas, ĉu vi kontentas aŭ ne."

"Nu, mi ne scias. Ĉiuokaze ĉi tio ne povos daŭri. Kredeble ŝi baldaŭ finos la aferon."

Iutage Tomas rakontas pri stranga sperto.

"Via patrino telefonis al mi. Ŝi serĉis mian numeron por demandi pri vi. Ŝi estis maltrankvila, ĉar via Gotenburga telefono ne plu validas."

"Kion vi diris al ŝi?" demandas Marina.

"Nenion. Nur ke mi parolis kun vi antaŭ nelonge. Ke vi multe laboras. Sed Marina, kial vi ne rakontis al ili, ke vi elmigris?"

"Ĉu ekde nun vi raportos pri mi al miaj gepatroj?"

"Trankviliĝu. Sed kiel tio eblas, ke ili eĉ ne scias, ke vi estas en Londono?"

"Mi fajfas pri tio. Ili ne plu povas decidi pri mi."

"Ĉu iu asertis tion? Sed via patrino eĉ demandis, ĉu vi komencis pri drogoj."

"Kaj kion vi respondis?"

"Kompreneble ke ne. Ke vi tute malamas tiaĵon, ĉu ne?"

"Ne gravas. Ili pensu kion ili volas."

"Mi ne komprenas vin. Mi mem apenaŭ havas parencojn. Avo kaj Avino mortis antaŭ jaroj. Onklo Arne ne plu vivas ĉi-urbe, sed se li foje telefonus, kial ne respondi?"

"Nu, evidente vi ne povas kompreni. Sed aŭskultu, Tomas, mi donacas al vi mian familion. Do ni ambaŭ estos kontentaj."

"Marina, serioze estus pli bone rakonti al ili, kie vi estas. Sendu bildkarton, se vi ne kapablas paroli kun ili."

"Nu, mi vidos."

"Se via patrino telefonos denove, mi ne volos rekte mensogi. Do, pli bone ke vi mem rakontu."

Post kelkaj semajnoj ŝi efektive sekvas lian konsilon, sendante al la gepatroj leteron kun la informo, ke ŝi nun vivas en Londono.

"Nepre ne malkaŝu mian adreson", ŝi petas Tomason telefone. "Ili sendube venus ĉi tien por savi min."

"Kaj ĉu vi ne volas esti savita?"

"De ili ne."

"Do de kiu?"

Ŝi mallonge ekridas sed ne respondas. Certe li ankaŭ ne vere atendas respondon. Tio ja estis nur ŝerco en lia kutima ĵargono. Almenaŭ tiel ŝi supozas.

La kafejo sur Crawford Street ne similas tiun, kie ŝi servis junaĝe. Tie temis pri kafo, kukoj kaj glaciaĵo, ĉi tie vespere oni trinkas precipe alkoholaĵojn en diversaj formoj. Marina estas ŝatata de la gastoj, kaj ofte okazas, ke iu ebriulo montras tion ne nur vorte, sed krome mane. Kiam ŝi liberigas sin kaj klarigas, ke tia traktado ne estas bonvena, kelkfoje sekvas insultoj.

Kvankam la vira bufedisto estas helpema kaj kelkfoje ekzilas gastojn nekutime impertinentajn, tamen laŭ li ŝi devas toleri iom. Do, ŝi alkutimiĝas al leĝeraj karesoj kaj invitoj. Iel tiu nepetita palpado tamen akumuliĝas en ŝia interno. Ŝi demandas sin, kio okazos, kiam ĝi atingos la randon kaj superfluos.

Post la vespera laboro ŝi pli kaj pli malfacile endormiĝas. Jam la nokta veturo hejmen estas teda. Neniam ŝi sentas sin tiel sola, kiel en nokta buso. Kaj neniam ŝia loĝejo ŝajnas al ŝi pli malhejma, ol revenante je la dua kaj duono nokte.

La somero tamen revivigas ŝin. Tiam en la kafejon venas turistoj el ĉiuj anguloj de la mondo, kio estas amuza kaj stimula. Oni demandas ŝin pri vidindaĵoj, kaj ŝi lernas respondi eĉ pri lokoj, kiujn ŝi mem ankoraŭ ne vidis. Kelkfoje ŝi surprizas skandinavojn, respondante en la sveda. Tamen ŝi ĉesas pri tio, ĉar iuj evidente ofendiĝas. Kiam ili parolas angle dum vizito en Londono, ili ne ŝatas esti rekonataj kiel skandinavoj.

Aŭtune la nombro de turistoj malkreskas. Ŝi komencas post la vespera laboro iri al trinkejo por malstreĉiĝi. Ŝi ne plu vizitas la muzikejojn kaj klubojn, kie ŝi renkontadis aliajn Londonajn svedojn. En la trinkejo ŝi parolas ĉiam kun nova nekonato. Proponojn de viroj akompani ŝin ien ŝi rifuzas. Post unu aŭ du drinkoj, ŝi veturas hejmen, kiam apenaŭ tagiĝas.

Dum tiu periodo ŝi kelkfoje pensas, ke estus pli bone reveni al Svedio. Sed ŝi ne scias, kion fari tie. Kaj la penso vaporiĝas sendecide.

Iutage ŝi ekparolas kun nekonata viro. Li sidas ĉe la bufedo en ŝia kutima nokta trinkejo kun glaso da vino. Kiam ŝi sidiĝas je duseĝa distanco, li demandas ŝin, kion ŝi trinkos.

Ŝi rigardas lin. Li estas sunbrunigita nigraharulo, kiu eble proksimiĝas al kvardek jaroj. Liaj varme brunaj okuloj donas al li fidindan aspekton, sed Marina ne fidas je tiaj okuloj. Do, ŝi turnas sin al la bufedisto.

"Saluton, Pete. La kutiman, mi petas."

Ŝi ricevas sian vermuton kaj notas rideton de la nigraharulo.

"Pardonu, mi ne sciis, ke vi estas kvazaŭ ĉe vi. Ĉu denaska londonanino?"

Li parolas basvoĉe kun mola nedifinebla akĉento kaj iom melankolia frazmelodio.

"Tute ne. Mi estas svedino."

"Ĉu vere? Do, fremdulo, kiel mi. Tamen de pli proksime. Mi estas José el Brazilo."

Li levas sian glason, kaj ŝi reciprokas.

"Marina."

Ili trinkas.

"Bela nomo", li diras.

Tre banale, sed ial ŝi tute ne malŝatas tion.

"Virineto de la maro", li pluas. "Ĉu tio ne estas titolo de sveda fabelo?"

Ŝi pripensas.

"Dana, mi supozas. De Andersen."

"Ha, estas tiom da landoj en Eŭropo. Sed mi kredas memori, ke tiu marvirino ne povis esti feliĉa sur la tero. Ĉu same vi?"

Marina ridetas.

"Mi ne scias. Eble."

Ŝi permesas al li pagi duan glason kaj plu interparolas kun li ĝis la taglumo memorigas, ke ŝi devas iom dormi antaŭ la nova deĵoro. Do ili disiĝas.

Post kelkaj tagoj Marina denove renkontiĝas kun José en la sama loko. Ŝi ekscias, ke li laboras por filantropia organizaĵo, kiu klopodas helpi precipe infanojn.

"Estas tro multaj infanoj malsataj, malsanaj, ekspluatataj", li diras.

"Ne nur en mia lando, sed ĉie en la mondo."

Tio ne estas novaĵo al Marina. Sed neniam antaŭe ŝi pensis pri tio, ke eblas havi laboron, kiu signifas ne nur regulan salajron kaj eble interesajn taskojn, sed krome agadon por ia bono. Ĉu ankaŭ ŝi povus fari tion? La diversaj bonfaraj organizaĵoj eble bezonas ekonomikistojn, ŝi ekpensas. Se ŝi revenus al Svedio, ŝi eble povus esplori tion.

José ne volas persvadi ŝin.

"Vi povas helpi kaj utili, kie ajn en la mondo vi trovas vin", li diras. "Ĉu en via lando, en Brazilo, ĉi tie en Londono aŭ aliloke."

Dum la paso de la aŭtuno ŝi plu de temp' al tempo renkontas Joséon, sed ŝi ne povas decidiĝi, kion fari. Ĉu resti aŭ reveni? Antaŭ ol ŝi sukcesas veni al decido, la aŭtuno iĝas vintro, ŝia tria vintro en Londono. Plej malfrue kiam printempos denove, ŝi decidos, kion fari el sia plua vivo.

Ĉapitro 21

Tomas 1992-1993

"Cecilia, ĉu vi vidis la leterojn de Gustavo Vasa?"

"Ne. Mi ne sciis, ke vi korespondas kun li."

"Amuze. Temas pri presita eldono en du volumoj. Malhelbrunaj. Damne, ŝajne mi lasis ilin ĉe mi. Mi certis, ke ili estas ĉi tie."

"Se vi iros serĉi ilin, bonvolu alporti la KD-on de Nirvana, kiun mi postlasis ĉe vi."

La aŭguro de Tomas, ke lia rilato kun Cecilia baldaŭ ĉesos, tute ne efektiviĝis. Male, ilia rilato daŭras kaj profundiĝas. Baldaŭ li pli kaj pli ofte tranoktas ĉe ŝi en la orienta kvartalo. Estas pli da spaco en ŝia unuĉambra loĝejo ol ĉe li. Tamen ne estas tre oportune ĉiam serĉadi aferojn postlasitajn en la alia loĝejo.

Je novjaro, du monatojn antaŭ la averio de Scandinavian Enterprise, ili aĉetas kvarĉambran apartamenton en centjara domo proksime de la urbocentro. Cecilia ĵus komencis en sia unua firma ofico de instruisto kaj li mem ricevis plilongigon de sia dungo kiel asistanto en la universitato. Ŝi pruntas iom da mono de siaj gepatroj, kaj dank' al lia heredaĵo de la geavoj, ili havas sufiĉe da mono por la loĝejo. Li tuj rimarkas, ke ŝi komencas pripensi, kiu el la ĉambroj plej konvenus kiel infanĉambro. Tio donas al li etan senton de sufokiĝo.

Kiam malaperas Marina, Cecilia iom trankviliĝas. Ŝi certe ne ĝojas pri tio ke Marina nun kuŝas surfunde de la maro, sed ne plu incitas ŝin longaj telefonadoj de Gotenburgo aŭ Londono. Ŝia emo je ĵaluzo malintensiĝas. Nur se li okaze revenas hejmen tro malfrue vespere, ŝi refoje faras penetrajn demandojn.

Dum la lastaj jardekoj oni grandparte malkonstruis la centron de la urbo Norrköping. Ĝi estis malriĉa industria urbo, la loĝejoj plejparte estis malgrandaj kaj malmodernaj, kaj oni volis forbalai la hontindan pasintecon.

Restas tamen ankoraŭ la konstruaĵoj de la iamaj teksfabrikoj, kvankam oni ne scias por kio uzi ilin. Restas ankaŭ kelkaj malnovaj loĝdomoj, precipe de pli riĉa speco, kaj en unu tia ĉe granda avenuo nun loĝas Tomas kaj Cecilia. Komence li efektive trovas iom strange vivi en tia burĝa apartamento, sed li rapide alkutimiĝas. La alteco de la ĉambroj, la plafonaj gipsaĵoj, la pargeto el kverkaĵo, la fenestropordoj, la lumo, kiu filtriĝas tra tilioj ekstere, ĉio baldaŭ ŝajnas al li tute natura. Tamen li kontentas, ke neniu el ili posedas antikvajn meblojn. Ili kombinas tion, kion ili jam posedas, forĵetas kelkajn malbelaĵojn kaj poste kompletigas el IKEA.

"Mi ĉiam antaŭsentis, ke mi iam loĝos en ĉi tia secesia domo", diras Cecilia iuvespere.

Ili sidas en la sofo kun vino kaj fromaĝo ĉe-mane, atendante popularan muzikokvizon en la televido.

"Kaj mi neniam supozus tion. Sed ĉu vi loĝis simile kiel infano?"

"Kompreneble ne. Ni ĉiam loĝis en nia ligna unufamilia dometo. Sed mi memoras, ke kiam ni iris urben, mi admiris la malnovajn brikajn domojn kun ornamoj kaj turetoj."

Neniu el ili tre talentas pri kuirado, sed aliflanke neniu atendas gastronomian mirindaĵon. Do ili kune aŭ alterne preparas pladojn simplajn, eĉ banalajn, kiel spagetoj kun tomatsaŭco, fritita fiŝo kun rizo, kolbasoj kun terpomkaĉo. En kriza okazo ili surtabligas picon aĉetitan en apuda picejo. Nur kiam Cecilia invitas amikojn kaj kolegojn por sabata vespermanĝo, necesas foliumi kuirlibron por prezenti ion pli elegantan. Same estas, kiam la gepatroj de Cecilia alvojaĝas el Skanio por viziti ilin dum semajnfino.

Kolegoj aŭ amikoj de Tomas apenaŭ venas vizite. Amikojn li ĉiam kutimis renkonti eksterhejme. Inviti ilin al solena vespermanĝo ŝajnus al li snobe. Kaj kun la sciencaj kolegoj li rilatas preskaŭ nur en la universitato. Nur kelkfoje jare aro da kolegoj kune eliras en restoracion.

La profesoro, kiu mentoras lin pri la disertaĵo, estas invitita al konferenco en Edinburgo, kaj li petas Tomason akompani lin. La temo estas rilatoj inter historia scienco, politiko kaj ĵurnalismo, kio ja ŝajnas interesa, kvankam ĝi apenaŭ tuŝas la laboron de Tomas. Lia esplorkampo, la kotonimportado en la frua deknaŭa jarcento, ja tiuepoke estis objekto de politikaj konfliktoj kaj decidoj, sed la hodiaŭaj politikistoj apenaŭ interesiĝas pri lia esplorado.

Ne estas granda konferenco, kaj li baldaŭ konstatas, ke multaj partoprenantoj jam konas unu la alian. Lia profesoro prezentas lin al kelkaj, sed ne facilas memori kiu estas kiu. Oni formas laborgrupojn kaj alportas sobrajn referaĵojn pri diversaj flankoj de la temo. Ĉio ŝajnas tre serioza kaj tre senpasia.

Dum ies prelegeto pri rilatoj inter la historia fako kaj la ŝtata potenco en Mezoriento, li komencas pensi pri Marina. Se ŝi ankoraŭ vivus en Londono, li povus kombini ĉi tiun vojaĝon kun vizito tie. Kial li neniam iris tien dum ŝi restis? Ha, jes ja. Pro Cecilia, kompreneble. Tamen estas ja ridinde, ke ŝi decidu pri liaj amikoj. Nu, tio ne plu gravas. Ĉiuokaze tro malfruas.

Vespere li faras solan promenon tra la stratoj de malnova Edinburgo kaj la parko de Princes Street. Dum li paŝas tie, li fantazias, ke li faras tion kun Marina. Ne kun Cecilia. Ĉu tio estas normala? Li ne scias. Eble la angla lingvo, kiu ĉirkaŭas lin ĉi tie, inspiris al li pensi pri Marina, kvankam nek la dialekto nek la ĉirkaŭaĵo devus pensigi pri Londono.

Jam vintre Tomas kaj Cecilia mendis vojaĝon al Kreto por la mezo de julio. Efektive li ne tre ŝatas ekstreman varmon, kaj krome lia haŭto malbone toleras la sunon. Sed ŝi estas sunadoranto, kaj li esperas, ke la maro alportos freŝon. Cetere ja ekzistas sunombreloj.

Kaj la du semajnoj vere estas sukcesaj. Vizitante minoajn ruinojn, Tomas kun amuziĝo miras pri la imagpovo de arkeologoj, kiuj el preskaŭ nenio rekonstruis la minoan arton tia, kia ĝi iam estis, aŭ almenaŭ devintus esti. La plej grandan parton de la tempo ili tamen pasigas surstrande, Tomas sub ombrelo, Cecilia apude en plena suno.

"Eble ankaŭ vi devus protekti vin", li foje diras. "Haŭtkancero ne estas agrabla afero."

"Ne timu. Mi neniam ruĝiĝas."

Efektive, laŭ la haŭto kaj harkoloro, ŝi povus esti grekino. Tamen ambaŭ gepatroj estas indiĝenaj svedoj, kaj ŝia korpo estas norde alta kaj svelta.

"Ĉu vi havas iun nekonatan prapatron el la Mediteraneo? Aŭ eble via patrino iam vojaĝis suden?"

"Ne insultu. De kie vi mem havas tiun ruĝetan haŭton?"

"Nu, kiel vi scias, mi ne konas mian patron. Eble li estis Irlanda maristo. Kian haŭton havis Panjo, mi ne memoras."

Tomas ĝis nun ne menciis al Cecilia la leteron iam ricevitan de viro, kiu asertis esti lia patro. Eble li estis maristo, tamen ne Irlanda. Jam pasis jardeko de tiam. Sed nun ne estas bona okazo. Cecilia sendube insistus, ke li retrovu la leteron kaj provu kontakti tiun viron. Ne, prefere li prokrastu tion.

"Pardonu min", ŝi diras. "Sed ne ŝercu pri tiaj aferoj."

"Bone. Tamen protektu vin, mi petas. Mi volas havi vin ankoraŭ iom."

Ŝi ne respondas, kaj li ekpensas, ke li eble unuafoje diris al ŝi ion similan. Eble ĉar li unuafoje vere pensis tiel.

La Egea maro estas tre sala kaj varma por tiu, kiu kutimas je la Balta. Tomas naĝas longe sen vere malvarmiĝi. Li subakvigas la kapon por refreŝiĝi, sed poste la salo pikas al li la okulojn. Pro la ondoj li ne volas naĝi tro foren de la tero. Li ne povas ne pensi pri Marina. Ĉu ankaŭ ŝi naĝis, vane serĉante savboaton inter la ondegoj? Aŭ ĉu ŝi dronis tuj? Se ŝia korpo restus en la pramo, ĝi estus trovita, do plej probable ŝi iel falis en la maron. Sed tio estis la Norda maro en marto, do ŝi ne povis longe elteni la malvarmon.

Vespere post manĝo kaj vino en eta restoracio ili promenas laŭ mallumaj stratetoj. La aero varmetas, kaj ĉie alŝvebas ilin diversaj odoroj. Varmigata olivoleo. Fritita ŝafaĵo. Dizela rubgaso. Jasmena parfumo. Lavpulvoro. Kaj jen kelkaj salaj ventpuŝoj gvidas ilin al la haveno. Ili paŝas sur moleon. La ĉielo kaj la maro karbe nigras. Etaj lumpunktoj de ŝipo malrapide moviĝas dekstren. Supre lumas lunarko.

"Kiel strange la luno aspektas", diras Cecilia.

Tomas pripensas. Astronomio ne estas lia plej forta flanko. Nek la ŝia, evidente.

"Jes", li diras. "La arko kliniĝas pli ol hejme. Supozeble ĉar ni estas pli sude."

"Estas bele."

"Vere."

En ĉi tiu momento li pensas nur pri Cecilia. Ĉu tiu sento estas feliĉo? Aŭ ĉu ĝi simple venas pro la vino?

Ili flugis de Kopenhago, kaj revenante tien de Kreto, ili restas dum kelkaj tagoj ĉe la gepatroj de Cecilia en Skanio. Tiuj vivas en vilaĝo, kiu pli-malpli transformiĝis en antaŭurbon de Helsingborg. Apude troviĝas altaĵo kovrita de fagaro, kaj Tomas ŝatus iom promeni en tiu arbaro, kiel kontrasto al la mediteraneaj strandoj. Sed ne estas multe da tempo por tio, ĉar unue necesas viziti la gefratojn kaj gekuzojn de Cecilia, kiuj vivas diversloke en la provinco.

"Ŝajne vi estas la sola de via familio, kiu forlasis Skanion", diras Tomas.

"Tute ne. Mi havas onklinon en Upsalo kaj du kuzojn en Stokholmo."

Al Tomas malfacilas distingi jam inter tiuj, kiujn ili vizitas. Li iom laciĝas ĉiam klarigi sian strangan profesion. La parencoj de Cecilia havas honestajn laborojn, kiel kamionisto, flegistino, farbisto, frizistino, konstruinĝeniero kaj kompreneble instruistoj, same kiel Cecilia. Tomas ne povas decidiĝi, ĉu li enviu aŭ bedaŭru ŝin pro la vasta parencaro. Tamen, eĉ se ili eble trovas lin suspektinda strangulo, ili tuj akceptas lin kiel la ulon de Cecilia, kaj do li estas ano de la aro. Ekhavi familion ŝajnas surprize facile. Supozeble devas esti ia tubero en la afero, sed li ne trovas ĝin.

"Tiun disertaĵon, kiun vi verkas", diras Mattias, frato de Cecilia, kradrostante viandon en sia ĝardeno, "ĉu oni povos aĉeti ĝin kiel ordinaran libron, kiam ĝi estos preta?"

"Kredeble ne. Tiuokaze mi devus fari popularan version. Sed mi dubas ĉu la temo interesus legantojn."

"Do, kiu legos ĝin?"

"Aliaj historiistoj. Almenaŭ kelkaj el ili asertos, ke ili legis ĝin."

"Kaj per tio vi fariĝos doktoro, ĉu?"

"Jen la celo."

Mattias sulkas la frunton esplorante, ĉu jam tempas turni la viandotranĉaĵojn, kaj per tio li forlasas la temon. Tomas ne bedaŭras tion. Li neniam klopodas konvinki homojn pri la utilo de sia laboro. Li nur trovas iom strange, ke neniu demandas pri la utilo de aliaj laboroj. Oni simple supozas, ke se iu pagas pro ĝi, tio sufiĉas por motivi ĝin. Sed ial la samo ne validas pri la aferoj, kiuj okupas Tomason.

Post kelkaj tagoj ili reveturas hejmen. Survoje norden, ili ambaŭ sidas longe nenion dirante.

"Ĉu ili lacigis vin?" Cecilia demandas post longa silento.

"Nu, iom. Mi ne kutimas je familia vivo. Tamen estis ankaŭ amuze. Mi ŝatis vidi, kiel ili similas vin."

"Do, ĉi tio estis bona ekzerco por vi."

"Ĉu ekzerco? Kial?"

"Por la estonteco."

Tomas suspektas, pri kio ŝi pensas, sed li ŝajnigas ne kompreni.

"Nun vi jam prezentis min al ili, ĉu ne? Do ne necesos vojaĝi tien duafoje."

Cecilia iom paŭtas.

"Mi ne intencas vivi kiel ermito", ŝi diras.

Li meditas pri tio dum kelka tempo.

"Bone", li diras. "Mi akceptas tiun rolon. Verŝajne sufiĉas unu ermito en la familio."

Ĉapitro 22

Marina 1994-1995

La tomboŝtono de Marina estas simpla, senornama, kun nur ŝia nomo kaj la jaroj de naskiĝo kaj morto. Birgitta iras tien ĉiusabate. Antaŭtagmeze, se ŝi ne laboras, kaj posttagmeze, se ŝi laboras. Survoje tien ŝi aĉetas etan florbukedon. Ŝi purigas la tombon kaj almetas la novajn florojn. Poste ŝi sidas kelkatempe sur proksima benko, provante memori la junajn jarojn de la filino.

André neniam venas al la tombo. Ŝi demandas sin, ĉu li venus, se la korpo de Marina vere kuŝus tie. Kredeble ne.

Kelkfoje li aŭtas sola al la golfo, kie situas la plej proksima marbordo. Birgitta ne scias pro kio. Ŝi ne volas demandi lin, ĉu li eble iras tien por memori la filinon. Verŝajne li konsiderus tion kvazaŭreligia mistikismo.

Ŝi scias, ke Marina ofte ne estis feliĉa. Ankaŭ ne dum la adoleska aĝo. Tamen ŝi havis sekuran, bonan vivon. Kompreneble ŝi kelkfoje venis en konfliktojn, precipe kun la ideoj de la patro. Tio estas normala. Ĉiuj gejunuloj havas konfliktojn kun la gepatroj. Marina tamen ricevis bonan edukon. André ja estas obstina, sed ne malbona. Laŭ la memoro de Birgitta, li ne traktis la filinon malice.

Malgraŭ tio ŝajnas al ŝi, ke Marina neniam vere bonfartis hejme. Ankaŭ kun amikinoj ŝi ofte ŝajnis malkontenta. Plej feliĉa ŝi eble estis somere, sur la insulo de la geavoj. Almenaŭ dum ŝi estis infano. Kiel junulino ŝi ne same ŝatis iri tien.

Kiam Marina plenkreskis, ŝia vivo komence prosperis. Kompreneble, estus bone se ŝi edziniĝus kaj havus infanojn, sed multaj nuntempe prokrastas tion. Oni ja rimarkis, ke ŝi havas koramikojn, sed kun sola escepto de Felix, kun kiu ŝi kunloĝis kelkan tempon, ŝi ne prezentis ilin al la gepatroj. Ne eblas scii kial.

Birgitta neniam vere komprenis, kial la filino forlasis sian bonan vivon en Gotenburgo por ekloĝi en Londono. Ĉu pro aventuremo? Neniam antaŭe ŝi montris signojn de aventuremo. Pli ofte de timemo. Kaj de obstino. Tiun ŝi sendube heredis de la patro. Birgitta mem ne estas tre obstina. Ŝi facile cedas kaj rezignas.

Kaj kial ŝi sekretis pri sia elmigro? Birgitta scivolas, kian vivon Marina efektive havis dum la lastaj jaroj en Londono. Ŝi suspektas, ke ĝi estis laciga kaj malkomforta vivo. Eble ŝi renkontis homojn, kiuj logis ŝin al stultaĵoj. Laŭ la maloftaj kaj mallongaj mesaĝoj, kiujn ŝi sendis al la gepatroj, ŝi tamen estis kontenta tie. Kiam ŝi neatendite anoncis, ke ŝi revenos al Svedio, Birgitta tre antaŭĝojis.

De pli ol dudek jaroj Birgitta laboras en la urba publika biblioteko. Ĝi troviĝas en moderna urbocentra betonkonstruaĵo, kiun André tre admiras. Tio estas trankvila laboro sen grandaj dramoj. Preskaŭ ĉio jam estas rutinaĵo por ŝi. Lastatempe tamen aperas iom maltrankviligaj proponoj. Eble ŝi devos lerni pri komputiloj kaj Interreto, ĉar kelkaj vizitantoj nun atendas, ke oni proponu tiajn servojn, kaj la bibliotekestro tre volas esti moderna. Espereble tamen iu el la pli junaj bibliotekistoj okupiĝos pri tio. Eble iu el la viroj.

Laŭ André tiu Interreto estas efemera modaĵo, kiu baldaŭ forgesiĝos. Lia frato Serge pensas male. Li estas komputisto, kaj li vane provis konvinki Andréon, ke tiu novaĵo utilas. Sed la du fratoj neniam konsentas pri io ajn. Se temas pri arkitekturo, André preferas modernaĵojn, sed sur aliaj kampoj li kutime pli skeptikas al novaĵoj.

Post la pramverio André ne tre ofte parolas pri la filino. Dum la unua tempo li pli ofte parolis al ĉiu ajn pri la pramo. Li kritikis la fakton, ke oni konstruas tiajn pramegojn rekte kontraŭ ĉiuj spertoj, pri kiel oceana ŝipo devas esti farita. En normala ŝipo oni faras hermetajn vandojn interne por dividi ĝin en fakojn. Se ial okazas liko, la akvo ne povas penetri foren en la ŝipo, sed restas en limigita spaco. Sur aŭtoferdeko de pramo, tiaj vandoj malhelpus la rapidan veturadon enen kaj elen, kio rabus tempon kaj sekve kostus tro da mono. Do, tie la tuta grandega spaco estas senvanda. Se mara akvo likiĝas enen, jam kelkaj centimetroj da akvo sufiĉas por klini kaj renversi la pramon, ĉar nenio malhelpas al la akvo fluegi de unu flanko al alia.

Ĉi tion ripetadis la patro de Marina al ĉiuj, kiuj volis aŭskulti, kaj eĉ al aliaj. Ĉio do estas ekonomio, kaj sekve politiko. Tamen, post la entombiga ceremonio ŝajnas al Birgitta, ke li ne plu regurdas tion. Li ja daŭre iom predikas, sed precipe pri sia laboro, aŭ pri la eŭropa politiko sur pli alta nivelo ol la reguloj de ŝipkonstruado. Venontjare estos prezidenta elekto en Francio. Fakte, li neniam konsideris la prezidenton Mitterrand kiel veran socialiston, kaj lian kunlaboron kun Helmut Kohl li trovas skandala. Malgraŭ tio, li timas kiu venos post Mitterrand. En novembro André ege surpriziĝas, kiam la sveda popolo voĉdonas por aliĝi al la Eŭropa Unio. Li tute ne atendis tion. Dum longa tempo la opinisondoj montris stabilan plimulton kontraŭ tia aliĝo, sed mallonge antaŭ la referendumo, la plimulto ŝanĝiĝis. Baze li konsideras la union granda blago.

"Ĝi estas la unio de eŭropaj kapitalistoj. Libera fluo de varoj, de kapitalo kaj de laborforto, jen la idealo de tiuj novaj imperiistoj."

Tamen li ne plu argumentas tiel vigle, kiel iam. Post la pramaverio, kiu rabis de li la filinon, li ŝajnas laca, preskaŭ rezignacia. Iam li ankoraŭ plendas pri la stato de aferoj, sed eble ĉefe pro kutimo.

Komenciĝas nova jaro. Neĝo kovras la tombojn, ankaŭ tiun, kiu ne estas vera tombo. Birgitta metas sian florbukedon en la neĝon. Printempe ŝi plantos ion en la tero, iujn florojn, kiuj vivos pli longe. Ĉi-jare la filino estus tridekjara, se tiu Nordmara ŝtormo ne prenus ŝin. Kiam Birgitta mem estis tridekjara, ŝi tenis la filinon surbrake. Marina ne ĝisvivis tiun fazon de sia vivo, kiam ŝi havus propran infanon. Birgitta neniam havos nepon. Ŝi ja povus, se ŝi havus pli da idoj. Sed tiutempe ŝi ne volis duan infanon. La stato de patrino ne estis tiel mirinda, kiel aliaj homoj opiniis. Kaj hodiaŭ ne indas bedaŭri tion. Alia filino aŭ filo ja ne povus anstataŭi Marinan. Eble estus pli bone, se ŝi entute neniam naskus infanon. Tiuokaze ŝi ne devus perdi la filinon. Sed kiel iu ajn povus antaŭvidi tion?

Ŝi mane forigas neĝon de la tomboŝtono. La malvarmon de la neĝo ŝi ne sentas. Poste ŝi ĉifas la paperon, kiu ĉirkaŭis la bukedon, kaj portas ĝin al rubujo. Estas la kvara horo posttagmeze, kaj la krepusko jam densas. Baldaŭ tamen estos printempo. Tiam la tagoj estos pli lumaj.

Ĉapitro 23

Tomas 1995

Cecilia ŝatas modernaĵojn. Kaj pro sia laboro ŝi opinias, ke ŝi devas esti konstante atingebla. Do, por si mem ŝi aĉetas poŝtelefonon, kiu ŝajnas al Tomas tute nebezonata ludilo. Kaj por ilia hejma telefono ŝi akiras modan aparaton, kiu montras la numeron de telefonanto.

"Estas utile scii, kiu telefonas", ŝi diras.

"Se vi levas la aŭdilon, vi ja ekscias tion."

"Nu, sed ĝi montras ankaŭ la lastajn nerespronditajn numerojn."

De tiam Tomas ial komencas kontroli, ĉu iu telefonis dum li ne estis endome.

Iutage revenante hejmen, li ekvidas surekrane longan internacian numeron. Per la telefonlibro li eksicias, ke 55 signifas Brazilon. Li konas neniun en Brazilo. Nek Cecilia, laŭ lia scio. Tamen li klavas la numeron kaj atendas. Neniu respondas. Li notas ĝin sur slipo kaj viŝas ĝin de la aparato.

Sekvatage li faras duan provon de sia laborejo. Tie fore iu levas la aŭdilon kaj spiras. Poste vira voĉo diras ion mallongan, nedistingeblan.

Tomas sentas embarason, ne sciante al kiu li telefonas.

"Jen Tomas", li diras. "This is Tomas Swärd speaking. In Sweden. Do you speak English?"

"Moment", diras la viro kaj malaperas.

Aŭdiĝas iaj foraj bruoj. Post kelka tempo iu reprenas la aŭdilon.

"Saluton Tomas", diras la voĉo de Marina.

Jes. En la telefono li klare aŭdas la voĉon de Marina.

Tio ja ne eblas, tamen li tuj komprenas, ke estas ŝi. Dum ŝia entombigo ĉio ŝajnis sonĝo, sed aŭdi ŝian voĉon similas vekiĝon el tiu sonĝo. El koŝmaro, fakte.

Pasis pli ol du jaroj de kiam li lastfoje parolis kun Marina. Estas ŝi, evidente estas ŝi, kvankam ŝia voĉo sonas iomete alia. Eble pro tio, ke ŝi estas neekzistanta, li pensas kun sento de konfuzo enkape. Sed nun ŝi ne plu estas tia. Oni jam deklaris ŝin mortinta kaj entombigis ŝin.

Nu, ne ŝin mem, sed ŝian ĉerkon. La cindrojn de ŝia ĉerko. Do ne indas miri, ke ŝi sonas alie. Ne tio plej mirindas.

Poste li pensas, ke pli verŝajne ŝia voĉo sonas alie, ĉar estas mateno, kie ŝi estas. Eble ŝi ĵus ellitiĝis. Tomas ne konas la tempan diferencon inter Eŭropo kaj Brazilo, sed supozeble temas pri kelkaj horoj. "Vi maltrafis la entombigon", li diras. "Cetere ĝi ne estis tre vigla festeno. Via patro faris paroladon. Vi estis serĉanto survoje hejmen, li asertis. La internacia kapitalismo mortigis vin. Via patrino senĉese viŝis la okulojn per poŝtuko. Kaj oni ludis etudojn de Debussy. Mi tute ne rekonis ilin, sed via patro diris, ke estas tio. Poste ni ricevis po unu rozon por meti sur vian ĉerkon. Mi demandas min, kio estis en ĝia interno, cetere. Oni kremaciis ĝin, mi pensas. Ankaŭ viaj geavoj ĉeestis, sed neniu pastro."

Li reagas tiel, kiam io nervozigas lin. Finfine tamen li devas spiri, kaj dum momento regas silento. Li perceptas nur ian foran susuradon en la aŭdilo. Kvazaŭ la sono de maro en malproksimo.

"Mi ŝatas aŭdi vian voĉon", ŝi diras.

"Kaj la vian. Ĉu vi estas en Brazilo?"

"Jes."

"Bone."

"Ĉu vi bone fartas, Tomas?"

"Jes ja. Ĉio en ordo. Kaj vi?"

"Mi fartas bone. Tute bone."

"Mi ĝojas. Marina, mi ne povas kompreni, ke vi vivas. Ĉu vi nun revenos ĉi tien?"

"Ne, Tomas. Mi ne revenos."

Ŝi ne diras multe pli. Ŝajne ili ambaŭ estas embarasitaj kaj preskaŭ hontemaj. Tomas devas promesi nenion diri al iu ajn. Li ne komprenas kial.

Estas stranga sento gardi en si tian sekreton, devante nenion diri. Feliĉe Tomas ne portas la koron sur la pinto de la lango. Male, li kutimas ĉiam pensi antaŭ ol diri ion, eĉ en ĉiutagaj situacioj. Pli ol unufoje jam okazis al li en amika rondo, ke kiam li pretas diri ion, la babiltemo jam delonge migris al io alia, kaj li devas mordi al si la langon por ne ŝajni strangulo. Iufoje li ne sukcesis, kaj oni nomis lin distrita profesoro.

Tamen, ne estas granda risko, ke li pro neglekto malkaŝos ion pri Marina. Neniu alia plu mencias ŝin. Ŝiajn gepatrojn li neniam renkontas, kaj aliaj homoj ŝajne jam forgesis ŝin.

Post kelka tempo ŝi telefonas denove, kaj ili daŭrigas la interparolon. Ŝi rakontas, ke ŝi vivas en iaspeca kooperativo de spiritistoj en urbo inter Riodeĵanejro kaj Sanpaŭlo. Ŝi mencias la nomon de la urbo, sed ĝi tiel longas, ke li jam forgesis la komencon kiam ŝi atingas la finon. Tamen li memoras ŝian klarigon, ke tiu nomo en iu lingvo indiana signifas *Lando de blankaj ardeoj*. Li trovas tiun nomon bela kaj konvena al Marina. Ŝi ne mortis, ŝi nur migris al la lando de blankaj ardeoj.

Tomas klopodas imagi tiujn blankajn birdegojn. Li ja konas la grizajn ardeojn, kiuj de temp' al tempo videblas super la rivero eksterurbe kaj en la insularo. Eĉ urbocentre, ĉe la rivera parko, li iam vidis unu.

"Halo! Ĉu vi restas?" vokas Marina.

"Jes ja. Do… ĉu spiritistoj?" li diras. "Nu bone, tio ja konvenas por iu, kiu estas deklarita mortinto. Tamen vi nuntempe uzas telefonon, ĉu?"

"Vi restas sama kiel ĉiam, Tomas."

"Eble jes."

Li ne diras, kion li pensas. Ke ŝi ne restas sama. Anstataŭe li klopodas kompreni, pri kio ŝi efektive okupiĝas.

"Kial vi devas tiel sekreti? Ĉu vi kulpas ion, iun krimon? Ĉu vi ŝtelis la kason?"

"Ne, mi ne faris krimon. Sed mi volas esti libera. Mi ne deziras kontakton kun la iamo."

"Krom kun mi, ĉu ne?"

"Jes. Sed vi… Vi ja ŝvebas libere."

Evidente ŝi tamen konservis tion en sia memoro. Aŭ ŝi nur hazarde elektas la samajn vortojn, kiujn li iam uzis. Sed li ne cedas.

"Ja devas esti kialo. De kiu vi kaŝas vin? Ĉu de viaj gepatroj?"

"Iel jes."

"Sed kio do okazis? Kion ili faris kontraŭ vi?"

"Mi ne povas klarigi. Ne vere temas pri ili, sed pli multe pri mi mem. Tiu memo, kiu mi estis kun ili. Ne nur kun ili, cetere. Tiu Marina, kiu edukiĝis kaj laboris kiel ekonomikisto, ĉar tiel decis agi. Temas pli vere pri tio, ke mi volas distancon al ŝi."

"Kaj do Anglio ne sufiĉis, ĉu?"

"Evidente ne."

"Sed kial necesis aranĝi tian dramon?"

"Kiel aranĝi? Ne pensu ke mi aranĝis tiun pramakcidenton."

Tomas devas ridi aŭskultante ŝin, sed ŝi ne kunridas.

"Tamen vi ja survojis hejmen", li diras. "Vi skribis tion al mi. Kaj al viaj gepatroj, evidente."

"Tion mi vere intencis. Tamen… finfine mi elektis ĉi tion."

"Bone. Kiel vi atingis Brazilon, se vi tiom timas flugi? Ĉu per bananŝipo?"

"Mi flugis. Estis malagrable, sed mi havis helpon. De unu el ĉi tiu kooperativo, kiun mi renkontis en Londono."

"Ĉu iu viro?"

"Jes."

"Bone. Do nun vi komunikadas kun spiritoj, ĉu?"

"Ne, tute ne. Mi ne faras tiaĵon. Pli ĝuste temas pri tio, ke mi strebas komuniki kun mi mem. Kun mia vera memo."

Dum kelka tempo li meditas pri tio, sed li trovas nenion por diri. Li pensas, ke li eble ne sukcesas komuniki kun si mem. Poste li ekpensas pri la homoj, kiuj mortis en tiu pramo.

"Kiel vi povis travivi la katastrofon sen esti registrita?"

"Mi neniam estis en la pramo. Mi vendis mian bileton je duona prezo al iu anglino."

"Bone. Do ŝi ricevis unudirektan bileton en la Nordan maron, rabatpreze."

Dum kelka tempo iĝas silente.

"Marina, tio estis ŝerco", li poste diras. "Pardonu min."

"Mi komprenas tion. Sed mi ne scias, kio okazis al ŝi. Mi esperas, ke ŝi saviĝis, sed mi neniam demandis pri ŝia nomo. Sed vi restas sama, kiel mi jam diris."

"Bone. Parolante pri mortintoj, mi scivolas ĉu mi metu florojn sur vian tombon?"

Sed eĉ tio ne ridigas ŝin. Ŝi efektive estas nova Marina. Eble tio estas ŝia vera memo.

La Eŭropa Komunumo iĝis unio, al kiu aliĝis ankaŭ Svedio. Iele tra-
pele oni sukcesis persvadi la svedojn referendume akcepti tian aliĝon.
Ankaŭ Tomas voĉdonis jese, sen vere scii kial. Samtempe la norvegoj
duafoje decidis ne aliĝi. Post kiam ili liberiĝis el unio kun Svedio en
1905, ili ŝajne ne sopiras je alia. Tomas do iĝis eŭropano. Efektive, li ĉiam supozis, ke li jam estas
tio. La unio tamen ne multe tuŝas lin. Lia historia esplorado koncer-
nas ĉefe Svedion, kvankam importo kompreneble estas internacia
procedo. Kelkaj el la kotonimportantoj iam engaĝis sin ankaŭ en pli
profitodonaj negocoj, kiel tiu pri transportado de sklavoj el Afriko
en Amerikon. Tiu komerco ne rekte rilatas al liaj esploroj, do eble ne
konvenas trakti ĝin en la disertaĵo. Tamen temas pri la samaj ŝipoj, la
samaj komercistoj, kaj la sama mono. La kapitalon gajnitan per vend-
ado de sklavoj en Ameriko oni investis en manufakturojn ĉi-urbe. Kaj
sen la sklavoj pli ampleksa produktado de kotono ne eblus. Sed la
scienco estas miopulo. Ĝi ne ŝatas vastajn perspektivojn.

Somere la kontakto kun Marina maldensiĝas. Kiel instruisto Cecilia
havas longan libertempon, kaj ankaŭ Tomas povas liberigi sin sufiĉe
longe. Cetere, li ĉiam kunportas sian laboron enkape kaj en nova por-
tebla komputilo, kiun la instituto disponigas al li.

Cecilia kompreneble volas vidi maron pli sunan kaj varman ol la
Baltan, do ĉi-jare ili pasigas du semajnojn en Portugalio. Vidante la
ondojn ruliĝi al la strando, sentante la varman venton el okcidento
kaj aŭdante lokanojn interparoli en nekomprenebla portugala lingvo,
Tomas neeviteble pensas pri Marina, kiu kaŝas sin ie trans tiu maro. Li
lasas la ondojn luli lin kaj gustumas la salan akvon, sed lia spiritisma
kapablo ne sufiĉas. Li ne sukcesas aperigi ŝin.

Vespere en la hotelĉambro, post glaso da verda vino, Cecilia pli
amemas ol delonge.

"Tomas, ĉu vi konsentas, ke mi baldaŭ ĉesu pri la piloloj?"

"Ne, kial do? Ĉu vi fartas malbone?"

"Kial? Male, mi fartas bonege. Mi ŝatus resti ĉi tie pli longe. Sed
eble baldaŭ estus bona okazo por havi bebon."

Li jam longe atendas ĉi tion. Malgraŭ tio li surpriziĝas kaj ne havas
bonan respondon.

"Vidu", pluas Cecilia, "mi havos la saman klason en la venonta studjaro, sed poste mi ricevos novan. Do eble tiam estus bona okazo, ĉu ne?"

Li pripensas. Cecilia estas tre praktika persono. Infano evidente devas aperi en konvena momento rilate al la laboro.

"Tamen ne ĉesu nun", li diras. "Vi ne volas lasi la klason meze de la printempa semestro, ĉu?"

"Ne, sed do vi konsentas, ke mi ĉesu iam aŭtune?"

"Nu, mi ne scias. Ni havas tempon ankoraŭ pripensi, ĉu ne?"

Aŭtune Tomas daŭrigas la kontakton kun Marina, kaj la telefonkostoj de la historia instituto kredeble krute kreskas. Sed Tomas opinias, ke la sveda scienco devas toleri tiun koston.

Unufoje li mencias, ke Cecilia pli kaj pli insistas pri bebo.

"Dio mia", diras Marina. "Kiel mi ĝojos, se vi havos infanojn, Tomas. Mi vere ŝatus vidi ilin."

"Trankviliĝu, tio ne urĝas. Se vi volas vidi bebojn, vi povas mem naski ilin."

"Ne, tion mi ne faros."

"Kial ne? Ĉu neniu el tiuj spiritistoj taŭgas por tio? Eble tiu, kiu venigis vin el Anglio. Li ja estis bona kontraŭ flugangoro."

"Ne temas pri tio."

"Kio do? Ĉu vi ankoraŭ atendas sinjoron Ĝustulo?"

"Mi ne povas havi familion."

Ŝia voĉo ŝajnas iel premita, sed Tomas jam iom tediĝis de ŝia sekretemo.

"Kion vi volas diri?" li demandas. "Ĉu vi ne povas gravediĝi? Do vi adoptu. Tie sude ja svarmas infanoj, kiuj bezonas patrinon, ĉu ne?"

Ŝi ekridas. Li pensas, ke li eble iom troigis.

"Pardonu, sed pri kio vi ridas?"

"Ĉu mi ne diris, ke mi laboras en orfejo ĉi tie en Guaratinguetá?"

Tomas konfuziĝas. Certe ŝi jam diris tion, kvankam li forgesis.

"Sed kial vi ne povas naski proprajn idojn?"

Kelkatempe ŝi silentas.

"Mi ne volas havi potencon super iu ajn. Laŭ mi oni ne premu homon tiel. Oni devigas nin plenumi tiom da postuloj kaj atendoj, ĝis ni paraliziĝas kaj ne scias, kiu estas la propra memo kaj kiu estas nur iu, kiun la aliaj volas vidi. Estas terure. Familio povas esti kvazaŭ malliberejo. Kaj oni kunportas ĝin senĉese, ene de la kapo."

Tomas ne povas kompreni, ke ŝi vidas la vivon tiel. Li renkontis ŝiajn gepatrojn nur okaze de la entombigo, sed ili ŝajnis al li relative normalaj, similaj al iu ajn. Kutima meza klaso, neniaj prusoj. Ĉiuj homoj ja havas siajn ĉevaletojn. Kompreneble ili fieris pri ŝi kaj trovis ŝin talenta. Nu, dum ŝi daŭre okupiĝis pri ekonomiko, tio estas. Li rimarkis ĉe ili tian fieron eĉ meze de la funebro.

"Bone", li diras. "Tamen familio ja pli bonas ol orfejo, ĉu ne?"

"Por mi ne."

"Kaj tamen vi volas, ke mi havu infanon. Ĉu vi ne trovas tion paradokso?"

"Estas diferenco. Vi ne estas tia. Mi pensas, ke vi ne postulus tiom de viaj infanoj. Vi sendube estus bona patro, Tomas."

Kiam ŝi diras tion, li sentas tuberon en la gorĝo. Tio sonas kvazaŭ iaspeca amdeklaro. Li provas elpensi ian kalemburon por forŝerci tion, sed lia kapo paneis.

Kompreneble Cecilia pravas. Estas tute konvena tempo en ilia vivo. Ne venos pli bona momento, kaj cetere ŝi proksimiĝas al la tridekjariĝo. Li jam festis la sian, sed por li ja estas alia afero.

El la unua provo tamen rezultas nenio. La menstruo de Cecilia fine venas, iel moke, en la oka tago. Tomas antaŭe supozis, ke li estos kontenta pri tio, sed efektive li sentas elreviĝon. Precipe post kiam li interparolis kun Marina pri infanoj. Do ili refoje provas, sed vane. Cecilia komencas aludi pri tio, ke li devus testigi sian spermon.

"Mi dubas, ĉu tio necesas", li diras. "Ĝi kredeble estas en ordo."

"Kiel vi povas scii tion?"

"Hm. Nu, efektive iu knabino iam devis havi abortigon. Tio okazis plurajn jarojn antaŭ ol mi renkontis vin."

Cecilia rigardas lin per okulegoj.

"Vi estas neimagebla, Tomas. Kial vi neniam rakontis tion? Kiel ŝi nomiĝas?"

"Nilla. Ni estis gimnazianoj."

Tio ne estas tro malproksime de la vero. Ŝi ja antaŭe estis tio. Kaj li poste.

"Nu, kion diri? Tamen, ĝi eble malpliboniĝis post tiam."

"Kio?"

"Via spermo! Ni parolas pri ĝi, ĉu ne?"

"Ha, bone. Do mi celos pli zorge venontfoje."

Ŝi suspiras.

"Sed se nenio rezultos, vi vere devos kontroligi ĝin."

Tomas tamen ne devas iri kien ajn oni kontrolas spermon, ĉar en la sekva monato ŝi denove malfruas. Pasas semajno, pasas ok tagoj. Baldaŭ ili aĉetos testilon de gravedeco, kaj tiam ili ekscios. Se ĝi estos pozitiva, ŝi sendube tuj kuros por rigardi infanĉaron, liton kaj aliajn bebaĵojn. Eble ŝi mendos ultrasonan esploron por scii, de kiu koloro ŝi aĉetu vestaĵojn. Li devus bremsi ŝin, kvankam tio eble ne tre indas. Jen kia ŝi estas, Cecilia. Kompreneble, se ĉio finiĝus fatale, ne estus tre bone jam posedi amason da bebaj aferoj. Sed tiuokaze ili ja devus provi denove.

Se ili finfine sukcesos, li ŝatus fari viziton en Brazilo por montri la infanon al Marina. La problemo estas, ke ŝi daŭre ne volas, ke ŝiaj gepatroj sciu ion. Kaj se Cecilia ekscius, ke Marina vivas, absolute certe ne eblus konservi la sekreton. Krome eble ŝia ĵaluzo revekiĝus.

Tamen tiaj aferoj devas esti solveblaj. Se ili havos komunan infanon, ŝi ja havos alion por pripensi. Eble li devos resti hejme iom pli en la vesperoj.

Kaj Marina kredeble ne povos eterne resti kaŝita. Se eblas deklari iun mortinta, oni ja ankaŭ povas deklari ŝin vivanta, precipe se temas pri spiritisto. Li devos esplori tiun aferon. Sendube eblas telefoni anonime al la Registro de loĝantoj. Oni tutsimple devos fari ŝin reekzistanta.

Kompreneble, ili ankoraŭ ne scias certe. Sabate ili iros al apoteko por aĉeti testilon de gravedeco. Se ĝi estos negativa, Tomas sendube devos mendi ian teston de fekundeco. Krom se ili anstataŭe kontaktu la orfejon de Marina.

Ĉapitro 24

Marina 1996

Jam de semajnoj Marina ekscite atendas novaĵon el Svedio. Ŝi telefonas la unuan de junio, la duan, sed nur en la tria li respondas. "Tomas", ŝi ekkrias ne atendante lian voĉon. "Kiom mi serĉis vin! Nu, ĉu jam io?"

"Jes! Ŝi alvenis!"

"Ĉu ŝi? Kaj... ĉu do ĉio bonas? Kiel ili fartas?"

"Tute bone, ambaŭ. Ankaŭ mi, se tio interesus iun. Ŝi nomiĝas Linn, 51 centimetrojn, 3 420 gramojn, 25an de majo, do ŝi jam aĝas naŭ tagojn."

"Ĉu Linn? Bela. Tio estas norvega, ĉu ne?"

"Norvega, sveda, brazila, ĉu gravas? Mi kontentas, ke ni entute sukcesis interkonsenti pri nomo. Kaj Linn konvenas al ŝi perfekte."

"Trankviliĝu. Vi devos sendi foton."

"Jes, kompreneble. Mi sendos. De la instituto mi eĉ povus sendi ĝin retpoŝte. Sed vi kredeble ne havas tion, ĉu?"

"Kion?"

"Retpoŝton, elektronikan poŝton. Nu, ne gravas. Mi sendos leteron. Cecilia volas, ke ni akiru modemon eĉ hejme. Ĉi tie Interreto nun furoras. Sed laŭ mi pli gravas aliaj aferoj, ĉu ne?"

"Ĉu ŝi pleje similas vin aŭ ŝin? Mi esperas, ke vin."

"Nu, ŝajnas al mi, ke ŝi plej similas mian avinon, se temas pri la vizaĝo. Espereble ne laŭ la humoro."

"Ho, Tomas! Mi tiom ŝatus renkonti vin kaj vian filineton! Nu, ankaŭ Cecilian. Domaĝe, ke ŝi..."

"Jes, domaĝe. Tamen ŝi iom trankviliĝis post via morto. Espereble Linn ankoraŭ pli okupos ŝian menson. Cetere, okazis ankaŭ alio. Ĉu vi sentas, ke vi nun parolas kun doktoro?"

"Ĉu vere? Do, vi pretas. Gratulon!"

"Dankon."

"Do, ĉu vi nun devos porti ĉapelon?"

"Ha ha."

"Doktoro Swärd. Tio sonas moŝte, ĉu ne?"

"Tre. Sed feliĉe neniu ĉi tie plu zorgas pri titoloj. Ni ja ne estas germanoj. La ĉefa problemo estas, ke mi devos trovi financantojn por plua esplorado."

"Do, ĉu vi senlaboras?"

"Ne tuj. Sed kion fari? Mi eĉ ne scias servi en kafejo."

"Tamen Cecilia havas sian laboron, ĉu ne? Do, kara doktoro, vi prizorgu la bebon kaj la hejmon."

Tomas murmuras ion nedistingeblan, kaj la interparolo paŭzas. Marina rigardas eksteren el la eta oficeja ĉambro de la orfejo. La vespera trafiko intensiĝas sur la avenuo Rui Barbosa.

"Zorgu bone pri la eta Linn", ŝi diras. "Ĉu io alia nova?"

"Nu, la bovofrenezo plu daŭras."

"Kio?"

"La bovofreneza malsano. Oni ne plu importas bovaĵon el Britio. Mi eĉ ne sciis, ke la angloj produktas bovaĵon. Sed tio ja ne tuŝas vin. Aŭ ĉu vi nuntempe jam manĝas viandon?"

"Nu, jes, sed malofte. Kredeble ne el Britio, tamen."

"Bone."

"Do. La tempo pasas. Fartu bone, la triopo! Ĝis baldaŭ!"

"Ĝis la reaŭdo, Marina!"

Ŝi remetas la aŭdilon kaj distrite rigardas sian brakhorloĝon por noti la tempon. La telefonkoston oni subtrahos de ŝia modera salajro. Tamen, ŝi ne povus uzi siajn etajn monrimedojn pli bone ol ĉi tiel. Tomas iĝis patro! Ŝi ege feliĉas pro li. Sendube li ankaŭ estonte ironios pri sia netaŭgeco. Eble li plendos, ke la bebokrioj ĝenas lian historian esploradon. Tamen li certe amos tiun filineton. Ŝajnas al ŝi, ke li portas en si multege da neesprimita amo, kiu ĝis nun ne havis okazon manifestiĝi. Ĉu ankaŭ ŝi? Ŝi dubas pri tio. Ŝajne ŝi ne estas kreita por ami.

Ŝi demandas sin, kiom tiu ĵaluza kaj eble etburĝa Cecilia devis petadi kaj manipuli, por ke li akceptu iĝi patro. Eble ŝi simple superruzis lin, kaŝe ĉesante pri piloloj. Marina subite sentas novan simpation al tiu nekonato, kiun ŝi neniam renkontis. Ĝis nun ŝi konsideris ŝin precipe obstaklo, ĝeno en la interrilato kun Tomas. Nun subite ŝi aperas kiel kvazaŭa aliancano. Jen freneza penso, sed iel Marina sentas, kvazaŭ ŝi kaj Cecilia kune gravedigis Tomason. Ŝi duonlaŭte ridas pri si mem. La aero en la ĉambreto ja estas nefreŝa, tamen ŝia cerbo devus ne koaguliĝi tiel facile! Ŝi faldas la slipon, kie ŝi notis "Linn" kaj kelkajn ciferojn, enpoŝigas ĝin kaj elpaŝas en la ĝardenon.

La mezo de junio alportas freŝon al la aero. Ĉi tie oni nomas tiun sezonon vintro, sed al Marina ĝi memorigas la svedan someron. Mankas tamen la maro, kaj la Sud-Paraiba rivero ne multe kompensas tion. Kompreneble mankas ankaŭ la helaj noktoj, sed tiujn ŝi jam preskaŭ forgesis.

Aliflanke, la plantoj ĉi tie, la floroj, arbustoj kaj arboj, estas fekunda Edeno. Ŝi neniam laciĝas ripoze sidi sur benketo en la ĝardeno de la orfejo sub la vasta frondaro de mangarbo, rigardante densajn arbustojn. Unu el ili estas hibisko, kiun ŝi vidis en fenestraj florpotoj en Svedio, tamen ĉi tie ĝi estas ege pli granda. Ĝenerale la ĝardeno ne estas tre zorge flegata, kaj eble ĝuste pro tio ŝi vere ĝuas ĝin. Printempe ĝi plenas je buntaj koloroj kaj florodoroj, sed nun ĝi iom ripozas. Floras tamen tiu hibisko kaj pli fore du azaleaj arbustoj.

Jam longe Marina nenion plu verkas. Kiam alvenas foto de Linn, ŝi ekhavas la ideon verki poemon al ŝi. Tamen la inspiro ne tuj fluas kiel fonto. Ŝi provas kaj provas, sed devas rezigni, almenaŭ provizore. Iutage dum laboro pri la infanoj, iu verseto aperas al ŝi:

Vi, kiu flikos la ŝuojn trivitajn de miaj piedoj,
kaj sarkos trudherbojn sur tombo mia

Sekvas nenio plu, sed ŝi decidas noti la fragmenton kaj eble pensi pli multe pri la infanoj ĉi tie, kiuj bezonas ŝin, ol pri la nekonata kaj fora Linn, kiun ŝi eble neniam renkontos reale.

Post tio ŝi ekhavas la kutimon sidi kelkan tempon frumatene en la ĝardeno, tuj post la rapida tagiĝo, kun notlibro enmane. Iufoje ŝi notas kelkajn vortojn, alifoje tuta poemeto manifestiĝas sur notlibra paĝo. Ofte tamen ŝi nur sidas tie meditante. Ne gravas, ĉu io fiksiĝas surpapere aŭ ne. Gravas, ke tiu duonhoro da sola pensado helpas ŝin trakti la kontestojn, konfliktojn kaj kvereletojn de la sekva tago.

Ŝi ankaŭ foje pensas pri tio, kiel ŝi venis ĉi tien, pli ol dek mil kilometrojn for de la loko, kie ŝi naskiĝis kaj kreskis. Ŝi pensas pri la homoj, kiuj puŝis ŝin en diversajn direktojn, ofte senintence. La gepatroj, kiuj volis meti ŝin sur la ĝustan trakon en la vivo, sur *sian* trakon, ĝis ŝi elreliĝis. La viroj, kiujn ŝi klopodis ami, plej ofte vane, ŝajnas al ŝi nun. La unuan, tiun trompulon Christian, ŝi ja kredis ami. Eble estis plie flatiĝo ol amo. Ŝi pensas pri la amikinoj, kun kiuj ŝi atingis plejparte nur supraĵan kontakton. Eble la amikeco kun Alexandra povus signifi pli, se ŝi ne malaperus tiel subite el la vivo de Marina. Pri José, pro kiu ŝi fine decidis vojaĝi ĉi tien, kvankam li tute ne volis logi ŝin ien ajn.

Kaj ŝi pensas pri Tomas. Ne facilas diri, kial li estas la sola pasintulo, kiu restas al ŝi. Tro ofte li nur ŝercas, kiam li devus esti serioza. Li ne vizitis ŝin en Gotenburgo, nek en Londono, pro tiu Cecilia, kvankam ŝajnis dube, ĉu li vere enamiĝis al ŝi. Ofte li tro pasivas, kvazaŭ la vivo estus io, kio hazarde okazas al li. Tamen li restas. Ne eblas elrevigi lin. Eĉ kiam ŝi reaperis el la mortintoj, li ne ŝanceliĝis.

Subite Marina memoras, ke ŝi kiel infano iam deziris etan fratinon, ĉar tian havis ŝia amikino. Nun ŝi pensas, ke kion ŝi vere bezonus, tio estas frato. Kaj tiu frato devus simili Tomason.

Ŝajnas al ŝi, ke ne nur la gepatroj, sed ankaŭ multaj aliaj homoj ĉiam volis decidi pri ŝi, kion ŝi faru, kiel ŝi vivu. La infanoj de la orfejo male akceptas ŝin tia, kia ŝi estas. Ili ofte protestas, provas elturniĝi, volas eviti taskojn, sed ili ne volas refari ŝin. Pro tio ŝi sentas ĉi tie, ke ŝi fine alvenis hejmen.

Estas tempo matenmanĝi kaj poste eklabori. Hodiaŭ ŝi nenion surpaperigis. Sed ne gravas. Ŝajnas al ŝi, ke ŝi tamen ion verkis, ne sur papero, sed en sia menso. Ion pri si mem kaj sia vivo. Tio eble valoras pli.

Ĉapitro 25

Tomas 1999

Li haltas apud ŝtona muro kovrita de rubusa vepro. Transe situas moderna unufamilia domo kun fasado el sabloŝtonaj brikoj sur la loko, kie iam staris la malnova dometo konstruita de Avo. El la legombedoj kaj pomarboj restas nenio. Trans blanka barilo staras bruna ĉevalo, kiu ĵetas rapidan rigardon al Tomas. La picea heĝo estas for, sed malantaŭ la domo kreskas des pli da junaj piceoj. Ŝajne la tuta tereno antaŭ la stalo iĝis picearo. La siringoj estas draste tonditaj, kaj ilia florado jam pasis. Nun knabino en rajdpantalono kaj kasko venas eldome, portante grandan kaj pezan selon.

Li ekiris suden jam matene. Forlasante la aŭtoŝoseon, li ekhavis la ideon veturi ĉi tien por rigardi. Sendube jam pasis dek jaroj post lia lasta vizito. Ne, eĉ dek du. Tio estis kiam Arne vendis la domon, post la morto de Avino.

Li restas en la aŭto kaj subigas la flankan glacon, rigardante la knabinon. Ŝi ŝajne ne rimarkas lin, pro plena atento al la tasko senmovigi la ĉevalon por seli ĝin. Li aŭdas ŝin paroli trankvilige al la besto.

Proksimume kie ŝi eldomiĝis, iam estis la kuireja pordo de la geavoj. Oni eniris tra vestiblo en la kuirejon ĉe la malantaŭa flanko. Jen kie pendis la kondukrimeno sur najlo. Malnova nigra rimeno el ledo, longa kaj mallarĝa, kiun la avo faldis duoble enmane. Tomas daŭre aŭdas lian bruskan voĉon. "Staru senmova, knabo, kaj klinu vin antaŭen!" Post kvar aŭ kvin batoj li komencis anheli. Plej ofte temis pri dek batoj. La lastaj dolorigis plej multe, trafante kie la haŭto jam ruĝis. Poste la vizaĝo de Avo estis malhele purpura, liaj okuloj cedis, li nenion diris, nur plu anhelis. Tomas devis relevi la pantalonon kaj porti la rimenon tra la kuirejo por rependigi ĝin sur la najlon. Avino ĉiam komentis la aferon. "Iam vi eble lernos konduti. Tio estas por via propra bono, Tomas."

La knabino jam surmetis la selon kaj nun supreniras, enseliĝas kaj ekrajdas en rondo trans la barilo. Ĉu tio vere povas esti alloga, rajdadi en rondo sur la iamaj ĝardenbedoj? Tomas povus montri al ŝi belan padon supren tra la arbaro. Se ĝi ne estas tute kaŝita, li certe retrovus ĝin inter la junaj piceoj. Iam li laŭiris ĝin eĉ en mallumo.

Post kelkaj rondiroj aperas virino, sendube la patrino de la knabino. Ŝi paŝas rekte ĝis la kradpordo kaj ekgapas al Tomas. Li ne provas klarigi, kion li faras ĉi tie, sed ekigas la motoron kaj foriras. Jen eble stultaĵo. Li ne povas scii, kion pensas patrino en tia okazo, se nekonata viro rigardas ŝian filinon dum eterno. Li ne havis tian gardanton, kiam li estis juna. Aŭ ĉu tion li tamen havis? Ĉu la geavoj siamaniere gardis lin, per bova rimeno kaj riproĉoj?

Cetere, li eble scios post kelkaj jaroj. Ĉu li iam devos gardi la filinojn kontraŭ gapado de viroj suspektindaj aŭ eble tute senkulpaj? Tio ankoraŭ ŝajnas nereala.

Li forlasas la lokon kaj la memorojn por reiri urben. Ne sciante, kiam estos manĝo ĉe Arne, li unue parkumas la aŭton kaj promenas al restoracio por biero kaj bifsteko. Sekvas dua biero. Li rekonas neniun ajn inter la gastoj en la restoracio. Neniu iama konato ĉeestas, aŭ se jes, ili ne rekoneblas, nek supozeble li mem. Poste, kiam li piedas al la hotelo, li staras dum kelka tempo ĉeborde, gapante al iama ŝipkonstrua insulo, ĵus transformita en kvartalon el snobaj loĝejoj kaj oficejoj. Ĉu ne onklo Arne iam laboris en la ŝipkonstruejo? Antaŭ ol en la vagonfabriko? Li povus demandi lin pri tio en la festeno, sed ĉu gravas?

Li instalas sin en la hotelo, duŝas sin kaj ŝanĝas vestojn. Poste li taksias al la loĝejo de Arne. Survoje neatendite ekfalas tipa somera pluvo, intensa sed nedaŭra. Li alvenas sufiĉe frue, kaj Arne bonvenigas lin kore.

"Tute ne necesas, ke vi tranoktu en hotelo, Tomas. Ĉu ne matraco surplanke sufiĉas por vi?"

"Tio certe sufiĉus, sed vi ja havos aliajn gastojn, ĉu ne?"

"Nur Monikan. Greger kaj lia familio tranoktos ĉe Asta."

Ĉi-momente la kuzo Greger alveturigas onklinojn, la fratinojn de Asta, kiu lokis sin en la kuirejon kun sia bofilino. Tomas rondiras por saluti ĉiujn. La kuzidoj ludas en dormoĉambro kaj apenaŭ atentas lin. Monika, la kuzino, staras balkone kun cigaredo. Jen novaĵo! Ĉu oni eĉ ne plu rajtas fumi endome ĉe Arne? Tomas memoras la densan aeron en ilia iama kuna loĝejo.

"Saluton, Monika. Mi supozas, ke estas vi, ĉu ne? Mi ne povas diri, ke mi rekonas vin."

Efektive ŝi aspektas pli aĝa ol siaj tridek jaroj. Li memoras ŝin kiel diketan knabinon kun ponevosto, sed nun ŝi maldikas. La haŭto estas sunbruna kaj la haroj ŝajnas blondigitaj, kvankam ŝi ja nature blondas. Ŝi estas sufiĉe forte ŝminkita.

"Saluton, Tomas. Nu, mi rekonas vin, sed mi ja estis nur knabineto, kiam ni vidis nin lastfoje."

"Ĉu vi alveturis de Hispanio specife pro la festeno?"

"Nu, sesdek jaroj estas sesdek jaroj. Kaj ŝajnas bona okazo nun, kiam li laŭdire estas sobra. Jam pasis kelkaj jaroj de mia antaŭa vizito en Svedio."

Tomas helpas aranĝi pri tabloj kaj seĝoj, kaj subite ĉiuj jam ĉeestas. Du amikoj de Arne, la gekuzoj kaj iliaj onklinoj, la edzino kaj du infanoj de Greger, kaj Asta, kiu ŝajne reakceptis la eksedzon, kiam li plimalpli ĉesis drinki.

Dum la manĝo li sidas inter la du maljunaj bofratinoj de Arne, kiuj odoras je humidaj vestoj kaj kontraŭtinea preparaĵo. Evidente ili ne imagas, kiu li estas. Eble ili forgesis, ke Arne iam havis fratinon, kiu mortis tre juna. Tamen ili devus memori, ke ŝi naskis infanon, ne havante edzon. Trans la tablo la edzino de Greger zorgas pri siaj filoj. Oni tostas je la sesdek jaroj de Arne, per senalkoholaj trinkaĵoj.

La du tabloj estas kovritaj per tukoj, kiuj meze glitis iom flanken. Tomas ekpensas pri la kuireja tablo de Avino. Li neniam rakontis al Arne, ke li trovis lian ĉizaĵon sur la tablo. Kion do rakonti pri tio? Sed li ŝtele aldonis tien sian propran nomon per la poŝtranĉilo, iufoje dum la avino estis sur la terpomkampo. Li pensis pri tio kelkfoje kiam li renkontis la onklon, sed li nenion diris. Poste, kiam li loĝis ĉe Arne, tio jam ŝajnis al li infanaĵo ne priparolinda.

Dum la kafumado, Tomas refoje havas okazon alparoli Monikan.

"Dum kiom da tempo vi restos ĉi tie?" li demandas.

"Mi iros al amikoj en Stokholmo merkrede. Kaj vi?"

"Mi reiros hejmen morgaŭ. Eble posttagmeze. Ĉu vi ŝatus iri ien ĉi-vespere?"

"Eble jes. Se mi povos eskapi de la lavado."

"Do ni iom senpolvigu la gorĝon, ĉu ne?"

La naskiĝtaga festeno finiĝas, la amikoj malaperas, Greger reveturigas onklinojn. Asta kaj ŝia bofilino rezidas kuireje.

Tomas kaj Monika eliras, kaj post mallonge ili sidas babilante surtrotuare en urbocentra restoracio. Estas varma vespero, la grundo jam resekiĝis post la mallonga posttagmeza pluvo.

"Nenio simila ekzistis ĉi tie, kiam mi vivis ĉe la geavoj", li konstatas, rigardante al la ĉirkaŭaj tabloj. "Tamen ja estas bagatelo, kompare kun Hispanio. Kiel okazis, ke vi ekloĝis tie?"

Ŝi grimacetas, surtabligante la vinglason.

"Sendube mi bezonis malaperi de ĉi tie. Ĉu ne tiel estas en nia familio? Oni fuĝas de hejme. Se oni ne…"

Ŝi eksilentas kun embarasita mieno.

"Pri kio vi pensas? Kiu fuĝis?"

"Paĉjo, kompreneble."

Tomas klarigas, ke li scias nenion pri ia fuĝo de Arne. Monika rigardas lin iel strange, dum ŝi rakontas, kion ŝia patro diris al ŝi pri sia junaĝo. Ke li ofte volis forkuri, sed ke tio okazis nur kiam lia pli juna fratino gravediĝis kaj malaperis de hejme. Li eĉ ne sciis certe, ĉu oni ekzilis ŝin, aŭ ĉu ŝi transloĝiĝis proprainiciate.

"Ĉu ekzilis?" Tomas murmuras surprizite.

Monika glutas vinon kun mieno, kvazaŭ ŝi samtempe ŝatus gluti tion, kion ŝi ĵus diris.

"Pardonu min, Tomas! Mi devus ne enmiksiĝi en viajn aferojn! Kiun aĝon vi havis, kiam ŝi…?"

"Ok. Kaj ŝi neniam diris al mi, ke oni ekzilis ŝin, laŭ mia memoro. Tamen ĉe la fino ŝi ja estis malsana. Se diri la veron, mi memoras sufiĉe malmulte de kiam mi vivis kun ŝi."

Ambaŭ dum momento silentiĝas. La suno jam malaperis trans la domangulo. Ĉirkaŭe homoj diskutas la posttagmezan matĉon, kaj kiu devintus fari decidan golon. De fore sur transversa strato aŭdiĝas obtuza murmuro de grandaj usonaj aŭtoj malrapide krozantaj direkte al la haveno. Tomas klopodas memori, kion iam diris lia panjo pri io ajn. Efektive nun ŝajnas, ke ŝi nenion rakontis pri kiam ŝi transloĝiĝis urben. Iel li scias de ĉiam, ke pri tio oni ne parolas. Same kiel oni nenion demandas pri lia patro.

Sed kion diris Monika pri fuĝado de la hejmo?

"Kien do Arne forkuris?"

"Mi ne bone scias. Unue en la arbaron, mi pensas. Poste li volis iĝi maristo, sed li estis tro juna, do oni resendis lin hejmen. Kaj tie li ricevis plian batadon, mi supozas."

Ili plu interparolas dum pli ol horo, pri ŝia filo, kiu jam estas pli ol duone hispana, pri liaj Linn kaj Moa, kaj pri tio, kiel ili sentas sidi ĉi tie kiel fremduloj en sia origina regiono. Tamen senĉese Tomas vidas antaŭ si la padon tra la arbaro de Avo, la fosaĵon, la ŝtonbarilojn, la tutan vojon supren ĝis la dezerta bieneto. Ĉu ankaŭ Arne paŝis tie? Ĉu li agis same kiel Tomas, kolektante picebranĉojn kaj sekajn herbojn sur kiuj kuŝi en la fojnejo? Aŭ ĉi tiuepoke la farmbieneto ankoraŭ estis loĝata? Iam li devos demandi la onklon pri ĉio ĉi, sed necesas trovi la ĝustan momenton.

Li disiĝas de Monika kaj laŭiras la marbordon foren ĝis la hotelo. Ĉu ankaŭ morgaŭ li veturu tien? Ĉu serĉi la padon? Ĉu esplori, ĉu eblas retrovi la vojon al la dezerta bieneto? La ĉerizan arbon?

Endormiĝante li jam certas, ke li faros tion. Refoje li paŝos sur la spuroj de si mem kaj de onklo Arne. Li dormas maltrankvile, sonĝante ke Linn rajdas sur liaj ŝultroj. Li galopas kun ŝi inter la pomarboj de la avo, timante ke tiu alvenos por vipi ilin, sed ĝuste kiam li aperas, Tomas vekiĝas. Estas meze de la nokto, kaj li bezonas plenan horon por reendormiĝi.

Sed dimanĉe matene ĉio ŝajnas alia. Estas griza vetero, li vekiĝas malfrue kaj volas tuj reiri hejmen al siaj inoj, krome li ne kunportis ŝuojn por paŝi enarbare. Cetere li ne volas renkonti la patrinon de la rajdanta knabino inter la piceoj malantaŭ ilia domo. Ne, la geavoj estas for jam de dek kvin jaroj, kaj Panjo jam de pli ol dudek kvin. Restas al li nenio plu por fari tie. Do, li veturas norden, foren de ĉio. Jam sufiĉas pri pasintaĵoj, li ne plu volas resti for de la hejmo. Li volas reveni en la nunon.

Ĉapitro 26

Marina 2001

Marina trovas januaron same sufoka kiel kutime. Posttagmeze la temperaturo sendube superas tridek kvin gradojn. Krome la aero tre humidas, kaj eĉ la intensaj pluvoj apenaŭ alportas freŝon. Ĉi tio estas ŝia oka somero en Guaratinguetá, kaj nur ĉi-monate ŝi fojfoje sentas etan sopiron je la nordo. Tamen, memorante la vintran mallumon regantan en Skandinavio, kaj pensante pri la ĉiamaj zorgoj pri kiel vesti sin kontraŭ malvarmo, vento kaj neĝpluvo, ŝi sentas ke iom da saŭna ŝvito ja tolereblas.

Ĉi-sezone la infanoj pli trankvilas ol alitempe. Ili preferas resti endome, kvankam la eksa lerneja konstruaĵo malhavas modernan klimatizilon. La lecionoj ja okazas en iom pli pigra ritmo ol en aliaj sezonoj, tamen Marina preferas tion antaŭ la malkvieto kaj emo forkuri portempe aŭ definitive, kiu de temp' al tempo trairas la orfejon kvazaŭ kontaĝa malsano.

Komence ŝi plejparte prizorgis la etulojn. Nun ŝi jam bone regas la lingvon, kaj Roberto Luís, la elektita ĉefo de la kooperativo, taskis al ŝi eduki kaj instrui la pliaĝulojn. Fojfoje ankoraŭ okazas al ŝi miksi unu-du vortojn Esperantajn en la portugalan, sed tio apenaŭ ĝenas. Ankaŭ la plej aĝaj knaboj kelkfoje uzas vortojn nekonatajn al ŝi, kiujn ili lernis surstrate, en Sanpaŭlo aŭ aliloke.

Ŝi proponis ankaŭ, ke ŝi kunhelpu pri la ekonomia librotenado, sed Roberto Luís preferas mem zorgi pri tiu.

Anstataŭ Marina nun Fabiana plej ofte laboras pri la etuloj. Ŝi alvenis antaŭ kelkaj monatoj kaj dum la unua tempo apenaŭ malfermis la buŝon. Laŭ Roberto Luís ŝi venas el urbeto, kie ŝia familio forpelis ŝin en ŝia dekoka naskiĝtago. Kial, li ne diris.

Marina ŝatas rigardi Fabianan moviĝi. Kiam ŝi helpas la etulojn pri iu vestaĵo, aŭ ŝanĝas vindaĵon de bebo, aŭ leĝere punfrapas la manon de petolulo, ŝi movas sin ege ŝpareme, ne rapide sed iel efike. Kutime ŝi ŝajnas agrable nevarma. Tamen, lavante la plankon aŭ plenumante iun alian iom pezan laboron, precipe nun en la januara varmego, ŝi kompreneble ŝvitas same kiel ĉiuj aliaj. Ŝajne tiu ŝvito de Fabiana vekas ion ĉe Marina. Io ekmoviĝas en ŝi. Ŝi memoras la ŝviton de Christian antaŭ preskaŭ dudek jaroj. La gutojn sur la muskoloj de lia brusto moviĝanta super ŝi. Tiu ŝvito, la unua vira ŝvito gutanta sur ŝin, havis akran odoron, ne vere agrablan, sed ekscitan. Nun ŝi surprizas sin sentante deziron proksimiĝi al Fabiana, por ekscii, kiel odoras ŝia ŝvito. Ridinde! Ŝi ja ne estas tia. Ŝi pense kalkulas kiom da viroj ŝi havis, dum pli aŭ malpli longa tempo. Neniam antaŭe ŝi rigardis virinon en tia maniero. Ja troviĝis amikinoj, kiuj plaĉis al ŝi, sed ne tiel. Ne eblas, ke tio aperu nun, je tridek kvin jaroj!

Marina decidas, ke tio estas nur stulta devio de la fantazio. Eble pasis tro da tempo de kiam ŝi seksumis. Oni diras, ke viroj en malliberejoj seksperfortas pli junajn malliberulojn. Tamen ŝi ne estas mallibera. Ŝi povus jam hodiaŭ vespere iri en trinkejon por hoki viron. Ŝi ankoraŭ aspektas sufiĉe bone, kaj ĉi tie ŝia hela haŭto, helbrunaj haroj kaj sveltaj kruroj estas aprezataj.

Denove stultaĵo! Ŝi certe ne iros en trinkejon por kapti viron por la nokto. Vere, imagante tion ŝi sentas neniun ajn eksciton, nur enuon. Male, rigardante Fabianan en senmanika ĉemizo kun dujarulo sur la kokso, ŝi spertas ian internan vibradon, preskaŭ doloron. Sed kompreneb.le tio devas resti sekreta. Nepras nenion tian montri aŭ malkaŝi, nek al Fabiana mem nek al iu ajn alia.

Fabiana estas nealta kaj nedika sed iel kompakta. Ŝiaj formoj eble pli similas tiun de stabila knabo ol de virino kun maldika talio kaj ŝvelaj koksoj. La brakoj estas sveltaj kaj la manoj negrandaj – entute Marina trovas, ke ŝia korpo estas tre multe "ne", tamen ĝi vokas al ŝi "jes". Ŝi trovas tion ege konfuza. La haŭto de Fabiana havas ore brunan nuancon, ŝiaj haroj nigras kaj la lipoj estas – Marina ne trovas objektivan vorton, kaj la esprimo, kiu sin trudas al ŝi, estas tute nepensenda. Kisindaj! Jen ŝi tamen pensis ĝin. Ĉi tio ja estas ridinda!

Feliĉe la vizaĝo de Fabiana ne estas perfekta. Tio estus iom tro. Ĝi havas ian neregulecon, eble unu okulo iomete pli grandas. Ĉu ŝi strabas? Aŭ eble ŝi simple malfermas unu okulon pli vaste ol la alian, pro ia vida difekto.

Ŝi devas ĉesi pensadi pri tiu knabino!

Marina klopodas paroli kun Fabiana pri neŭtralaj, ĉiutagaj aferoj. Iom post iom la knabino komencas paroli pli multe. Baldaŭ rimarkeblas, ke ŝi estas needukita kaj scias malmulte pri la mondo. Evidente ŝi estas fervora kredanto, sed ne facilas kompreni, je kio ŝi kredas. Tio cetere ne estas novaĵo. Ĉi tie la religioj ŝajnas al Marina sufiĉe miksitaj. Ankaŭ la spiritismo de la kooperativo enhavas erojn el diversaj fontoj. Entute, Fabiana ĉiel tre malsimilas al Marina. Malgraŭ tio la envulto restas. Nokte en sia lito Marina komencas elvoki ŝian imagon, sed matene ŝi klopodas ne pensi pri tio. Ŝi sentas kulpon antaŭ la knabino, kvankam tiu ja nenion scias kaj neniam ekscios ion ajn.

Kutime do la somero estas certagrade pigra periodo en la orfejo. Ĉijare io rompas la kvieton. Unu el la knaboj, la naŭjara Elias, estas for de kelkaj tagoj. Tio estas normala. Li havas parencon, eble praonklon, kiun li vizitas de temp' al tempo. La parenco estas malriĉa fraŭlo, kiu ne povas tuttempe zorgi pri la knabo, krome li estas drinkulo.

Nun du policistoj aperas en la orfejo kaj dum kelka tempo interparolas kun la ĉefo Roberto Luís. Du tagojn poste tiu taskas al Marina iri al la ŝtata hospitalo por alporti Eliason al la orfejo.

"Kio okazis al li?" demandas Marina.

"Nu, tiu parenco evidente ne estas bonulo. Iu konato lia, aŭ eble li mem, mistraktis la knabon. Do, por Elias ne estos pli da vizitoj ĉe li."

"Ĉu oni arestis la parencon?"

"Mi ne scias. Tiaj aferoj estas rutinaĵo por la polico. Kion la malriĉuloj faras al siaj infanoj, pri tio ili kutime fajfas. Ili ĉefe volas liberigi la hospitalon je la knabo."

Per helpo de Marina Elias revenas taksie. Li ŝajnas iom taŭzita, tamen ridetas al ŝi petole. Eble li jam kutimas je tia mistraktado, kvankam ĉi-foje ĝi havis pli draman sekvon.

Post kelkaj tagoj Marina aŭdas duopon el la pli aĝaj knabinoj moki la knabon. Ili nomas lin njo-knabo kaj demandas:

"Kiom vi ricevis? Dividu la monon kun ni!"

Marina kolere forpelas la knabinojn.

"Lasu lin! Vi povas helpi al Fabiana en la kuirejo."

Forirante unu el ili ankoraŭ vokas al Elias:

"Pli bone vi helpu pri la kuirado ĝis vi denove povos sidi."

Elias mem nur elsputas sakraĵon, el kiu Marina komprenas nur trionon. Tiu triono temas pri putinoj kaj putinidoj, kio ŝajnas al ŝi iom troa en la buŝo de naŭjarulo.

La orfejo Casa da Esperança vivas per subvencioj de privataj filantropoj, tamen ĉio estas tre simpla kaj oni devas avari pri ĉio. Al Marina tio ŝajnas natura, kaj ŝi delonge alkutimiĝis al la malriĉaj kondiĉoj. Strange, al Fabiana pli malfacilas akcepti la situacion.

"Estas mizere", ŝi flustras al Marina iutage, dum ili tranĉas legomojn por la vespermanĝo. "La infanoj bezonas viandon."

"Ili ja ricevas, same kiel ni, tamen ne ĉiutage", diras Marina.

"Por vi devas esti malfacile, ĉu ne? Vi certe kutimas je pli riĉa manĝo."

"Tute ne. Mi kutimas je ĉi tio."

"Sed mi volas diri hejme. En via lando."

Marina ridetas.

"Nu, tio estis antaŭ longe. Mi preskaŭ forgesis. Fakte mi ja vivis pli riĉe, sed viandon mi tute ne manĝis kiam mi estis infano."

Fabiana mienas nekredeme gapante per siaj malegale grandaj okuloj.

"Kial ne?"

"Nu, mi estis edukata kiel vegetarano. Mi ekmanĝis viandon nur kiam mi forlasis la hejmon. Kaj eĉ tiam nur malofte."

"Strange. Ĉe ni, kiam estis mono, ni ĉiam manĝis viandon. Mi ne satiĝas de nuraj verdaĵoj."

"Estas ankaŭ faboj, ĉu ne?" diras Marina.

"Sed mia stomako ne toleras ilin."

Interparolante, Marina rigardas la manojn de Fabiana senŝeligi batatojn, tiel ke ŝi mem preskaŭ forgesas tranĉi. Tiuj manoj laborantaj pri la dikaj flavruĝaj tuberoj tremigas ŝin.

"Kaj ili devus ricevi dolĉaĵojn de temp' al tempo", pluas Fabiana.

"Nu, vi povos proponi tion en la sekva kunveno."

"Ĉu vi ne povus? Mi ne kuraĝas paroli antaŭ la aliaj."

"Vi devos ekzerci vin. Sed eble mi povos iel helpi."

Tamen, meze de februaro, jam antaŭ la sekva kunveno de la kooperantoj, Fabiana estas for. Neniu scias, ĉu ŝi reiris al sia familio aŭ simple malaperis ien, same kiel multaj junaj homoj en ĉi tiu landego. Al Marina ŝi restas en la imagoj kaj noktaj fantazioj. Estas iel pli facile pensi pri ŝi, kiam ŝi ne plu ĉeestas reale, tamen ŝia malapero estas maltrankviliga. Sed Roberto Luís ne trovas inde averti la policon.

"Ni ne estas ŝiaj familianoj. Kaj ŝi rajtas iri kien ajn ŝi volas. Estas normale, ke volontuloj forlasas nin. Malmultaj restas tiel fidele kiel vi, Marina."

Marina mencias ŝin ankaŭ telefonante al Tomas. Tamen eĉ al li ŝi ne povas malkaŝi siajn sekretajn sentojn.

"Mi iom maltrankvilas pri ŝi. Ŝi estis bona kolego."

"Nu", diras Tomas. "Estas malfeliĉe, kiam bona amiko malaperas senspure."

Ŝi meditas pri liaj vortoj. Fakte, li pravas. Ŝi iom hontas, ke ŝi ne avertis lin tiufoje, kiam ŝi migris en Brazilon. Tamen ŝi ne povis antaŭvidi la pramaverion. Kaj poste ŝia vivo estis tiel plenplena de novaj impresoj, ke ŝi prokrastis kontakti lin. Ŝi jam provis klarigi al li tion, kaj li devus kompreni. Eble li ja komprenas, sed lia ĵargono daŭre restas ironia.

"Kiel fartas la viaj, Linn kaj Moa? Kaj Cecilia?"

"Nu, ni alternas pri malvarmumoj. Estas tiu sezono, ĉu ne?"

"Jes, mi memoras."

"Tamen iom da nazmuko ne danĝeras. Vi certe havas pli timigajn problemojn tie for. Cetere, mi devas raporti, ke Cecilia denove ion suspektas."

"Ĉu? Pri kio?"

"Nu, pri vi. Aŭ pri iu ino, kiu telefonas al ŝia ulo en lia laborejo. Mi ne scias, kiun el miaj kolegoj mi devas suspekti pri klaĉado."

"Ne gravas, Tomas. Vi estas feliĉa, se ŝi ĵaluzas pri vi."

"Stranga feliĉo. Nu, mi iel elturniĝos. Internacia scienca kunlaboro."

"Bona ideo. Ĉu ne okazas historiaj konferencoj en Brazilo?"

"Eble, sed apenaŭ en natura ligo kun miaj projektoj. La Hanso ne navigis tiel foren."

"Do, ni pluos telefone, ĉu ne?"

"Ni pluos."

Post la telefonado ŝi refoje bedaŭras, ke ŝi ne povis paroli kun li pri siaj sentoj pri Fabiana. Trafas ŝin absurdeta ideo, ke ŝi ŝatus iel dividi ŝin kun Tomas. Ekscii, ĉu li povas senti ion similan, vidante ŝin moviĝi. Demandi lin, kion efektive signifas tiu doloro en ŝi. Sed evidente tio ne eblas kaj neniam eblos.

Ĉapitro 27

Tomas 2002-2003

Tomas butikumas kaj poste iras venigi la filinojn, Moan de la infan-
vartejo kaj Linn de la postlernejo. Tio estas rompo de la reguloj. Oni
devas iri tien rekte de la laboro, kaj poste butikumi kun la infanoj.
Li trovas tion kretena regulo, kiun espereble neniu prudenta gepatro
sekvas.

Hejme li preparas vespermanĝon. Cecilia malfruas, sed ili ĉiuj
malsatas, do li kaj la knabinoj ekmanĝas ne atendante Panjon. Nor-
male la tuta familio devus vespermanĝi kune, sed kiam iu malfruas,
ankaŭ tiu regulo ŝajnas al li ne sufiĉe motivita.

Kiam Cecilia fine aperas, sata triopo sidas antaŭ infana televid-
programo. Du el ili spektas ĝin atente, la tria kaŝe legas sciencan
raporton.

"Mi revarmigos la spagetojn", diras Tomas stariĝante kaj lasas la
raporton surtable.

La nerespondo de Cecilia igas lin ekzameni ŝin pli zorge. Evidente
io misas. Ŝi disradias problemon.

"Kio okazis?" li demandas.

"Poste", ŝi diras. "Lasu tion."

Ŝi malŝaltas la fornon, kiun li ĵus ŝaltis, kaj prenas skatoleton da
jogurto el la fridujo. Poste ŝi malaperas en la laborĉambron.

Pli malfrue, kiam Linn kaj Moa dormas, ŝi malkaŝas la aferon.

"Mi parolis kun du el viaj kolegoj. Ili ambaŭ tre fervore defendis
vin. Ili klopodis konvinki min, ke la virino, kiu regule telefonas al vi,
ne estas via amatino. Laŭ unu el ili, ŝi telefonas el Brazilo, kaj vi alpa-
rolas ŝin Marina."

Tomas intense pensas, kiel eskapi el ĉi tio. Sed antaŭ ol iu ajn ideo
aperas en lia kapo, Cecilia pluas.

"Ĉu vi freneziĝis? Aŭ ĉu vi sukcesis trovi duan inon kun la sama
nomo? Ĉu nur Marinoj kapablas eksciti vin?

Tomas rigardas ĉirkaŭ si al la mebloj, la bildoj surmure, la libroj
sur bretoj, la pelmelo el ŝuoj surplanke de la vestiblo. Kiam la infa-

noj ne videblas, ĉi tiu hejmo ŝajnas al li ne vere grava, sed nur io, kio ekzistas, ĉar Cecilia volas ĝin. Subite li tamen ekkonscias, ke tio estas idiota sinteno. Sen ĝi, kio li estus?

"Ne ekzistas dua Marina", li diras. "Ŝi estas la sama, kiel ĉiam."

"Do tiu, kiu mortis?" diras Cecilia kun sarkasma mieno.

"Ŝi ne mortis. Ŝi neniam suriris la pramon. Ŝi vivas en Brazilo." Nun eĉ Cecilia mutas dum momento.

"Mi ne kredas vin", ŝi poste diras.

"Tamen tiel estas. Ŝi volis malaperi, kaj hazarde tiu averio helpis ŝin. Kaj ŝi malpermesis al mi rakonti tion al ŝiaj gepatroj."

"Se tio estas la vero, ĝi devas esti krima trompo. Ankaŭ de vi."

"Mi neniam pensis pri tio."

Denove ili ambaŭ silentas.

"Se mi kredus vin, mi tuj rakontus al ŝia familio", diras Cecilia. "Sed mi ne volas prezenti al ili fantaziaĵon. Donu al mi ŝian numeron."

"Ŝi ne havas privatan telefonon. Plej ofte ŝi uzas publikan."

"Do la adreson."

Tomas pripensas. Poste li skribas ĝin sur slipon.

"Vi scias ĝin parkere", diras Cecilia konsternite.

Li ne komentas tion. Ŝi rigardas la slipon.

"Aŭ ĉu vi blufas?"

Li kapneas.

"Dek kvin jarojn mi konas vin", diras Cecilia. "Kaj tamen ne. Dek jarojn mi kunvivas kun frenezulo."

Tomas iras al sia ĉambro kaj elserĉas foton. Li donas ĝin al Cecilia.

"Jen Marina, ŝiaj kolegoj kaj kelkaj infanoj en la brazila orfejo, kie ŝi laboras. Mi ricevis ĝin antaŭ jaro."

Senvorte Cecilia rigardas la gajan aron en ĝangalaspekta ĝardeno. Tomas sentas bezonon malpezigi la preman etoson.

"Por zombio ŝi aspektas sufiĉe bone, ĉu ne?" li diras.

Cecilia ne reagas. Eble ŝi ne aŭdis, kaj tio sendube estus preferinda.

"Mi skribos al tiu brazila adreso", ŝi diras. "Se ŝi telefonos, diru al ŝi, ke mi kontaktos ŝian familion. Ĉu vi havas ilian adreson aŭ telefonnumeron?"

"Mi trovos ĝin."

Tomas telefonas al la orfejo Casa da Esperança por klarigi al Marina kio okazis. Li rapide rakontas pri la malkovro farita de Cecilia.

"Do vi eble devus iel kontakti viajn gepatrojn, antaŭ ol ŝi tion faros."

Marina ne parolemas.

"Nu, mi pripensos. Fakte tio ne gravas al mi", ŝi diras.

Estas mallonga kaj embarasa interparolo. Ili finas kiel kutime per ĝisoj, sed iel ŝajnas, ke li jam duafoje perdis ŝin. Tamen li estas plene okupita de sia vivo kaj ne havas tempon duafoje funebri pro ŝi. Li devas prizorgi siajn du filinojn, plenumi sian laboron, kaj krome klopodi por ripari la rilaton kun Cecilia.

Tuj antaŭ Kristnasko la patrino de Marina telefonas al li dum la vespermanĝo. Li antaŭtimis tiun interparolon, sed Birgitta Aubert ne akuzas lin. Ŝi impresas kiel tre rezignema persono.

"Marina skribis al ni por rakonti, ke ŝi vivas", ŝi diras. "Mi aranĝis, ke la sveda ambasado en Braziljo kontaktu ŝin, sed kio poste okazos, mi ne scias."

"Bone", diras Tomas. "Nu, kredeble la instancoj bezonos iom da tempo por trakti la aferon."

"Mi komprenis de Marina, ke vi estis grava persono por ŝi dum la pasintaj jaroj."

"Mi vere ne povis multon fari", li nebulas, samtempe demandante sin, kial ŝi diras "estis".

"Kion ajn vi faris, tio ŝajne estis ia subteno. Do, mi volas danki vin."

Kion respondi al tio? Ne eblas diri "ne dankinde". Li tute ne atendus, ke la patrino de Marina dankos lin, ĉar li sekretis pri ŝia ekzisto. Nu, ŝia dankemo ne vere sonas tre profunda.

"Ĉu mi rajtas demandi, kiel longe vi sciis?" pluas Birgitta Aubert.

"Nu, mi pripensu… De naŭdek kvin, mi pensas."

Ŝi silente digestas tiun informon.

"Estas tre strange", ŝi poste diras. "Tamen estas bone, ke ni eksciis, antaŭ ol ol estos tro malfrue. Tio estas, ĉar André, ŝia patro, malsanas."

"Mi bedaŭras", diras Tomas, ne kuraĝante demandi, ĉu estas grava malsano.

"Mi ĝojus, se li povus renkonti ŝin ankoraŭfoje", ŝi pluas. "Eble ankaŭ vi povus diri tion al ŝi?"

"Certe mi diros", li tuj respondas. "Tio estas, se ŝi telefonos denove. Nu, ĉiuokaze mi skribos al ŝi, dirante tion."

"Dankon. Nu, mi tamen supozas, ke li ne revidos ŝin."

Post la interparolo kun Birgitta Aubert li staras rigardante Cecilian kaj la du filinojn ĉe la kuireja tablo. Ili manĝas la picon *Paĉjo*, kiun li preparis por ili. Estas vere, ke Cecilia ankoraŭ tre koleras al li. Tamen la kuireja sceno aspektas idilia. Li demandas sin, ĉu Linn kaj Moa kiel plenkreskuloj devos barakti kaj lukti same kiel Marina por liberigi sin el la familio. Kial Cecilia neniam ribelis kontraŭ siaj gepatroj? Li verŝajne neniam komprenos la misteron de familio. Li staras ekstere, rigardante la konduton de nekonata tribo kvazaŭ tra laktovitro. Ĉu li iam sukcesos penetri tra tiu ŝirma barilo?

Daŭras longe ĝis li refoje parolas kun Marina. Sed en februaro ŝi telefonas.

"Saluton Marina! Kiel bone aŭdi vian voĉon denove! Pasis tiom da tempo. Mi ĵus revenis de manifestacio, la unua en mia vivo. Kontraŭ la militminaco de Bush kontraŭ Irako. Kiel vi? Ĉu vi koleras? Mi bedaŭras, sed efektive mi ne kulpas. Estis mia privata detektivino, kiu malkovris la sekreton..."

"Haltu, haltu. Mi komprenas. Eble estis plej bone, mi ne scias. Kompreneble mi ne koleras al vi, stultulo!"

"Bone. Tre bone."

"Sed ĉu vi ekhavis problemon kun Cecilia pro la afero? Mi forte esperas, ke ne."

"Nu. Ne eblas vivi sen problemoj. Mi devos pentofari kelkajn jarojn, sed jen la sorto."

"Bone, ke vi ne tute ĉesis ŝerci."

"Kiel estas ĉe vi cetere?"

"Estas bone. Ĉi tie ĉiuj homoj ankoraŭ preskaŭ deliras pro Lula."

"Pro kio?"

"Pro nia nova prezidento Lula. Tio estas, la malriĉuloj jubilas, la mezklasuloj iom timas. Verŝajne senbezone."

"Mi bedaŭras, sed mi ne tre sekvas la brazilan politikon. Eble mi devus. Tio ŝajnas interesa. Do, ĉu ankaŭ la malriĉuloj ĝojas vane?"

"Ni esperu ke ne. Ni vidos. Cetere, mi ankoraŭ ne decidis, sed eble mi revenos al Svedio."

"Kio? Ĉu vi seriozas?"

"Jes, sed mi ankoraŭ hezitas. Krome necesus, ke oni donu al mi novan pasporton. Mi ne scias, ĉu tio eblas."

"Ĉi-foje tamen ne iru prame."

"Eble vi aŭdis, ke mia patro malsanas."

"Jes. Ĉu grave?"

"Tre grave. Skeleta kancero."

"Ho. Mi bedaŭras."

"Li mortos, kredeble ĉi-jare."

"Terure. Do, vi sendube farus bone, se vi venus ĉi tien."

"Panjo pretas pagi la flugbileton. Sed Tomas, se mi decidus veni, ĉu mi povus loĝi ĉe vi kelkan tempon?"

"Jes ja! Certe! Mi tre ĝojus."

"Malgraŭ Cecilia?"

"Nu, bone. Ŝi iom grumblos, kompreneble. Sed mi pensas, ke estus bone por ŝi. Ŝi mem spertus, ke vi estas tute sendanĝera. Pardonu, sed mi volis diri por ŝi."

"Kaj mi renkontos viajn filinojn."

"Bonege! Marina, vi devos veni!"

Tiu deziro vere efektiviĝas, kvankam nur en la fino de majo. Ŝajne estas iom komplika afero aranĝi la necesajn dokumentojn. Nova pasporto por eksmortinta civitano, ekzemple.

Kiam Marina finfine alvenas en la flughaveno de Stokholmo, atendas ŝin Tomas kaj ŝia patrino. La renkontiĝo estas hezita, mallerta, embarasa. Neniu kuraĝas brakumi, nek kisi, nur manpremi. Tamen baldaŭ la triopo sidas en la aŭto de Tomas, kie li mem ŝoforas, Marina apudas lin kaj la patrino malantaŭas.

Birgitta jam klarigis, ke ŝia edzo tre malsanas kaj kuŝas en hospitalo.

"Vi eĉ ne povos esti certa, ke li rekonos vin, Marina. De du-tri tagoj li parolas nur france, kaj eĉ tio nur pene, ŝajnas."

"Ĉu vere? Do vi ne komprenas lin", diras Marina.

"Ne, mi ne scias la francan", diras Birgitta iom seke.

"Nek mi, sed tio ne gravas. Kiom da tempo la doktoroj prognozas?"

"Ili ne diras precize. Sed ne tre longe, ŝajnas."

La interparolo lamas. Kelkfoje necesas ripeti diraĵon por superi la motorbruon. Ili veturas suden en la frua vespero. La suno oranĝe tralumas maldensan nubaron en okcidento.

"Ĉu vi multe suferis pro la flugado?" scivolas Tomas.

"Nu. Mi daŭre malŝatas tion. Sed ne plu gravas." Preterpasinte Stokholmon, Marina komencas demandi pri la filinoj de Tomas, kaj pri Cecilia. Sed li sentas ian embarason paroli pri ili antaŭ la patrino de Marina.

"Ĉio en ordo pri miaj inoj", li diras. "Ili antaŭĝojas renkonti vin." Marina ridetas sen komenti tion. La ŝoseo E4 plenas je kamionoj kaj stokholmanoj survoje hejmen post la laboro. Do Tomas devas zorge atenti la trafikon por preterpasi malpli rapidajn veturilojn sen kaŭzi incidentojn. Li neniam loĝis en urbego kaj ne tre kutimas je la densaj aŭto-torentoj sur plurkoridora ŝoseo.

"Ĉu vi volas halti ie por manĝi aŭ kafumi?" li demandas pasante tra Södertälje.

Marina kapneas.

"Ne dankon", diras ŝia patrino.

Feliĉe la trafiko maldensiĝas, kaj post du horoj ili proksimiĝas al Norrköping. Tomas veturigas ilin rekte al la hospitalo.

Duonhoron poste, Marina retrovas lin en la hospitala kafejo. Tomas ekstaras.

"Kiel estis? Ĉu li ĝojis vidi vin?"

Ŝiaj okuloj larmas, sed ŝi ne respondas.

"Ni iru ĉe vin", ŝi pene elbuŝigas.

Silente li veturigas ŝin al sia hejmo tra la krepusko de majfina vespero. Alveninte, ili paŝas de la garaĝo unu apud la alia, ĉiu kun valizo de Marina enmane. Akompanas ilin delira kantoduelo de du najtingaloj en proksima arbustaro.

Jam de kelkaj jaroj Tomas kaj Cecilia ne plu loĝas en la malnova apartamento proksime de la urbocentro, sed en moderna vicdomo en okcidenta kvartalo. Tomas eble preferus resti, sed li devis cedi al Cecilia kaj akcepti, ke la nova loĝejo situas en medio pli favora por iliaj filinoj.

Marina proponas, ke ŝi dormu sur la sofo, sed oni jam rearanĝis por la gasto. Linn dume dormos en la ĉambro de sia fratineto Moa, tiel liberigante sian ĉambron por Marina.

"Dankon, Linn", diras Marina. "Vi estas ege gastama, tamen mi hezitas okupi vian ĉambron."

"Ne gravas", diras la sepjara Linn. "Bonvolu preni ĝin."

"Ĉiuokaze temos nur pri la noktoj, ĉu ne? Dumtage vi povos uzi vian ĉambron kiel kutime."

"Bone", diras la knabino.

Marina turnas sin al Cecilia.

"Kiel belan hejmon vi havas! Mi preskaŭ forgesis, kiel oni aranĝas hejmon."

"Ĉu do estas tre malsame en Brazilo?"

"Vere, mi apenaŭ scias. Mi vivas ĉiam en tiu aparta medio, la orfejo. Sed jes, la hejmoj kiujn mi vidis ja aspektas iomete alie. Nu, ne gravas. Gravas, ke mi ege dankas al vi, ĉar vi akceptas gastigi min."

Cecilia ridetas ĝentile.

"Ne dankinde. Kompreneble ni helpas, se vi ne povas loĝi ĉe via patrino."

Dum kelkaj tagoj Marina alternas inter la hospitalo kaj la hejmo de Tomas. Post la unua renkontiĝo, ŝi ne plu aperas same tuŝita revidi sian patron. Ŝi entute ne parolas pri la gepatroj proprainiciate.

"Ĉu vi povis interparoli kun li?" demandas Tomas.

"Apenaŭ. Mi iomete parolis, sed ne certas, ĉu li komprenas."

"Ĉu li tamen rekonas vin?"

"Eble. Estas dube."

La du filinoj rapide amikiĝas kun Marina. Cecilia restas neŭtrale ĝentila.

"Oni vere rimarkas, ke vi kutimas je infanoj", ŝi diras. "Sed vi sendube trovas la niajn malbone edukitaj."

"Male. La niaj plejparte estas tute needukitaj. Kelkaj vivis surstrate, aliaj en familioj kaosaj aŭ malriĉegaj. Ni ja strebas eduki ilin, sed ne ĉiam sukcese. Pluraj estas idoj de dekkelkjarulinoj, kiuj mem bezonus edukadon."

"Ĉu vi intencas reiri tien?" scivolas Cecilia.

"Mi ankoraŭ ne decidis, kion fari poste. Eble mi reiros, eble mi restos. Mi vidos. Ĉi-momente mi ne povas pensi pri tio."

Tomas ŝatus diri, ke ŝi povas resti ĉe ili tiel longe, kiel ŝi volas. Sed antaŭ Cecilia ne facilas tion formuli. Li ĝisatendos pli bonan okazon.

Ĉapitro 28

Marina 2003

La patro kuŝas kun fermitaj okuloj kaj malstreĉita buŝo. La tuta vizaĝo kvazaŭ kolapsis. La dekstra mano liberas, ĝi estas granda kaj duone fermita. Li spiras malprofunde kaj siblante, per mallongaj spiroj. Li ricevas envejnan pogutaĵon el travidebla sako sur metala stablo, kaj maldika plasta tubo estas fiksita al liaj naztruoj.

Panjo sidas apud la lito legante romanon, kiam Marina eniras la ĉambron.

"Ĉu iu ŝanĝiĝo?"

Panjo rigardas unue la senmovan korpon sub hospitala littuko. Poste ŝi ĵetas ekrigardon al Marina.

"Videble ne. Laŭ la doktoro ne eblas diri, kiom da tempo tio daŭros."

"Ĉu vi pensas, ke li ankoraŭ ion aŭdas?"

Panjo ne respondas, sed ŝiaj okuloj cedas.

Marina rigardas ĉirkaŭ si en la ĉambro. Ĝi aspektas same kiel en la lastaj tagoj. Kiam ŝi alvenis antaŭ tri tagoj, la dua lito ankoraŭ estis okupita de alia paciento. Sed oni movis tiun aliloken, kaj de tiam ŝia patro kuŝas sola ĉi tie. En la ĉambro odoras je lesivo kaj ia medikamento.

"Do, ĉu li nenion plu diris?" ŝi demandas.

Panjo nur svage kapneas.

La lastaj vortoj de la patro aŭdiĝis en la tago post la alveno de Marina. "Ça fait mal, tellement mal", li ĝemis. Laŭ Panjo, jam de semajno li ne plu kapablis diri ion svede, nek Esperante. Nek Panjo nek Marina bone komprenis lian francan ĝembalbutadon, krom tion, ke doloras al li. Ili alvokis flegistinon, kaj kun la pliigita pogutado de morfino ĉesis la ĝemoj same kiel la paroloj.

Kiam Marina unuafoje aperis antaŭ li, tio ŝajne maltrankviligis lin. Li provis diri ion, necerte kion. Al Marina tio sonis kvazaŭ "Bibi". Tiel li kutimis nomi sian edzinon Birgitta, do eble li konfuzis la filinon kun la edzino. Sed poste li ne plu reagis al ŝia vizaĝo.

Marina tiras seĝon ĝis la lito kaj sidiĝas apud Panjo. Poste ŝi denove stariĝas, deprenas la malpezan mantelon kaj pendigas ĝin seĝodorse.

"Do, oni pensas ke li longe suferos, ĉu?" ŝi diras post iom.

Refoje Panjo ne respondas sed turnas paĝon de sia libro.

"Bone tamen, ke oni pliigis la morfinon", Marina aldonas. "Espereble li ne plu devos senti doloron."

"Sed mi sentas ĝin", seke mallaŭtas la patrino.

Marina ne scias, kion ŝia panjo volas diri. Subite ŝi ekpensas, ke Paĉjo volis regi la vivon ne nur de la filino, sed eble ankaŭ de la edzino. Ŝi memoras, ke Panjo volis rekomenci sian laboron kiel bibliotekisto. Paĉjo sukcesis prokrasti tion, ĝis Marina komencis la trian klason. Kaj eĉ tiam la gepatroj malkonsentis pri kiom da horoj ŝi laboru. Tamen, dum Marina fine eskapis el la familio, almenaŭ fizike, Panjo restis ĝisfine. Ĝis nun. Ĉu ŝi volis liberiĝi? Ne eblas demandi.

La fenestro rigardas orienten. La helblua kurteno duone ŝirmas la fenestron. Strio de sunbrilo malrapide migras dekstren surmure kontraŭ la lito. Eksterdome blovas brizo kaj ne tre varmas, sed ĉi-ene estas preskaŭ sufoke.

Estas la unua de junio, la naskiĝtago de Marina. Ĉi-matene ŝi ricevis kukon kaj kafon jam kuŝante enlite, kaj la du filinoj de Tomas kantis al ŝi. Sed ĉi tie nek Panjo nek ŝi mem pensas pri tio.

Panjo turnas sin al Marina.

"Ĉu vi bone dormas tie, ĉe tiu Tomas? Ili havas infanetojn, ĉu ne? Hejme vi ja havus trankvilon kaj silenton."

Marina rigardas la patron en la lito, sekvas lian spiradon.

"Li aspektas tiel malsama. Mi ne rekonus lin, se mi ne scius, ke estas li."

"Vi forestis dumlonge."

"La vizaĝo... Liaj trajtoj viŝiĝis."

Ŝi refoje rigardas ĉirkaŭ si en la ĉambro.

"Estas ege nude ĉi tie. Mi eble devus aĉeti kelkajn florojn. Eble narcisojn aŭ tulipojn."

Panjo striktigas la lipojn.

"Al kio ili servus? Li plu rimarkas nek vin nek ian florojn."

"Tamen, tio estus pli bela."

"Florojn aŭ ion ajn vi devus alporti pli frue."

Marina meditas kelkan tempon.

"Tio ne eblis."

Ili silentas. La spiroj de la patro raspe siblas.

"Ĉu oksigenon li ricevas el tiu tubeto?" demandas Marina.

Panjo kapjesas.

El alia ĉambro aŭdiĝas zumanta signalo kaj voĉo vokanta pri helpo. Paŝoj klakas tra la koridoro. Marina stariĝas kaj rondiras ĉirkaŭ la lito. Sur la litotablo kuŝas franca-sveda vortaro.

"Ĉu vi alportis ĉi tiun?" ŝi demandas la patrinon.

"Jes."

"Kaj ĉu ĝi helpis?"

Ŝi kapneas.

Kompreneble ne, pensas Marina. Kiam Panjo konstatis, ke restas al li nur la gepatra lingvo, se eĉ tiu, li sendube jam tro malklare balbutis. Kaj cetere la franca ortografio ne faciligas la aferon.

Ŝi memoras la semajnojn en Francio kun Paĉjo, kiam ŝi estis dekdujara. La avinon kaj la gekuzojn, kun kiuj ŝi ne povis paroli sen helpo de Paĉjo. Eĉ ne kun lia helpo, ĉar li neniam povis interpreti sen mem transpreni la rolon de disputanto. Ŝi memoras kafejan kelneron, kiu diris al ŝi nekompreneblajn francajn petolaĵojn. Kaj la mamzonon el Parizo. La tiklan eksciton, kiam ŝi sekrete surmetis ĝin antaŭ banĉambra spegulo en hotelo ie en norda Francio, survoje hejmen. Aŭ ĉu en Nederlando, kie Paĉjo rigardis iun loĝkvartalon?

La Pariza mamzono poste ne fariĝis tia atuto en la lernejo, kiel ŝi antaŭe imagis. Efektive ĝi aspektis simile kiel tiuj de la samklasaninoj, aĉetitaj en sveda magazeno. Sed tiu unua elprovado ie en hotela banĉambro restis kiel sekreta triumfo.

Marina refoje rondiras en la ĉambro. Ŝi rigardas tra la fenestro al kelkaj altaj pinoj, kiuj balanciĝas pro la vento. La arboj ĉi tie kaj la tuta naturo ŝajnas al ŝi ege strikta, solena. Kvazaŭ ermite asketa, konvena al tombejo. Neniam antaŭe ŝi pensis, ke ĝi estas tia.

Poste ŝi stariĝas ĉe la lito.

"Ĉu vi malsatas?" ŝi demandas la patrinon. "Mi povus alporti ion. Ĉu kafon? Aŭ resti ĉi tie, se vi iros al la kafejo."

La patrino kapneas.

Marina rigardas la patron.

"Ĉu vi certas, ke li nenion aŭdas? Mi ne scias kion senti. Ĉu mi ankoraŭ devas timi lin aŭ ne."

Panjo rigardas ŝin akre.

"Vi neniam havis kaŭzon timi Paĉjon", ŝi diras.

Marina refoje rondiras. Ŝi apogas la manojn al la fenestrobreto, pinĉetas plastan folion de la artefarita planto staranta tie. Ĝi estas iomete grasa kaj plena je polvo.

"Certe ne necesis timi lin", pli mallaŭte ripetas Panjo. "Li neniun perfortis. Neniun ajn."

Marina pensas pri la knabineto, kiun Paĉjo venigis el publika strando kaj devigis reiri ĝis la senĝena ŝtona golfo. La pala kaptito, kiun li poste senvestigis per malmolaj manoj kaj ĵetis en la akvon. La knabino, kies sola eskapo estis fuĝi en revojn. Pasis preskaŭ tridek jaroj, sed ie tiu dekjarulino daŭre restas, same sendefenda kiel iam sur la jukiga plejdo inter alnoj kaj pinoj.

Oni frapas al la pordo, kaj juna flegistino envenas. Ŝi salutas ilin, paŝas ĝis la patro en la lito kaj kliniĝas super li. Lia spirado sonas kiel antaŭe.

"Ĉu vi pensas, ke daŭros longe?" diras Marina.

La flegistino rektiĝas kaj pale ridetas pardonpete.

"Mi bedaŭrinde ne povas diri. Tio ege malsamas de kazo al kazo."

Ŝi kontrolas la pogutan saketon. La patrino tusetas.

"Ĉu troviĝas ŝanco ke li rehavos la konscion, tio estas dum kelka tempo?"

La flegistino rigardas ŝin kaj mienas koncernite.

"Ja ne maleblas, sed ne estas tre probable."

Dum kelka tempo ili ĉiuj tri rigardas la patron en la lito, poste la flegistino pardonpetas kaj iras al la pordo. Ŝiaj kitelo kaj pantalono krete blankas en la sunlumo.

"Bonvolu simple averti nin, se vi volas demandi pri io aŭ bezonas helpon", ŝi diras.

Kiam ŝi malaperis, Panjo demetas la okulvitrojn, metas la libron en sian sakon pendantan sur la seĝodorso, kaj stariĝas.

"Mi bezonas tason da kafo kaj buterpanon. Ĉu vi restos dum mi iros al la kafejo?"

"Jes, kompreneble."

"Ĉu mi aĉetu ion por vi?"

"Ne, dankon. Aŭ atendu, eble tamen pomon."

"Bone. Mi supozeble bezonos kvaronhoron."

Kiam Marina iĝas sola kun la patro, ŝi ekstaras ĉefenestre kaj rigardas al la granda parkumejo. Trans tiu videblas arbaro dekstre kaj kelkaj domegoj maldekstre. Eble temas pri domoj, de kiuj la patro iam desegnis iun parton. Ŝi tiras kurtenon flanken, tiel ke la suna parto de la planko pligrandiĝas. Poste ŝi residiĝas ĉe la lito.

Malfacilas kompreni, ke la senpova figuro kuŝanta tie estas la sama persono, kiu decidis tiom da aferoj en ŝia vivo. Kiel li povis trudi al ŝi tion kaj nei al ŝi alion? Decidi, kion ŝi manĝu, kiel ŝi vestu sin, kiel ŝi vivu. Kateni ŝian liberan volon.

"Bone", ŝi diras, turnite al la patro. "Mi pensis, ke ni interparolos."

Lia mallaŭta spirado sonas maŝineca. El la koridoro sonas klakado de ŝuoj.

"Tamen, kial do? Kial interparoli nun, se vi neniam antaŭe zorgis aŭskulti min?"

Denove silentas. El ie ekstere aŭdiĝas fora sono de ventolilo.

"Se mi almenaŭ estus knabo. Tiam vi eble atentus min."

Ŝi klinas sin antaŭen, etendas la manon kaj kaptas la tubeton ĉe lia nazo.

"Ĉu tiu oksigeno iel utilas al vi? Ĉu vi rimarkas la diferencon?"

Ŝi forigas la tubon de liaj naztruoj kaj gapas al lia vizaĝo. Nenio ŝanĝiĝas. La mallongaj spiroj pluas kiel antaŭe. Ŝi remetas la tubon, ŝovas la seĝon malantaŭen, stariĝas kaj rapide paŝas al la lavpelvo apud la pordo. Ŝi turnas kranon, lavas la manojn kaj la vizaĝon kaj sekigas sin per kelkaj paperaj viŝtukoj.

Panjo jam revenis. Ŝi aĉetis du ĵurnalojn, sed neniu rigardas ilin. Marina manĝas sian pomon, dum la patrino ŝajne revas, sidante sur la seĝo el metaltuboj. La patro kuŝas senmova kiel antaŭe.

Marina iras ĝis la litotablo, eltiras kesteton kaj prenas etan radioricevilon en formo de kuseno. Ŝi ŝaltas ĝin. Mallaŭta voĉo disfluas en la ĉambron. Aŭdiĝas preskaŭ nur la altaj tonoj, kvazaŭ intensa flustrado.

Ŝi rigardas la horloĝon.

"Novaĵoj", ŝi diras.

Ŝi ŝanĝas kanalon al iu kun kontrea muziko. Poste ŝi vidas la malŝatan mienon de Panjo, malŝaltas la aparaton kaj remetas ĝin en la keston. Ŝi residiĝas kaj plumanĝas sian pomon.

"Kion vi volis diri per tio, ke vi timas lin?" diras Panjo.

Marina dum momento ĉesas maĉi.

"Nenion. Aŭ, mi eraris. Mi ne plu timas. Mi konstatis tion, kiam vi iris al la kafejo."

"Sed kial? Li ja neniam faris al vi ion?"

"Ĉu ne? Sed ne temas pri tio. Temas pri liaj juĝoj. Liaj decidoj. Ke mi neniam estis konsiderinda."

"Li deziris al vi ĉion bonan", diras Panjo. "Ĉiam ĉion plej bonan."

Marina mordas la pomon ankoraŭ kelkfoje kaj iras ĵeti la semujon en paperujon. Ŝi plu maĉas kaj glutas antaŭ ol residiĝi. Dum momento ŝi refoje kuŝas baraktante, nuda en malvarma akvo, dum la ruĝa kaj grimacanta vizaĝo de Paĉjo iel ŝvebas ĉie ĉirkaŭ ŝi.

"Eble", ŝi diras. "Sed neniu krom li mem rajtis havi opinion pri tio, kio estas plej bona."

Ŝi rigardas sian patron, kiu kuŝas same senmova kiel antaŭe. La brusto apenaŭ rimarkeble altiĝas kaj malaltiĝas sub la flava hospitala kovrilo.

"Vi devus kompreni", diras Panjo. "Li estis edukita tiel. Cetere vi troigas."

"Do, kulpas la geavoj, ĉu? Kaj kiu edukis ilin? La prageavoj. Nu, feliĉe tio ne pluos."

La patrino silentas, turnante sian vizaĝon for de la filino.

Marina provas unge forigi pomŝelon el inter la dentoj. Dume la patrino klinas sin antaŭen kaj palpas la vangojn de la patro. La raspa sono aŭdiĝas eĉ ĝis Marina.

"Jam pasis kelkaj tagoj de kiam oni razis lin", ŝi diras. "Eble mi devus peti pri tio. Li ne ŝatus havi barbon. Li ĉiam zorgemis pri sia razado, eĉ libertempe."

Marina notas, ke Panjo jam parolas pri sia edzo en is-formo, sed ŝi ne komentas tion.

"Nu, mi atendos ĝis morgaŭ", pluas la patrino. "Espereble nenio okazos ĉi-nokte. Mi vere bezonas dormi plenan nokton."

Ŝi turnas sin al Marina.

"Ĉu vi restos ĉi-nokte?"

Marina kapjesas farante konsentan sonon.

Ial aperas al ŝi imago de Paĉjo sur la insulo de Avo kaj Avino. Tie li ne estis tute la sama persono kiel aliloke. Ŝajne neniu tie prenis lin serioze, eĉ ne Panjo. Li estis malpli parolema ol kutime, kaj kiam li diris ion, neniu vere atentis tion. Ŝi scivolas, kiel li mem sentis en tiu situacio, ĉu li suferis pro ĝi.

Tamen neniam okazis kvereloj, krom eble iomete, kiam onklo Stig foje mokis sian bofraton. Marina supozas, ke Paĉjo sentis malpeziĝon, kiam ili reiris hejmen post kelkaj tagoj surinsule. Sed ŝi ne memoras lin iam ajn kritiki siajn bogepatrojn. Estis io ĉe ili, kion li ne povis tuŝi.

Estas posttagmezo, kaj la sunstrio surmure jam malaperis, tamen restas same varme kiel antaŭe en la malsanula ĉambro. Panjo iras verŝi tason da akvo el la krano.

"Ĉu vi volas?"

"Ne dankon."

Panjo trinkas kaj poste forĵetas la plastan tason. Ŝi aliras palpi la pogutan sakon de la patro.

"Ĉi tiu sendube baldaŭ elĉerpiĝos. Ni eble devus peti pri nova."

Marina stariĝas, ankoraŭfoje rondiras en la ĉambro, haltas ĉe la fenestro. Ekstere la vento ĉesis. La pinoj senmovas kontraŭ pale blua ĉielo. Deko da grizaj mevoj rondflugas super la parkumejo, sed ilia blekado ne atingas ĝis en la ĉambro. Ŝi returnas sin enen.

"Mi devas viziti necesejon", ŝi diras.

"Bone. Vi scias, kie ĝi estas."

Ŝi eliras. Ŝia patrino levas ĵurnalon kaj iel distrite foliumas preter raporto pri la kreskanta gejunula drinkado je la abiturientiĝo.

André kuŝas kiel antaŭe kun fermitaj okuloj kaj preskaŭ senviva vizaĝo. La spiroj mallongas. Li enspiras kun leĝera siblado, poste la aero elfluas flirtigante la naztruajn harojn. La paŭzo inter ĉiu spiro malsame longas.

Birgitta turnas paĝon. André enspiras kaj elspiras, kaj poste estas silento. Ŝi levas la rigardon kaj kliniĝas al la edzo. Ŝi metas la ĵurnalon sur la vakan seĝon apude, observas lian vizaĝon. Ĉio silentas, senmovas. Tiam venas ankoraŭ unu enspiro, pli mallonga ol la antaŭaj. La aero malrapide eliĝas. Birgitta senmove rigardas lin.

Marina revenas de la necesejo. Ŝi levas la ĵurnalon kaj sidiĝas, etendante ĝin al sia patrino.

"Mi pensas, ke jen la fino", diras la patrino ne rigardante Marinan.

"Kio?"

Ili ambaŭ rigardas la palgrizan vizaĝon de la patro. Ĝi senmovas kiel antaŭe. Ne plu aŭdiĝas spirado. La naztruaj haroj ripozas. Marina rigardas Panjon. Ĉio ŝajnas tre ĉiutageca. Videble preskaŭ nenio ŝanĝiĝis. Kiel tio eblas, se ŝia patro ĵus mortis?

"Nu. Mi pasigis maksimume du minutojn en la necesejo."

"Vi volas diri, ke li profitis de la okazo, ĉu? Tamen li ne konsciis vian ĉeeston. Nenies ĉeeston."

Marina rigardas la patron kaj poste siajn manojn. Ŝi malrapide balancas la kapon masaĝante orellobon. Estas tute silente en la ĉambro.

"Ĉu li iam konsciis ĝin?" mallaŭtas Marina.

"Vi estis dek jarojn en Brazilo", diras la patrino. "Dek jarojn neekzistanta."

Marina rigardas ŝin. Ŝi stariĝas kaj malfermas la buŝon, sed venas neniu sono. Ŝi ne diras, ke ŝi estis dudek jarojn ĉi-urbe, same neekzistanta al Paĉjo. Dum kelka tempo ŝi spiras peze, fikse rigardante sian patrinon. Poste ŝi residiĝas ĉe la lito de la patro. Ŝia vizaĝo ruĝas. Ŝi metas sian dekstran manon sur tiun de la patro. Ĝi estas nek varma nek malvarma.

"Kredeble ni devas averti ilin", diras la patrino.

"Atendu iomete", petas Marina.

Ŝi sentas, kvazaŭ ŝi unuafoje tenus la manon de sia patro.

Ili ambaŭ sidas silente, rigardante la kolapsintan vizaĝon de la patro. La vangoj havas grizan tonon pro la barbostoploj. La okuloj estas fermitaj, la buŝo duonaperta. En la buŝangulo videblas iom da sekiĝinta salivo.

"Ni eble devus fermi la pogutadon", diras Marina. "Kaj la oksigenon."

"Sendube ili faros tion. Mi eliros paroli kun flegistino", diras Panjo kaj stariĝas.

Ŝi eliras el la ĉambro. La pordo mole fermiĝas, kaj la sono de ŝiaj paŝoj malaperas for. Marina klinas sin antaŭen kaj ankoraŭfoje glatumas la grandan, senmovan manon de la patro. Poste ŝi rektiĝas kaj atendas.

Ĉapitro 29

Tomas 2005

En la dua semajno de januaro uragano trairas la sudan parton de Svedio, faligante arbojn en same granda kvanto, kiel normala jara rikolto en la tuta lando. Ankaŭ en la urbo Norrköping falas arboj, sed Tomas same kiel aliaj urbanoj ne tre suferas pro tio. Li trovas sin en alia ŝtormo.

La tuta familio estas kolektita en la salono. Cecilia sidas sur la sofo kun la knabinoj ambaŭflanke. Tomas sur seĝo. Li volas sidi sur io stabila, ne tro mola. Kunvokis ilin Cecilia, kaj ŝi ekparolas. Ŝi direktas sin al la filinoj. Almenaŭ ŝajne.

"Paĉjo ne plu amas nin. Tial li forlasos nin."

Li trovas tiun diraĵon tiel kliŝa, ke ne eblus eldiri ĝin eĉ ŝerce. Tamen liaj oreloj sen ajna dubo registras, ke ĝuste tiujn vortojn diras Cecilia al Linn kaj Moa, dum li stulte kaj senpove apudas. Kaj pri ŝerco ne temas.

Kiel do reagi al tio? Ĉu per "Panjo forpelas min"? Ne. Li devas resti trankvila. La knabinoj devas senti, ke la vivo pluas, nur iomete alie.

"Aŭskultu, Linn kaj Moa", li diras. "Vi ja scias, ke mi amas vin same kiel ĉiam, ĉu ne? Vi tutsimple estonte loĝos en du lokoj. Tio ne estas terura."

"Jen estas via hejmo", diras Cecilia. "Ĉi tie vi plu loĝos. Paĉjo foriros, sed vi povos viziti lin, se vi volos."

Li suspiras.

"Ne, Cecilia. Ne diru tiel, mi petas. Ne temos pri vizitoj. Aŭskultu…"

"Do, vi disiĝos", diras Linn. "Ankaŭ la gepatroj de Ebba disiĝis. Nun ŝi loĝas unu semajnon ĉe la panjo kaj unu ĉe la paĉjo. Ŝi diras, ke tio estas laciga. Ŝi ĉiam forgesas aferojn en la alia hejmo."

"Tamen, tion ni facile solvos", diras Tomas. "Se vi postlasos ion, ni simple iros alporti ĝin."

"Mi ne volas alian paĉjon", subite diras Moa per larmoplena voĉo kaj kun tremanta suba lipo.

Cecilia brakumas ŝin.

"Kolombeto, kion vi diras? Ne temas pri alia paĉjo. Kompreneble ne. Vi kaj Linn loĝos ĉi tie kun mi. Ne ploru."

"Kie vi loĝos, Paĉjo?" demandas Linn. "Ĉu mi havos propran ĉambron tie?"

"Vi kaj Moa havos vian komunan ĉambron. Ni luos apartamenton en la kvartalcentro. Vi paŝos en kvin minutoj inter Panjo kaj mi."

"Ĉu kvin minutoj?" ekkrias Cecilia. "Prefere dek kvin. Kaj necesas transiri la tramvojon."

"Bone, ni diru dek. Kaj ne eblas ne aŭdi la tramon jam de fore. Ĝi klaktintas tiel ke ĝi vekas mortintojn."

"Nu, veki mortintojn estas via specialaĵo, ĉu ne?"

Tomas trovas tion la plej humura, kion Cecilia diris en pluraj monatoj, kaj li ŝatus ridi. Sed li ne povas. Cetere, ĉi-momente ŝi kredeble ne aprezus ridon.

Li rigardas ĉirkaŭ si. Kelkajn objektojn li povos kunporti al la nova loĝejo. Siajn librojn. La reproduktaĵon de Chagall, kiun li havis surmure jam en sia ĉambro ĉe onklo Arne antaŭ jarcento. Ĝia rando estas taŭzita, kaj Cecilia jam de jaroj volas forĵeti ĝin. La ruĝa koko kaj la viola bovino kun du kapoj de amantoj neniam vere plaĉis al ŝi.

"Kion li volis diri per tio?" ŝi iam demandis.

Al tio li povis nenion respondi. Nun ŝi havos laŭplaĉe, koncerne Chagall.

Antaŭ kelka tempo Tomas eksciis, ke Marina je aĝo de tridek naŭ jaroj rekomencis studi. Ŝi studas literatursciencon ĉe la universitato de Lund kaj loĝas en apuda Malmö, kvarcent kilometrojn sude de ĉi tie. Do, lia divorco de Cecilia ne okazas pro Marina.

Tamen, ŝia ekzisto sendube iel rolas en la fono, klarigante kial Cecilia finfine decidis rezigni pri sia ambicio krei feliĉan familian vivon kun Tomas. Iom malfrue, li pensas, kiam la filinoj jam aĝas ok kaj ses jarojn.

La plej decida kialo tamen estis Tove, studentino en la historia instituto, kiu partoprenis en projekto de Tomas. Nun ŝi jam estas for. Ŝi transloĝiĝis al Upsalo, kie estas instituto pli granda kaj pli prestiĝa.

Li ne povas aserti, ke Tove delogis lin. Tomas jam kelkfoje renkontis studentinojn, kiuj evidente testis sian logan povon al li. Okazis malfruaj vizitoj en lia laborĉambro. Iu klinis sin antaŭen por serĉadi en sia sako, montrante pli ol kutime malfermitan dekoltaĵon. Aŭdiĝis aludoj pri soleca vespera studado. Iu alia ŝajnigis interesiĝon pri liaj esploroj. La signoj aperis jen kaj jen, sed li neniam elprovis, ĉu temas nur pri provoka testo aŭ vera invito.

Ĉe Tove estis alie. Ŝi aĝas kelkajn jarojn pli ol la plej multaj studentoj kaj estas nedubeble ambicia. Ŝi ja montris interesiĝon pri lia laboro, sed evidente pli multe pri siaj propraj ideoj, kiuj tute ne estis malbonaj. Sendube ŝi prosperos pri siaj esploraj studoj tie en Upsalo. Se iu delogis iun, pli vere do Tomas ŝin.

Kion li efektive sentis pri ŝi? Ne facilas difini. Ĉu amon? Nu, tio eble estus troigo. Ĉu nuran seksallogon? Sendube tio rolis, sed ne plej esence. Li ja havis akcepteblan seksan vivon kun Cecilia. Ne tro oftan, sed pri tio sendube kulpis ili ambaŭ, kaj la filinoj, se entute troviĝas kulpo. Sed ĉe Tove li trovis ion plian. Ŝian junecon, evidente. Ja estis aĝa diferenco de pli ol jardeko. Pli grave, eble, ŝian vivecon kaj fidon je prospera kaj sencohava estonteco por si mem. Jes, ŝi estis kreditoro de la estonteco, kaj Tomas volis dividi ŝian bonhavon. Kompreneble tio estis iluzio. Fakte, eĉ ne iluzio, nur fantazio, je kiu li neniam vere kredis, sed kiu tamen dume donis al li la senton vivi pli intense ol kutime. Evidente la afero devis finiĝi per kraŝo. Por li, tio estas. Tove ne kraŝis, ŝi nur forbrosis de si la polvon kaj pluiris al Upsalo.

Ĉu vere? Ĉu li kredas tion? Ŝajnas neeble. Verŝajne ankaŭ ŝi ekhavis kontuzojn. Certe ŝi ne montris ilin al li. Sed ĉu li malkaŝis al ŝi, ke li krevigis sian familian vivon pro tiu stulta iluzio, per kiu li neniam sukcesis trompi eĉ sin mem?

Tove estis la unua persono, kun kiu Tomas malfidelis al Cecilia, kaj li ripetas al si, ke li neniam havis seriozan intencon. Supozeble ankaŭ Tove ne. Do, se ne estus pro la longa ĵaluzo de Cecilia rilate al Marina, ŝi eble povus pardoni al li ĉi tiun aferon. Ŝi ja estas sufiĉe pacienca persono. Kaj ŝi verŝajne ankoraŭ amas lin. Tion li kredas.

Eble tial ŝi ne povas pardoni lin. Eble ŝi sentas, ke ŝi ne estas la plej grava persono en lia vivo, nek iam estos.

Kiu do plej gravas al li? Evidente la filinoj. Kaj koncerne la divorcon, lia ĉefa timo estas, ke li perdos ilin. Certe ne tuj, sed eble ŝi iom post iom sukcesos konvinki la knabinojn, ke "Paĉjo ne plu amas nin".

La unuan de marto li ekdisponas la apartamenton. Li transportas siajn malmultajn aĵojn iom post iom. Poste li iras al IKEA kun la filinoj por aĉeti al ili litojn, tablon, lampojn kaj entute ĉion, kio necesas. Ili amuziĝas. Unuafoje en sia vivo ili elektas por si meblojn, kvankam Paĉjo fine decidas. Sed lastatempe Paĉjo estas pli ol kutime persvadebla. Kompreneble Linn protestas, ĉar ŝi devas dividi ĉambron kun Moa. Ĉe Panjo en la vicdomo ĉiu havas la sian.

"Mi pensas, ke vi ŝatos ĉi tion. Vi ja ne tre ofte kverelas. Kiam mi estis infano, mi ŝatus loĝi kun frato aŭ fratino. Sed mi havis neniun."

Linn pripensas tion dum kelka tempo. Poste ŝi suspiras kun aktora talento.

"Sed ŝi palpos miajn aĵojn. Ŝi estas diable palpema."

Li ridetas pri ŝia sakraĵo.

"Kaj mi ne povos inviti amikinojn ĉi tien!" ŝi pluas.

"Certe vi povos."

"Kaj ni eĉ ricevis la malgrandan dormoĉambron. Kial vi prenis la grandan? Vi estas nur unu!"

"Ĉar ĝi estos dormoĉambro kaj laborĉambro. Kaj mi loĝos ĉi tie ĉiusemajne, dum vi nur ĉiun duan."

Linn ne rezignas sian mienon de ofendito, tamen li sentas, ke ŝi plu paŭtas ĉefe pro principo.

Post du semajnoj en la nova loĝejo, Tomas ricevas leteron plusenditan de la antaŭa adreso. Ĝi enhavas mallongan mesaĝon de Olle Molin, loĝanta en la urbo Gävle. Tomas malfaldas la tekston, kiu estas mane skribita per grandaj, malregulaj literoj.

Al Tomas Swärd, en februaro 2005

Mi ekkonis vian Patrinon Gunnel Swärd en 1963 en la Aŭtuno. Mi unue renkontis ŝin dum koncerto en la Popola Parko. Mi memoras ke kantis Gunnar Wiklund kiu estis tre populara en tiuj jaroj kaj Gunnel venis tien ĝuste pro li. Mi dancis kelkajn dancojn kun ŝi kaj poste ni estis Kune dum unu jaro. Somermeze ni estis kune en Köpingsvik kaj tiam vi Estiĝis. Sed ŝia Patro ne ŝatis min pro klaĉado de alia Virino kaj ia batalo. Mi volis daŭrigi kun Gunnel sed ŝi ne volis pro la Brando. Mi vizitis ŝin kelkfoje kaj vidis vin sed poste ni disiĝis iom post iom kaj ŝi havis alian Viron sed li eble ne restis pro la ido kaj poste mi Transloĝiĝis al Stokholmo. Mi aŭdis de miaj Fratoj ke ŝi mortis sed tiam mi estis malsana. Mi volis renkonti vin sed eble ne gravas al vi. Mi nun estas Pensiulo. Vi havas Duonfraton Johan kaj fratinon Anna. Via Patro Olle.

Ne aperas kompletaj nomoj nek adresoj de la duongefratoj, sed pri tio sendube povus helpi Olle Molin, se li petus. Vere, li ekscias malmulte pri sia historio. Klaĉado kaj batalo iel ĝenis la interrilaton, kaj krome brando. Kaj iu kantisto, kiun li tute ne konas, ŝajne kulpas pri lia ekzisto. Ĉu eble Panjo iam kantis al li kantojn de tiu Gunnar Wiklund? Li eble memorus tion, se li aŭdus ilin. Ie li provu trovi tiajn. Ekzistas bona butiko de malnovaj muzikdiskoj en la urbo, sed li ne certas, ĉu eblas trovi ion tian.

Ĉu li provu kontakti la patron kaj la gefratojn? Indas pripensi. Eble li prefere atendu iom. Ĉu la gefratoj entute scias, ke li ekzistas? Kion fari? Li decidas prokrasti la decidon.

La kvinan de aprilo li festas sian kvardekjariĝon. Li demandas sin, ĉu eble tio estas la kaŭzo de ĉio. Ĉu tiu aĝoŝtupo, kiun li vidis alproksimiĝi antaŭ si, estis motivo stultumi kun la malpli ol tridekjara Tove? Tamen li neniam antaŭe zorgis pri jaroj kaj datrevenoj. Li ja bone konscias, ke li maljuniĝas je tute regula ritmo, ĉiujare, ĉiutage, ĉiusekunde. Li ŝatus diskuti ĉi tion kun Marina. Sed eble tiu temo ofendus aŭ malagrable tuŝus ŝin. Ili ja estas pli-malpli samaĝaj. Ankaŭ ŝi festos kvardek jarojn ĉi-jare, post du monatoj, se li ĝuste memoras. Kaj ŝi jus rekomencis studi ĉe universitato. Eble ankaŭ ŝi renkontis iun pli junan. Ne je jardeko, tamen. Tio kredeble ne okazas al virino. Sed je kelkaj jaroj. Ĉu ĉio en iliaj vivoj efektive estas nur kvardekjara krizo?

Vendrede vespere Tomas aranĝas etan festenon en sia nova hejmo. Partoprenas kelkaj kolegoj kaj du malnovaj amikoj. Je lia granda ĝojo alvojaĝas ankaŭ Marina el Malmö.

"Mi sentas kulpon pri via divorco", ŝi diras al Tomas.

Li rigardas ŝin mire, dum kolego sidanta apude montras intereson.

"Nu", ŝi pluas, "ĉar mi diris, ke vi nutru ŝian ĵaluzon. Tio estis eraro, evidente."

"Hm. Eble dependas de tio, per kio oni nutras ĝin. Se nur per vege-
taĵo, estas sendanĝere. Sendube la karno kaŭzis la problemojn."

Ŝi ridas senkomente.

Nun la kolego turnas sin al Marina.

"Do, ĉu vi estas tiu fama telefona voĉo el Brazilo?"

Ŝi ridetas.

"Nuntempe nur el Malmö, kaj ne tre fama."

Tomas rigardas la etan aron, kiu kolektiĝis por celebri lian
mezaĝon.

"Mi volis inviti ankaŭ Micke", li diras al Marina. "Li ja kulpas pri
ĉio, ĉu ne? Li konatigis nin. Sed li nuntempe laboras en Norvegio."

"Ho, Micke. Mi jam preskaŭ forgesis lin. Sed li ne kulpas. Fakte,
nek mi, se mi pensas pli funde. Ĉiu devas respondeci pri si mem."

La festeno ne tre viglas, kaj baldaŭ la gastoj komencas rigardi siajn
horloĝojn.

"Ĉu vi ŝatus eliri ien?" proponas unu el la kolegoj.

Sed neniu entuziasmas pri trinkejo aŭ restoracio.

"Mi jam tro maljunas", diras Tomas.

Do, iom post iom la gastoj foriras. Nur Marina restas. Ĉi-foje ŝi
dormos sur la sofo.

Tomas esperis, ke li havos okazon iom interparoli kun ŝi duope.
Sed vespere, kiam la aliaj gastoj foriris, ŝi estas tro laca post sia vojaĝo.

"Krome mi multe laboris ĉi-semajne", ŝi klarigas. "Ankaŭ pri la
studoj."

Tomas jam scias, ke ŝi financas siajn studojn per servado en kafejo.

Matene ili tamen havas malfruan kaj pigran matenmanĝon kune.
Ekster la fenestro falas malpeza printempa pluvo. De temp' al tempo
aŭdiĝas la sono de preterpasanta tramo.

Tomas rakontas pri la letero de Olle Molin.

"Do, ĉu vi ne kontaktos lin?"

"Mi ne scias. Esence li ja estas plie spermodonanto ol patro. Kaj
cetere, ĉu vi nun donas konsilojn pri kiel rilati al patroj?"

Ŝi meditas pri tio kelkatempe.

"Ĉu vi rakontis al la knabinoj?"

"La knabinoj?"

"Jes. Al Linn kaj Moa. Temas pri ilia avo, ĉu ne?"

"Nu. Krom se tio estas blago."

"Por ekscii tion, vi devas riski renkonti lin."

"Mi povus peti de li haron por sendi al iu labo."

"Bone. Estas via vivo. Mi ne rajtas je opinio."

Tomas verŝas plian teon kaj metas panon en la rostilon.

"Kiel vi trovas Malmö?" li ŝanĝas temon. "Ĉu vi ŝatas ĝin?"

Ŝi ridetas gaje.

"Jes, vere. Mi jam sentas ĝin kiel hejmon."

"Sed ĉu ne estus pli oportune loĝi en Lund, kie estas la universitato?"

"Ne, mi preferas la pli grandan urbon. Daŭras nur dek aŭ dek kvin minutojn trajne. Kaj duonhoron al Kopenhago."

"Do vi ne pripensis, ke eblas studi literaturon ankaŭ ĉi tie?"

Marina esplore ridetas. Poste ŝi reserioziĝas.

"Ĉi tien mi ne plu transloĝiĝos. Tamen, nun ni jam povas telefoni libere, ĉu ne? Ni povus skajpi, por ŝpari monon."

"Jes, en ordo", diras Tomas sen entuziasmo.

Marina rigardas lin penseme. Ŝi ĵetas rigardon eksteren al la subtila pluvo, kaj poste refoje al li.

"Aŭskultu, Tomas. Vi estas la unua, al kiu mi rakontos ĉi tion."

"Kia drameco. Kio do okazis? Ĉu vi estas malsana? Aŭ graveda?"

Ŝi ekridas, etendas la maldekstran brakon kaj metas la manon sur tiun de Tomas.

"Ne timu. Mi ne estas malsana. Kaj certe ne graveda."

"Bone. Kio do?"

"Mi renkontis iun. Iun el Kopenhago."

"Kie la dramo? Mi mem renkontis multajn danojn. Ili kutime ne danĝeras."

"Temas pri amo. Mi enamiĝis."

Li rigardas ŝin kaj konstatas, ke ŝiaj okuloj eklarmas, kiam ŝi eldiras tiujn vortojn. Evidente ŝi estas serioza.

"Nu, gratulon al vi, Marina! Kaj eĉ pli al li. Kiel li nomiĝas?"

"Ne estas li, sed ŝi. Kaj ŝi nomiĝas Helle."

Tomas konfuziĝas. Ne povas esti ŝerco, kvankam iel ŝajnas blago. Tamen ŝia mieno malkonfirmas ĉian blagon.

"Ĉu vi do enamiĝis al virino?"

"Jes."

"Bone. Tio ja okazas, laŭdire. Iom surprize, tamen. Ĝuste vi, kiu... kiu jam havis amason da viroj, ĉu ne?"

Marina sulkigas la frunton malaprobe.

"Ĉu amason? Ne troigu."

"Nu, pardonu. Tamen estis Micke, kaj tiu rustimuna ŝtalrato..."

"Kiu?"

"La inĝeniero. Felix. Kaj iu profesoro, kiun vi iam menciis. Kaj kelkaj aliaj, kiujn mi forgesis. Nu, ne gravas. Ĉu vi do estas ambaŭa?"

"Ambaŭa?"

"Ĉu vi amas kaj virojn kaj virinojn?"

"Mi ne scias. Ĉi-momente mi amas nur unu virinon."

Tomas kontemplas tion dum kelka tempo. Poste li verŝas pli da teo kaj ŝmiras plian buterpanon.

"Nu, ĉiel ajn, gratulon al vi, kaj precipe al ŝi! Sed ĉu vi jam pli frue... amis inon?"

"Ne. Nu. Eble jes. Iufoje en Brazilo, mi... Sed tiam mi pensis, ke mi ial nur havas strangajn sentojn. Mi neniam antaŭe eĉ pensis pri la afero. Kiam mi estis juna, jam dekomence ĉiuj aliaj revis pri uloj, do ankaŭ mi."

"Tamen oni ja sentas tion interne, ĉu ne? Mi mem ne povus erari pri tio. Mi ĉiam supozis, ke estas simile por ĉiuj, sed evidente ne."

"Neniu scias, kio okazos estonte."

"Kion tio signifas? Ĉu vi proponas, ke mi estonte interesiĝu pri viroj? Eble iu, kiun vi jam elprovis?"

"Ne ŝercu pri tio, Tomas. Eble estas simple por vi, sed por mi ne estis tiel."

"Hm, ĉu simple? Kial do mi nestas ĉi tie sola?"

"Mi jam diris, ke mi bedaŭras mian konsilon pri ĵaluzo."

"Ne stultumu. Ni ambaŭ scias, ke mi mem kulpas. Tamen nenio estas simpla, laŭ mi. Sed mia vivo eble estus iomete pli simpla, se Cecilia scius, ke vi estas lesba."

"Vi pravas. Kaj ankaŭ *mia* vivo estus pli simpla, se mi mem scius tion."

"Bone. Do prefere rakontu iom pli pri via amatino, kies nomon mi jam forgesis."

Kaj Marina rakontas pri sia Helle, dum la mateno iĝas tagmezo kaj la pluvo maldensiĝas kaj ĉesas. Poste Tomas devas pretigi kukon por laŭvica festeno. Posttagmeze li regalas la filinojn per kuko kaj limonado. Ankaŭ Cecilia kaj Marina ĉeestas, kaj ili konversacias ĝentile. La vivo ja estas komplika. Sed kelkfoje, li pensas, oni eble komplikas ĝin pli ol necese.

Ĉapitro 30

Marina 2007

Ili havas iom da problemoj pri monprunto por la loĝejo. Neniu banko akceptas Marinan kiel ŝuldanton, ĉar ŝi ne havas firman laboron. Dana banko volonte pruntus monon al Helle, sed ili ne akceptas eksterlandan apartamenton kiel garantiaĵon. Kaj dum ŝia oficiala adreso restas en Kopenhago, sveda banko ne volas diskuti pri prunto. Dum nelonge la du amikinoj preskaŭ malesperas. Fine ili solvas la aferon. Helle oficiale ekloĝas en la minimuma studenta ĉambro de Marina. Tiel ŝi ekhavas svedan adreson, kaj jen ĉio en ordo.

La aĉetota loĝejo situas en la sesa etaĝo, nur kelkcent metrojn de strando, tamen kun elvido nur al la najbara domego kaj kelkaj interaj arboj. Ili jam esploris la kvartalon. Kaj infanejo kaj lernejo troviĝas proksime. Al la urbocentro, kie Marina kromlaboras en kafejo, estas kvaronhora promeno. Helle planas bicikli ĝis la centra stacidomo, de kie iras trajno al Kopenhago. Oni promesis post kelkaj jaroj konstrui tunelon kun pli proksima stacio, sed pri tiaj planoj ne eblas esti certa. Tamen ĉio ŝajnas al ili preskaŭ perfekta, kun etaj esceptoj.

"Domaĝe, ke ĝi ne situas sur la dua aŭ tria etaĝo", diras Marina. "Sur la sesa mi ne kuraĝos eliri balkonen."

"Ne zorgu. Vi alkutimiĝos", diras Helle. "Se vi povis flugi al Brazilo, la balkono ne kaŭzos problemon por vi."

Tio estas vera. Ankoraŭfoje la flugofobia Marina iris tien-reen trans Atlantikon por aranĝi pri Leticia kaj Antonio. Helle ne povis kuniri. Sola virino estas pli respektinda ol du kunvivantinoj.

"Ankoraŭ restas multe da necesaj dokumentoj", ŝi diras telefone al Tomas. "Sed tio estas nur afero de tempo, espereble."

"Bone", li respondas. "Kiom ili aĝas?"

"Leticia estas dujara. Nu, du kaj duono. Kaj Tom, tio estas Antonio, sesjara."

"Ĉu vi konas la pli aĝan de kiam vi mem laboris tie?"

"Ne, ili venis pli malfrue en la infanejon. Kiam Leticia estis bebo."

"Ĉu gefratoj?"

"Jes. Almenaŭ..."

"Almenaŭ kio?"

"Nu, la patrino estas sama. Tom havas pli helan haŭton ol la fratino, do..."

"Tio ne gravas", diras Tomas. "Do vi tamen havos familion, kvankam..."

"Kvankam kio?"

"Vi iam diris, ĉu ne, ke vi ne povas vivi en familio."

Marina dum momento silentas. Ŝi staras en la kafejo, en angulo de ties kuirejo. Estas trankvila horo, kaj ŝi uzas la okazon por rakonti al Tomas pri la lastaj novaĵoj en sia vivo. El alia angulo la posedanto de la kafejo ŝtelaŭskultas ŝin, sed pri tio ŝi fajfas. Ne indas sekreti pri tio, ke ŝi estos adopta patrino.

"Mi memoras", ŝi poste respondas. "Kaj mi efektive ja timas. Eble mi fiaskos. Sed mi ne estas sola. Mi fidas je Helle. Kaj vi devos helpi min per konsiloj kaj konsoloj."

"Se mi povos. Sed mi mem ne estis tre sukcesa pri familia vivo. Pro manko de sperto, kredeble."

"Kaj mi havis tro da spertoj", diras Marina. "Sed vi almenaŭ sukcesis pri viaj infanoj, ĉu ne?"

"Eble. Oni neniam povas scii. Ili ankoraŭ estas junaj, kaj la patrado kredeble neniam ĉesos."

Marina pensas pri tiuj vortoj post la interparolo. Ŝia patro ne plu restas. Tamen ŝi ne scias, ĉu ŝi vere eskapis de lia influo.

Helle aĝas dek jarojn malpli ol ŝi, tamen kelkfoje Marina trovas ŝin pli sperta pri la vivo. Ne temas ĉefe pri la amo. Al Marina ankoraŭ ŝajnas strange kaj iel nereale, ke ŝi povas ami virinon. La iama enamiĝo al Fabiana ja devus konvinki ŝin, ke ŝi efektive estas "tia". Tamen, tiam temis precipe pri subita korpa deziro, kiu kvazaŭ surprize superfortis ŝin. Pri Helle, estas multe pli.

Ili renkontiĝis en Kopenhago, en la ŝtata artmuzeo. Jam de duonjaro Marina studis literaturscioncon en Lund. Ŝi estis soleca, la aliaj studentoj estis pli-malpli dudek jarojn pli junaj ol ŝi. Iutage ŝi faris ekskurson al la dana ĉefurbo kaj vizitis vidindaĵojn. En la muzeo, antaŭ pentraĵo de Hammershøi ŝi kunpuŝiĝis kun alia virino.

"Pardonu! Mi ne vidis."

Marina rigardis la pli junan virinon. Ŝi estis senŝminka kun mallonga frizaĵo kaj surhavis tunikon kun abstrakta desegno en bluaj koloroj.

"Mia kulpo! Mi tro kaptiĝis de tiu bildo."

Temis pri bildo de nudulino, tre rutina bildspeco en la pentra arto. Sed ĉi tiu bildo ne estis la kutima voluptaĵo vidata per vira okulo. Kaj ĝuste pri tio ili ekparolis. Marina ne tre kutimis je la dana lingvo, kaj sekve Helle klopodis svedigi siajn diraĵojn, kio apenaŭ faciligis la aferon, sed kelkfoje ridigis ilin ambaŭ.

Post ankoraŭ kelkaj bildoj, kie ili kune dividis siajn impresojn, videble ĝenante aliajn vizitantojn, Helle proponis:

"Aŭskultu. Mi iomete malsatas. Ĉu ni iru ien?"

Tiu "ien" ne estis luksa restoracio, sed kiosko en la apuda Reĝa parko, kie ili manĝis rostitajn sandviĉojn, kaj glutigis tiujn per biero, kaj poste dua biero.

Jen la komenco. Ili interkonsentis pri dua rendevuo, kaj ankoraŭ irante al tiu, en Kopenhaga kafejo fama pro siaj buterpanoj, Marina pensis, ke temas pri nova promesplena amikeco. Nur ekvidante la figuron de Helle ĉe la bufedo de la kafejo, ŝi ekkonsciis, ke temas pri io plia ol amikeco. Kaj tuj ŝi teruriĝis. Ĉu nun ŝi fortimigos tiun mirindan homon? Ŝi tiom timis, ke larmoj plenigis ŝiajn okulojn.

"Kio okazas?" diris Helle brakumante ŝin. "Ĉu vi elreviĝis revidante min?"

Ŝi glatumis la ŝultrojn de Marina kaj kisis ŝian vangon. Tiam Marina komencis esperi.

Helle konsolis ŝin per danaj buterpanoj kiel *falstelo* kaj *noktomanĝo de veterinaro*, ne sciante ke ŝi nutras iaman vegetaranon per animalaĵoj el diversaj regnoj.

Ŝi rakontis, ke ŝi estas amatora artisto. Pro manko de sukceso en tiu kampo, ŝi konsideras tion hobio. Sed ŝi laboras ankaŭ profesie pri arto, kiel vendistino en arta galerio.

"Sed tie ne vere temas pri arto", ŝi diris paŭte. "Temas pri mono, investoj, etburĝa ornamado de la hejmo. Tamen ja necesas vivi, ĉu ne?"

Tio okazis antaŭ du jaroj. Dum tiu tempo ili malrapide flegis kaj kultivis sian rilaton. Ili vizitis unu la alian ambaŭflanke de la landlima markolo. Ili tranoktis unu ĉe la alia, tamen plej ofte Marina ĉe Helle, pro la limigita spaco en la studenta ĉambro de Marina. Helle havas eksulinon, kiu kelkfoje ĝenis ilin per telefonvokoj, kvereloj, neanoncitaj vizitoj por retrovi iun postlasitan posedaĵon, kiu subite ekmankis al ŝi.

"Ŝajne Jeanette ankoraŭ amas vin", supozas Marina.

"Ne estas amo, sed ĵaluzo, aŭ pli ĝuste envio", diras Helle. "Ŝi ne eltenas, ke mi trovis vin."

Por Marina jam pasis jaroj, dum kiuj ŝi ne havis koramikon. Kaj koramikinon ŝi ja havis neniam. Ŝi sentas sin kiel komencanto pri nova arto. Do ili ambaŭ lasas la interrilaton evolui laŭ ties propra ritmo.

De duonjaro ili tamen jam serĉas komunan loĝejon, kaj tiu devas situi en Malmö, kie la prezoj ne same altas kiel en Kopenhago. Feliĉe la urboj de kelkaj jaroj estas kunligitaj per ponto, sur kiu iras oftaj trajnoj sufiĉe rapidaj. Efektive politikistoj jam pompe parolas pri unu dulanda urbego ambaŭflanke de la markolo.

Do, nun la duopo, la paro, ekkunvivos en komuna loĝejo. Ili eĉ iom diskutis, ĉu iĝi registritaj partneroj.

"Laŭ mi ni povas atendi, ĝis eblos vere edziniĝi", diras Marina. "Tio ja devos veni tre baldaŭ, ĉu ne? Se tio jam eblas eĉ en Hispanio kaj mi ne scias kie…"

"Mi volonte atendos. Al mi tute ne gravas tiaj paperaĉoj", diras Helle.

Venas la unua de majo. Ambaŭflanke de la markolo oni manifestacias por pli bonaj socioj, aŭ eble por memori iamajn klasbatalojn, sed por Marina kaj Helle ĉi tio estas la tago de ekloĝo en la komuna apartamento. Laŭ la dekseskilometra ponto de Kopenhago alveturas kamiono kun la mebloj kaj posedaĵoj de Helle. En Malmö akceptas ilin Marina, kiu alportis siajn aferojn en tri sakoj sur biciklo. Du kolegoj el la kafejo, kie ŝi laboras, venis por helpi al ili porti ĉion en kaj el la lifto. Post horo ĉio jam troviĝas pli-malpli ĝustaloke en la kvar ĉambroj kaj kuirejo. Tiam Helle regalas la helpantojn per danaj biero kaj buterpanoj. Oni ripozas, gaje babilante, glutante la regalaĵon.

Baldaŭ poste foriras la kolegoj, kaj ili restas duope. Marina sidiĝas en fotelo kaj spiregas.

"Mi preskaŭ ne povas kredi. Jen nia hejmo!"

"Ĉu vi ne sentas malbone, ke estas preskaŭ nur miaj aĵoj?" demandas Helle.

"Tute ne. Male, mi ŝatas ilin. Ĉi tiu fotelo estas bonega."

"Nu, kompreneble. Dana dezajno! Cetere, nun ĉio jam estas ne mia, sed nia. Krome ni akiros pliajn aferojn iom post iom, ĉu ne?"

Marina rigardas ĉirkaŭ si en la salono. Tablo, sofo, du foteloj, du librobretoj ankoraŭ malplenaj, aro da florpotoj sur la fenestrobreto kaj deko da skatolegoj por malpaki en la venontaj tagoj. Klinite al muro staras kelkaj pentraĵoj de Helle, atendante hokojn sur kiuj pendi.

"Mi ne bezonas pli da aĵoj."

"Sed por la infanoj", diras Helle.

"Evidente. Sed vi scias, ili kutimas je malmulto."

Helle dum momento rigardas Marinan, ŝajne hezite.

"Mi iom timas, kion ili pensos pri mi", ŝi diras. "Vin ili jam iomete konas, sed ne min."

"Mi certas, ke ili amos vin. Kial ne?"

"Sed mi ne scios paroli kun ili."

"Ili rapide lernos. Ne timu."

"Ĉu mi devos paroli al ili svede?"

"Prefere ne. Via sveda estas terura. Parolu vian propran lingvon. Ĉi tie ĉiuokaze necesas kompreni ambaŭ. Se ne pro alio, do pro la danaj geavoj."

"Ĉu vi parolos portugale kun ili?"

"Komence jes. Poste ni vidu."

"Kaj la sveda avino?"

"La infanoj ja facile lernos la svedan", ripetas Marina.

"Sed ĉu ili rajtos renkonti ŝin? Kaj ĉu mi rajtos?"

Marina pensas.

"Ni vidu. Kredeble iam, sed unue mi volas pensi pri ni mem. Poste mi ŝatus inviti Tomason ĉi tien."

Helle ridetas iel alude.

"Ho jes, tiu mistera Tomas. La viro el via pasinteco."

Marina rigardas sian amatinon nenion dirante.

"Vi vere amas lin, ĉu ne?" diras Helle.

Marina ridetas.

"Tute ne! Nu, eble iel. Tamen ne tiel, kiel vin."

"Tion mi forte esperas. Alie mi devus dueli pri vi. Sed kiel li sentas pri vi?"

Marina rigardas alidirekten. Tiun demandon ŝi ne scias respondi. Jam kelkfoje ŝi pensis pri tio. Ŝi eĉ iom timis, kiam Tomas rakontis al ŝi pri sia divorco. Vere, li neniam antaŭe montris ion alian ol amikecon al ŝi. Tamen ŝi hezitis paroli kun li pri Helle. Nu, tio ja iris glate. Certe li surpriziĝis, sed jen ĉio.

Jam pasis pliparto de la norda somero. Helle rekomencas labori en sia Kopenhaga galerio post la libertempo. Marina dumsomere laboris tiom, kiom ŝi povis. Ili bezonas multe da mono por realigi la adopton. Tial ili nenien vojaĝis ĉi-somere. La komune liberajn horojn ili plejparte pasigis sur la proksima strando, aŭ farante mallongajn ekskursojn en la kamparon.

Marina naskiĝis kaj kreskis en parto de Svedio kun tute alispeca pejzaĝo ol ĉi tie. Tiam ŝi kutimis je picea arbaro, granitaj rokoj, kaŝitaj lagetoj, marĉoj. Kaj je marbordo kun ampleksa insularo. De temp' al tempo dum la paso de jaroj ŝi rememoris la ekskurson kun Tomas en tiun insularon, kaj la trovon de mortinta fokido surstrande. Ĉi tie ekzistas nenio tia, nek ĉe la sveda, nek ĉe la dana flanko. Seninsulaj marbordoj kun longaj sablostrandoj, urboj kaj urbetoj kunkreskintaj, kaj kampoj, vastaj kampoj. Tamen jen kaj jen ja troviĝas ankaŭ arbaroj, precipe fagaroj, kiuj ŝajnas al Marina kvazaŭ egaj parkoj.

Nur nun ŝi ekpensas pri tio, ke dum la jaroj en Britio kaj Brazilo ŝi neniam paŝis en arbaro aŭ alia natura pejzaĝo. Ŝi eĉ preskaŭ ne vizitis la kamparon. Eble ŝi tiam ne bezonis tion, aŭ simple neniu venigis ŝin tien. Nun ŝi iom miras pri tio. Vivi dum jaroj en Brazilo ne vidante arbaron! Tio ŝajnas neebla.

En la lasta sabato de aŭgusto Marina telefonas al Tomas.

"Ĉiuj dokumentoj jam pretas", ŝi diras. "Lunde mi flugos tien."

"Ĉu sola?"

"Jes."

"Vi estas kuraĝulo."

"Ĉu pro la flugo?"

"Ankaŭ pro tio."

"Mi tamen ne sentas kuraĝon. Fakte mi ŝatus, se vi povus akompani min."

"Ĉu mi povas?" diras Tomas je leĝera tono.

"Ne. Bedaŭrinde tio ne eblas."

"Nu bone. Tio signifas, ke mi povos okupiĝi pri vere urĝaj aferoj. Mi senpolvigos kelkajn juĝdokumentojn el la dekoka jarcento pri kontrabandistoj de silko. Do mi ne havos tempon helpi vin iĝi patrino."

Marina ekridas. Ŝi rigardas tra la fenestro al la eksteraj aceroj, kies frondaroj solene balanciĝas en la varma malfrusomera brizo. Jen kaj jen aŭdiĝas laŭtaj voĉoj de infanoj ludantaj eksterdome.

"Tomas", ŝi diras post iom. "Vi tamen helpas min. Vi helpas per via ekzisto. Mi sentas tion senĉese."

"Aha. La spiritisma kapablo. Sed atentu, mi ankoraŭ ne mortis!"

Marina ridetas.

"Kaj nun vi ridetas, ĉu ne?" pluas Tomas. "Vidu, ankaŭ mi havas iajn kapablojn."

"Mi scias."

"Kiel rapide vi alportos la idojn?"

"Ĉu al vi?"

"Eeh… Nu, mi volis diri al vi. Al vi kaj Helle. Al Svedio."

"Formale ĉio jam pretas, sed mi planas resti du semajnojn en la orfejo. Eble pli, se tio estos bezonata."

"Bone. Mi komprenas", diras Tomas. "Vi devos prepari ilin por vojaĝi al la norda poluso."

"La nordo ne estos problemo, sed ili devos alkutimiĝi al mi."

"Nu, miaflanke mi ĝis nun ne alkutimiĝis."

Marina movas la telefonon al la maldekstra orelo. La dekstra jam malsekas pro ŝvito.

"Ĉu tie efektive vivas tiuj birdegoj?" li demandas.

"Kio?"

"La blankaj ardeoj. Vi iam diris…"

"Ha, mi scias. Nu, mi neniam vidis ilin. Mi ne ofte venis en la kamparon. Strange, ke vi memoras tion!"

"Nu, mi ĉiam imagis tiujn blankajn birdegojn, pensante pri vi."

Marina silentas kelkan tempon.

"Tomas, mi esperas ke vi volos veni al Malmö por renkonti nin ĉiujn. Sed necesos iom atendi, mi pensas."

"Neniu problemo. Mi atendas. Nur fajfu, kaj mi alkuros, kun pendanta lango."

"Ne diru tion. Vi pensigas al mi, ke mi ekspluatas vin."

Nun estas la vico de Tomas ekridi. Marina ne povas distingi, ĉu temas pri rido sincera, ironia aŭ eble eĉ hipokrita.

"Bonvolu", li diras. "Mi nuntempe estas subekspluatata resurso."

Estiĝas eta paŭzo. Ŝi pripensas, kiel reveni al etoso agrabla kaj amika.

"Ĉiuokaze mi ŝatus baldaŭ revidi vin kaj viajn filinojn", ŝi diras. "Eble ni iru kun ili al Kopenhago. La amuzejo Tivoli certe plaĉos al ili, ĉu ne?"

"Bona ideo. Vi povos havi virinan semajnfinon en Kopenhago."

"Kio estas tio?" diras Marina. "Kial do virinan? Ĉu vi ne ŝatas Kopenhagon?"

"Ege. Mi tre ŝatas ĝin. Ne zorgu pri miaj vortoj, mi nur ekmemoris ion."

"Mi esperas, ke Tom kaj Leticia ŝatos viajn knabinojn. Stulte, mi imagas ilin kvazaŭ iajn kuzinojn. La niaj ne havos gekuzojn, ĉar la frato de Helle estas seninfana, almenaŭ ĝis nun. Ĉu la viaj havas gekuzojn?"

Tomas ne tuj respondas. Ŝajne li devas iom pripensi por sekvi ŝian pensfadenon.

"Jes ja", li diras post iom. "Eĉ en Skanio. Sed mi ne plu havas kontakton kun la gefratoj de Cecilia."

"Mi komprenas. Nu, ĉiuokaze Linn kaj Moa ja estas pli aĝaj, do ni vidos."

La interparolo refoje maldensiĝas. El la kuirejo aŭdiĝas sonoj de tintantaj manĝiloj. Helle kuiras vespermanĝon. Matene ŝi faris aĉetojn sur vendoplaco, kaj nun rezultos legoma mikspoto, kies aromo jam ŝvebas tra la loĝejo.

"Mi decidis vojaĝi al Gävle", subite diras Tomas.

"Ĉu al Gävle? Por kio?"

"Tiu Olle Molin loĝas tie. La supozata patro."

"Aha. Bone, Tomas! Mi pensas ke kiam vi vidos lin, vi certos, ĉu li estas via patro aŭ ne. Eble iu alia vidus eĉ pli klare. Iu, kiu konas vin."

"Jes, sed tiu estos en Brazilo tiutage."

"Nu, iru renkonti lin malgraŭ tio. Ĉu ankaŭ la gefratojn?"

"Eble. Dependas de kie ili loĝas. Kaj ĉu ili volas renkontiĝi, kompreneble."

"Jes, klare."

"Mi ekpensis pri ili, kiam vi menciis gekuzojn. Eble ili ja havas infanojn."

"Vi baldaŭ scios."

Li silentiĝas. La telefona aŭdilo mutas. Eĉ ne eta susurado aŭdiĝas.

"Ĉu vi restas?"

"Jes ja. Ĉiam."

"Do, espereble ni baldaŭ renkontiĝos denove", diras Marina. "Dume, deziru al mi bonan vojaĝon, Tomas!"

"Jes ja. Ĉion bonan, Marina! Mia spirito estos kun vi. Kaj la blankaj ardeoj."

"Mi scias, Tomas. Ĝis revido!"

Ne-PIVaj vortoj

En la suba glosaro estas klarigitaj ne-PIVaj vortoj aperantaj en ĉi tiu libro.

blanka ardeo
   Ardea alba = Casmerodius albus = Egretta alba
   (= granda egretardeo NPIV, ORE)

ĉampionado EV FD V
   konkurso pri ĉampioneco

Ĉernobilo V
   (Чорнобиль) Ukraina urbo, kie en 1986 okazis nuklecentrala akcidento

ĉevalpiedo NPIV (= tusilago NPIV)
   Tussilago farfara L, flava printempa floro

doso AC EV HV KVE MG OA PBE
   cilindra ladskatolo, precipe por trinkaĵo aŭ manĝaĵo

Gotenburgo EDK EV JLG V
   (Göteborg) havenurbo en sudokcidenta Svedio

Interrela karto
   karto ebliganta senliman vojaĝadon per Eŭropaj fervojoj dum certa tempo

kristianio EB NPIV
   bremsado aŭ halto per transversigo de paralelaj skioj

locio EDK EV FD
   kosmetika preparaĵo, likva haŭtkremo

mekana AC EDK EV HL
   mekanika

neĝplugi EB
deklivskii kun la skioj V-forme

ofsajdo ACE EB EDK EV GW TUN V
rompo de specifa regulo en futbalo, hokeo k.a. sportoj

pilzena AC EDK EV HV
(ekz. pri biero) rilata al Pilzeno *(Plzeň)*, Ĉeĥia urbo

punko BW EDK EV FD V
junulara protestmovado kaj muzikstilo

sandinisto FD V
ano de socialisma movado en Nikaragvo

sci-fi-verko
verko scienc-fikcia

secesio V
arta kaj arkitektura stilo el ĉirkaŭ 1900 (secesio NPIV = apartiĝo)

skajpi V
telefoni interrete per komputilo

Skanio AC EDK EV JLG LF PN V
(Skåne) la plej suda provinco de Svedio

Smolando EDK EV JLG V
(Småland) provinco en suda Svedio

Sud-Paraiba rivero
rivero en la ŝtatoj Sanpaŭlo kaj Riodeĵanejro en Brazilo

ŝuso ACE EB EDK PJB
= rapid-descendo, skikonkurso laŭ la plej kruta deklivo

univo VS
(slange) universitato

zombio V
vekita mortinto, vivanta homa kadavro

Fontoj:

AC André Cherpillod: NePIVaj vortoj, 1988

ACE André Cherpillod: Konciza Etimologia Vortaro, 2003

BW Bertilo Wennergren: Roko kaj Popo, Popularmuzika Terminaro en Esperanto

EB Esperanta Bildvortaro, 1988

EDK Erich-Dieter Krause: Großes Wörterbuch Esperanto-Deutsch, 1999

EV Ebbe Vilborg: Ordbok Svenska-Esperanto, 1992

FD Fernando de Diego: Gran Diccionario Español-Esperanto, 2003.

HL Hajpin Li: Esperanto-Korea Vortaro, 1983

HV Henri Vatré: Neologisma glosaro, 1989

JLG Sam Owen Jansson, Fritz Lindén, Birger Gerdman: Svensk-esperantisk ordbok, 1934

KVE Kreuz-Mazzolini: Komerca Vortaro en Esperanto, 1927

LF L. Friis: Esperanto-Dana Vortaro, 1969

MG Marinko Gjivoje: Esperanto-Serbokroata Vortaro, 1958

NPIV Nova Plena Ilustrita Vortaro, 2002

OA O. Avsec: Esperanto-Slovena Vortaro, 1957

ORE Ornitologia Rondo esperantlingva: Komunlingva nomaro de eŭropaj birdoj, 1971

PBE Praktika Bildvortaro de Esperanto, 1979

PJB Peter J. Benson: Comprehensive English-Esperanto Dictionary, 1995

PN Paul Nylén: Esperanto-Sveda Vortaro, 1954

TUN Tibor Ujlaky-Nagy: La sporta lingvo en Esperanto, 1972

V Vikipedio

VS Johán Valano, Trevor Steele

Citaĵoj

Paĝo 77: *Ĉiu poemo estos disŝiro de poemo*: Edith Södergran, en traduko de Sabira Ståhlberg (Lando malekzista, p. 73)

Paĝo 77: *Piede mi travagis la sunsistemojn*: Edith Södergran, en traduko de Sabira Ståhlberg (Lando malekzista, p. 54)

Paĝo 88: *Plej feliĉa vir', egalul' de dioj*: Sapfo, en traduko de Kálmán Kalocsay (la nica literatura revuo n-ro 5/1 p. 8)

Dankoj

Pro valoraj kritikoj kaj proponoj pri la teksto la aŭtoro volas esprimi dankon al István Ertl, Per Aarne Fritzon, Edmund Grimley Evans kaj Paulo Sérgio Viana.